风雨默存

钱锺书纪念文集

田奕——编

作家出版社

目 录

千秋万岁名　寂寞身后事
　　——送别钱锺书先生……………………………………李慎之 / 1
送默存先生远行…………………………………………丁伟志 / 9
勤奋好学的大哥钱锺书…………………………………钱锺鲁 / 19
和钱锺书同学的日子……………………………………常　风 / 27
胡绳与钱锺书书信拾零…………………………………白小麦 / 37
钱师的身影………………………………………………栾贵明 / 58
钱锺书先生纪事…………………………………………刘再复 / 67
和钱锺书在哥大…………………………………………夏志清 / 81
钱锺书二三事……………………………………………任明耀 / 103
周南老说钱锺书……………………周　南　崔昌喜　田　奕 / 111
琐忆钱锺书先生…………………………………………倪鼎夫 / 127
在钱锺书先生寓所琐闻…………………………………陈丹晨 / 136

我与钱锺书杨绛夫妇……………………………陆谷孙 / 148

我们这些人实际上生活在两种现实里面
　　——忆钱锺书先生……………………………钱中文 / 151

钱锺书先生………………………………………黄宝生 / 161

"文化昆仑"钱锺书：山高人为峰　海阔心无界………陆文虎 / 167

读《人·兽·鬼》，忆钱锺书先生二三事
　　——纪念钱锺书先生诞辰110周年……………杜书瀛 / 178

钱锺书的人生三境界……………………………欧阳友权 / 190

不蹈故常，绝傍前人
　　——想念钱锺书………………………………潘耀明 / 194

怀念钱锺书先生…………………………………张世林 / 210

从一则旧日记说起………………………………丁建新 / 218

追忆钱锺书伯伯的点滴往事……………………吴　同 / 224

以文学批评的名义向钱锺书致敬………………贺绍俊 / 228

不曾远去的背影…………………………………纪　红 / 233

在"门缝里看人"的钱锺书………………………陈艳群 / 239

钱锺书轶事………………………………………孔庆茂 / 248

钱信助钱学………………………………………蔡田明 / 253

钱锺书不可缺席中学语文教学…………………杭起义 / 259

千秋万岁名　寂寞身后事
——送别钱锺书先生

李慎之

钱锺书先生走了,悄悄地走了。

他住院已经整整四年又三个月了,不但入院后就没有出来,而且也没有下过床。上个月刚过八十八岁的生日(11月21日),如此高龄而又久病,走得也不能算是意外,但是我总觉得想不到。

我自从一年半以前中风以后,不良于行,一共也只去看过他两次。他人实在是消瘦得厉害,但是眼光却还像以前一样明亮,看见我只是眨眨眼睛,并不说话。我知道他心里一直是明白的,但是疾病长期的折磨,让他连开口的气力也没有了。眼看年关将至,我正寻思再去探望一回,不料竟传来了他逝世的消息,真是没有想到。

没有能赶上见最后一面,总算赶上了第三天在八宝山举行的火化仪式。我不知道这能不能叫作仪式,因为遗体只是在八宝山的第二告别室停放了二十多分钟,在场的也只有杨绛先生和几个亲属,社科院的一两位领导和几名办事人员,一共只有十来个人。偌大的告别室，空荡荡的，没有松柏，没有鲜花，更没有花圈和挽联。杨绛先生领着大家鞠了三个躬，遗体就推到火化室去了。遗体一直盖着白布，上面撒着玫瑰花瓣，连头都蒙着，我还是没能见到最后一面。

事情来得匆忙，我什么都没有准备，一直到了八宝山，才买了一个装着白菊花的花篮。想写一副挽联别在上面，临时想不出词儿来，凑了两句"万流失倚依，百代仰宗师"，可能是陈三立诗里的句子。虽然文字拙直，但钱先生是当得起的。

第二天一早，我应邀参加一个会议，因为有中央领导同志出席，从大门、二门到三门，都设了岗卫，我不知怎么忽然对昨天的告别有一种凄凉的感觉，但是马上又觉得我的想法实在有点亵渎钱先生。钱先生一生寂寞，现在质本洁来还洁去。最后连骨灰都不留，任凭火葬场去处理。"千秋万岁名，寂寞身后事"，他自己的选择是正确的。

钱先生和我是世交，他的尊大人子泉先生和先君是朋友，因此我从小就能听到夸他读书如何颖悟，小小年纪就能代父亲司笔札、作应酬诗这些话。子泉先生是我们家乡的文豪，我们上初中时就读过他的《无锡公园记》。因此每当听父亲说"你们应当学锺书"的时候，心里充满了惊异钦羡之感。但是我真正认识他，已到抗战时期的孤岛上海了。那时他同他的双胞胎叔父孙卿先生同住在上海拉斐德路。他的堂弟锺汉、锺毅、锺鲁、锺彭，或是我的中学老师，或是我的中学同学，关系十分亲密，因此我常去他家。那时往往可以在客厅里看到一位戴黑边眼镜，穿着深色西服、灰人字呢大衣，望之俨然的人，他们告诉我这就是大哥锺书，我当然是不敢通问的。

三十年后在北京熟识以后,我才知道他是一个十分随和而且极富于幽默感的人。不过,如果说"学习",那么,以我之鲁钝,不但办不到,而且是根本不敢想的。

1946年,我从重庆到上海,参与始终没有能开张的《新华日报》总社的筹备工作。这时从《清明》杂志上读到《围城》,说实在的,并没有给我留下什么深刻的印象。给我深刻印象的是书名起得十分谦虚的《管锥编》。如此一部百万言的巨著,开始写的时候钱先生夫妇虽然已经从干校回来了,但是还没有住处,只好住在学部的办公室里。白天写作的桌子,晚上打开铺盖就是床。在这样的生活环境下写这样博学的著作,可能在世界上是孤例。但更难得的是,这书是在仍然险恶的政治空气下写的。当时,"文革"还未结束,钱先生就敢写那些与"三忠于,四无限"毫无关系,只有"封建余孽"才写得出来的书,不仅胆识惊人,而且远见洞察实非常人可及。虽然高天滚滚寒流急,他已经算定严冬即将过去,春天不久就要来了。

因此,1979年我看完四卷《管锥编》后,就去向他祝贺,特别钦佩他"自说自话",无一趋时语。他只是淡淡一笑,摇摇手说"天机不可泄露"。

钱先生在为他夫人的《干校六记》写的小引里自称是个"懦怯鬼",但是世人现在钦佩《管锥编》是含英咀华的经典之作之余,也不应该忘了它曾是一朵预告寒尽春来的报春花。多少封笔多年的老先生就是在它的鼓舞下,才又敢伸纸濡笔,重理旧业的。

据为《管锥编》查对材料的同志们告诉我,该书引文书籍多达两千余种,还不包括许多现在中国无处找到原文的西洋典籍在内。钱先生的记忆力真是不可思议。我有幸熟识他的好几位清华同学,都是当代中国的一时之选。他们对钱先生的才气无不交口称赞。乔冠华就不止一次对我说过:"锺书的脑袋也不知怎么生的,过目不忘,真是 photographic memory。"胡乔木则说:"同锺书谈话是一大乐趣,但是他一忽儿法文,一忽儿德文,又是意大利文,又是拉丁文,我实在听不懂。"其实,我也是一样。可是他还时不时说"你当然知道……",其实愚陋如我,哪里知道他说的是什么,只好傻笑作理解状。费孝通先生跟他是同年好友,最近还曾跟我说他父亲是清朝最末一科的秀才,母亲是中国第一个幼稚园的园长,但是自己受的就是新式,也就是西式教育了。上一代的人要引用传统古籍,就像打开自来水龙头一样自然流出来。而到他这一代,就完全茫然了,要引一句"诗云""子曰",就要翻半天书,还找不着。我说你们这一代还有一个锺书,他说那是特例,不能算是我们这代人的代表。事实上,记诵广博如钱先生,家里却几乎没有藏书。他看过的书盈千累万,都是记在脑子里的。

  我曾问过钱先生,我也读过不少诗,可是除了《长恨歌》《琵琶行》这样能记得住题目外,其他的就算背得滚瓜烂熟,题目也总是记不住。他是怎么把那些奥僻冗长的题目都记住的呢?他告诉我,他在牛津读书的时候,有一个老师,就是教过宣统皇帝的庄士敦,曾对他的论文提出过批评,说是引据不全,又不是原始出典。他说"我以前哪里懂得这个,以后就注意了"。但是,说实在话,像我这样的人就是注意了,也无论怎么样都学不会的。

  从八宝山回家的路上,我一直在想:中国,甚至世界,又要过多少年才能出这么一个博闻强记的头脑,这么一个聪明智慧的头脑呢?

钱先生性格开朗，有时也是口没遮拦的人。就他的作品而论，出版在 60 年代的《宋诗选注》，就可以说是一个特出的例子。当时，我是头上戴着帽子的右派分子，看到他在注语里偶尔爆发的狂言大语，真是有为他捏一把汗的担心。据乔冠华告诉我，他认为那是那年头唯一可看的有个性的书。我也一直怀疑 50 年代就一直有些不良言论在社会上流传的锺书，何以竟能躲过 1957 年的大劫。有一次，我问他，你又不信佛，为何对宗门语录如此熟悉。他说，那是为了破执，破我执，破人执，破法执。他后来又说：I never commit myself. 我想，也许这就是对我心中的问题的答复了。

钱先生的诗，我最爱的是"凋疏亲故添情重，落索声名免谤增"一联。据在清华低他一班的同学施谷告诉我，锺书当年在清华才气无两，老师宿儒，敛手称扬。如此少年高名，出国回来就破格当上了西南联大的教授，但是到新中国成立以后，就特别深自谦抑，远避名利。三十年间，在中国几乎无人知道。同学少年当了大官的，他从来不去串门。到了晚年都是别人去看他，他则只是到别人弥留之际才去医院探望一下，以尽年轻时的交情。

改革开放以后，他的书能够出版了，收入自然多了一些。然而在此以前，光凭他的一级研究员的工资实在也谈不上富裕，他却总是暗地里资助一些生活困难的同事或者学生。不但施不望报，而且力避人知。他就是这样一个人。

但是，和陈寅恪先生一样，钱先生虽然躲过了 1957 年这一关，"无产阶级文化大革命"这一关却无论如何是躲不过的，"资产阶级反动学术权威"这顶帽子是不能不戴的。汝信同志屡次告诉我，有一次，学部猛斗牛鬼蛇神，别的人都被斗得狼狈不堪，唯独钱先生却顶着高帽子，胸前挂着名字上打有大叉的大牌子昂首阔步，从贡院前街走回干面胡同的宿舍里，任凭街上的孩子哄闹取笑，既不畏缩，也不惶悚。这只有"有恃于内，无待于外"的人才能做得到。我在那时也有过被斗的经验，然而却绝没有这样的气度。钱先生为他夫人的《干校六记》写小引，说其实还漏了一记——"运动记愧"。我想，这篇文章其实是应该由全中国人来作的。

锺书先生对典籍精熟，许多人都以为他非三坟五典不观，这又是一大误会。其实他十分关心当今世界上的各种新事物、新思潮，不但包括文学，而及于哲学。伦敦《泰晤士报》的每周文学增刊，他是每期必看，而且看得很细，所以什么时新玩意儿，都十分熟悉。

80年代初，中国流行的是向南斯拉夫取经，实践学派正在走红。我去请教钱先生，他不但回答了我的问题，而且送了我一本 *Praxis*。前几年，中国兴起了解释学。奇怪，我那八卷本的哲学大百科全书，竟然没有 hermaneutics 这个词条。他又告诉我："其事未必然，其理未必不然。这就是解释学。"使我茅塞顿开。

关于后现代主义，我看他知道的也不会比别人少，不过他总是能在有人巧立新说的地方看出，其实前贤早有成说，花样翻新，未必尖新可喜，有的还甚至窒碍不通，顺便说一句，现在的时髦青年老爱挂在嘴边的"解构"（deconstruct）原来还是钱先生应别人之请翻译的。他知识的新鲜一如其渊博。

我这个人是思想懒，笔头更懒。与钱先生对话，虽然他咳珠唾玉，我却未能追记，一任其随风飘落。现在已追悔无及了。

自从海通以还，中国知识分子就以学贯中西竞高争胜。确也出了一批大师。但是三个月前，杜维明先生就同我慨叹，真正学贯中西的人物大概已经没有了。有之,钱先生是最后的一人。钱先生有一次曾对我说:"西方的大经大典,我算是都读过了。"环顾域中,今日还有谁能作此言、敢作此言?

近二十年来,学术界有一股奇怪的风气,就是贬洋排西,好像非要振大汉之天声而后快。在这中间,钱先生是非常清醒而冷静的一个。他的名言"东海西海,心理攸同;南学北学,道术未裂",与马、恩在《共产党宣言》里关于世界文学的话先后辉映,实际上是未来的文化全球化的先声。

因为钱先生历来认为朝市之学必成俗学,有不少后生把他看成是不食人间烟火的人,但是对人民的关怀与对祖国的关怀,一直在煎熬着他的心。

九年前的夏天,我去看他,他给我看了一首七律,写的是:

> 阅世迁流两鬓摧,块然孤啸发群哀。
> 星星未熄焚余火,寸寸难燃溺后灰。
> 对症亦知须药换,出新何术得陈推。
> 不图剩长支离叟,留命桑田又一回。

这就是他后来收在《槐聚诗存》中的《阅世》。

我相信海内外无论什么样的有识之士,对中国的命运做什么样的推测与分析,也不会超出钱先生的卓见以外——"对症亦知须药换,出新何术得陈推。"

抗战胜利以后五十多年的知识分子,论数量是几十成百倍地增加了,但是,他们的教育总是缺了一点什么,因此,从总的知识结构与思想水平而论，似乎总不如30年代和那时以前的几代。也许是世运如此，但是我只能相信后人总有赶上来的一天。

古人有言，死生亦大矣。钱先生是达人，该想到的当然都想到了，不过他唯一的女儿，钱先生初进医院的时候还常来侍奉汤药的，却竟因为骨癌而先他两年去世，还不到六十岁，钱先生心里应该不能无伤痛。然而修短寿夭，终期于尽。谁又能逃得脱这条规律呢？

写到这里，有人打电话告诉我，清华大学的学生在听到钱先生的噩耗后，纷纷折纸鹤来悼念他们的老学长，给锺书先生送行。石在，火是不会灭的。知识的生命不息，钱先生也就可以无憾了。

1998年12月24日（钱先生逝后第六日）

送默存先生远行

丁伟志

不久前在报上看到,钱锺书先生度过了八十八岁诞辰,心里想这回可得去看望看望他老人家了。可是没料到,19日突然接到消息,说钱先生已于当日晨间过世。虽然早有思想准备,可是噩耗一旦降临,我仍然觉得难以接受。人生苦短,岁月无情,如此才学盖世的人,人们也无计把他挽留得住!

记得还是前年除夕(1997年2月6日),到北京医院去探视过他,一晃已经过去了将近两年。那次卧病的他,还伸出已经无力的手,尽可能地拉住我,用微弱的耳语般的声音,竭力表示见到我的兴奋。想不到匆匆一晤,竟成永诀!那一回,我没敢多在病房里逗留;平时老想去看他,也强行克制着。我知道他的健康状况,已经再也经不起外人可能带来的些微病菌的侵袭。大约是从1994年起,我就处在这种渴望去看他,却又不敢去打扰他的苦恼中。

今年夏天,我在欧洲,趁着重游意大利之兴,写了回忆二十年前追随许(涤新)、夏(鼐)、钱(锺书)三老初访意大利的一些情节。文章中还曾经写到，三老已经有二老早归道山，如今只剩下钱老和我这个不成器的候补者（仅就年龄而言）了。真想不到，转眼间，钱老这位中国学术界的旷世奇才，竟然也静悄悄地走了。

老实说，两年前我在北京医院他的病榻前，看到他是那样瘦弱、那样孤寂的时候，不由得伤感满怀地想起"冠盖满京华，斯人独憔悴"的句子。如今想来，倒是悄然无声地像一阵清风似的飘去，永远离开这烦嚣的尘世，而不惊动任何人，这才最为符合钱先生的品格与性情。二三亲友，遵照他的遗愿，把他送走了。仍然如同生前一样，他不多打扰人，也不愿人多打扰他。我忍住悲伤，遵守他的遗愿，不去打扰他。21日那天，我只好坐在窗前，遥望西南八宝山方向，默默地送默存先生远行。

知道钱先生的大名，是很早的事了，但有缘结识他却是在1978年初夏。那天，在社会科学院的会议室里，访意代表团召开第一次准备会，我见到了曾经见过几面的许、夏二老，同时第一次见到了仰慕已久的钱先生。当时钱、夏二位，正是我今天的年纪，许老还长他们三岁。后生小子如我，在他们三位前辈面前，当时颇为局促，钱先生大约觉察到了这一点，就满面笑容地伸出双手紧紧握住我的手，连连说："见到你，真高兴，真高兴。""你的发言（指这一年2月我在社科院召开的座谈会上就历史人物不应神化也不应鬼化问题所作的发言）太好了，说出了我们想说的话；我们胆子小，不敢说。"他充满善意的有些夸张的话，一下把我和他的距离拉近了。我明白他的过分称赞和过分自谦，都无非是在鼓励年轻人，但是他的话的确使我觉得这位学富五车的著名学者，是一位可以信赖的长者。虽还没有来得及好好学习他的学问，可我已经体会到他的身上具有难以抗拒的感染力。

真正接近钱先生，是 1978 年 9 月在意大利参加欧洲研究中国协会第二十六次会议期间。在意大利朝夕相处的二十多天里，我渐渐地更加深刻地领会了他的博学、他的才华、他的机敏、他的深刻、他的幽默、他的高洁。他当年的音容笑貌，至今仍历历如在目前。记得在意大利北部山城奥蒂赛依举行会议的第二天，即 9 月 5 日的上午，钱先生在学者云集的大厅里，登台发表讲演。他用标准伦敦音的流利英语（不是像有的传记中所说的用意大利语），神采飞扬、旁征博引地论述了中国和意大利间文化交往的历史，预测了中国和欧洲文化间交往的良好前景。钱先生以文学家的激情，呼吁"中国和欧洲不再隔绝"。他祝愿"马可·波罗桥（即卢沟桥）将成为中欧文化长远交流的象征"。钱先生的讲演，使得会场空前活跃起来；讲演后，他在对各国学者提问的回答中，把英、法、德等国的文学典故、民间谚语，信手拈来，如数家珍，语惊四座，更使得会议进入了高潮。法国学者于儒伯，用汉语提问，钱先生当即用法语援引法国文献加以回答，于儒伯先生听了，立即大声说："他知道的法国东西，比我还多！"引起了全场一片赞叹的轰动。法国的《世界报》对这次会议所作的报道中，十分生动地说出了欧洲学者们聆听钱先生讲演的强烈感受。报道写道："听着这位才气横溢、充满感情的人的讲话，人们有这样的感觉，在整个文化被剥夺近十年后，思想的世界又开始复苏了。"那时在场的我，真是激动万分。我真正感受到，钱先生确实是中国文化的光荣，或者说，现代的中国文化由于有钱先生这样杰出的代表而倍生荣光。我多么由衷地庆幸我们国家，在大劫之后，居然还会保存下来了这样出类拔萃的大学问家。正是有赖于此，在经历了十年浩劫的折磨之后，我们国家的"思想的世界"才能够"又开始复苏"。会下，钱先生成了欧洲学者们包围的对象。他在欧洲同行们面前，表现得从容大度，坦诚幽默而自尊。旅德华人学者乔伟教授和夫人，到旅馆拜访我们，备好纸墨，请题词留念。钱先生挥笔写了1936年在欧洲所作《莱蒙湖边即目》七绝一首："瀑边渐沥风头湿，雪外嶙峋石骨斑。夜半不须持挟去，神州自有好湖山。"当时我就惊叹，钱先生选写这首诗，是多么得体啊。它贴切而委婉地表达了中国文化人的自信与自尊。我从这次题诗中，又似乎更深一层认识到钱先生品格的高洁。

从意大利回来，我和钱先生的交往并不是很多，因为我明白他的时间实在非常珍贵。我想，只有懂得爱惜钱先生时间的人，方才算得上是懂得爱惜我国文化事业的人。有鉴于此，通常我只是隔上些日子，打打电话，或者写写短信，问候问候，把登门拜访的时间尽量减少，充其量一年也就是去一两次。尽管如此，我内心里依然是把他当作我的老师，虽然我明白自己是不够格做他的私淑弟子的。

钱先生使我五体投地的，当然首先是他通中西、贯古今的多识博学。记得80年代前期，看他精神很好，我便常从《中国社会科学》的来稿中选几篇与他专业有关的，麻烦他审阅，请他做些指导——我自己也想借机学点东西。每当这种时候，他总是不厌其烦地迅速做出回复，甚至写出三四页的长信，解难释疑，分辨得失。在这些信中，钱先生关于儒学与禅宗，关于美学中的"通感"，关于比较文学，都有非常精辟的见解。今天我把钱先生的这些墨色淋漓、才气纵横、见解精辟的手迹，取出重温，更是深感它已成绝响。这里权且摘引他关于"通感"的一段议论，作为例证。

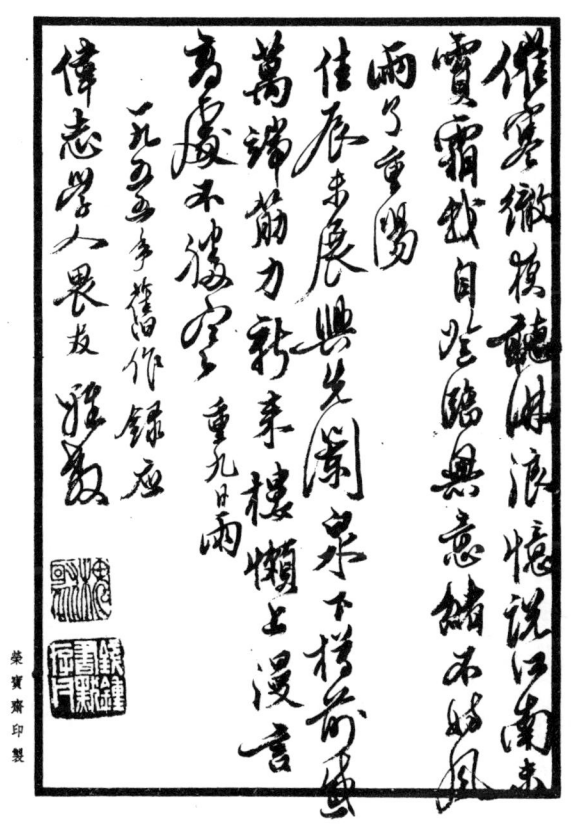

钱先生写道:

"通感"是心理学术语,与"想象""灵感"等有联系而不可等同,作者对于(此)界说似不严密,扩大以至于几如"创造性的想象"的同义词,这就(是)由于他对这问题的文献不熟悉的缘故,而多少上了拙文的当(我不负责)。

接着，钱先生又分析了李阳冰在《上李大夫论古篆书》中的话，指出：

> 那是讲篆书的笔画象形，与画仿佛，不能说是"通感"。"通感"是这个感觉（视觉）会通于那个感［觉］（听、触等等），绝非"有感于物，有悟于心"。子在川上观水，和尚参笤帚，决不可称为"通感"。

从此一例中，当可看出，在一些云山雾罩的学术问题上，一经钱先生指点，立即就起到拨云见日的功效，叫人豁然开朗。

每当到他府上，听他汪洋恣肆地讲古论今时，我更加领会，钱先生是以极其开阔的视野，审视着文化学术领域里各种各样的问题，即使这些问题与他所务的专业颇有一些距离。我常常在他那犹如"不尽长江"般的滔滔议论的缝隙里，瞅空插上两句，把话题拉到我所关心的近代文化史范围里来，我明白，只要能引出他的只言片语，对我都是很好的教益。比如我曾对他说起，康有为晚年曾经给我的父亲写过一副对联，词曰："彩云思作赋，丹壁问藏书。"钱先生当即点评道："康圣人，到了晚年，就是处处要表现他心怀魏阙。"又一回，谈起了张之洞，他听了我的看法后，接口说："张之洞办洋务，特别是在清末实行'新政'中的作用，是不好一概都否定的。"还有一回，议论到维新思潮时，钱先生还特意提醒道："汪康年，是个起了重要的思想启蒙作用的人，现在似乎对他没有足够重视。"所有这些简明的提示，都让我这个近年来致力于钻研近代思想史的人佩服不已。

"学"与"思",在钱先生身上结合得极为协调,只不过人们常常为其博闻强记、学贯中西的盛名所掩,反倒不怎么注意他深邃、新颖、独到而又极富哲理性的见解了。记得80年代初,我在写一篇中国思想史方面的论文时,对于当时学术界有关中国无神论的论说颇生困惑,总觉得中国古代那些反对谶纬迷信的、反对佛教的言论,精彩固然精彩,却不好简单地都归于无神论阵营。发表这些意见的人,往往能够尖锐地揭露对手的愚昧荒诞,可是他们自己却又往往另有信仰;如反佛而执迷于祖先崇拜者,便大有人在。当时我觉察到自己的这种想法尚嫌稚嫩粗糙,于是便去向《管锥编》讨教,果不出所料,得到了我所需要的支持。钱先生在该书(中华书局版)第4册第211则论述范缜时,明确地指出:范缜非"不信鬼",特不信人死为"鬼";谓人之"神"必"灭",未言"天鬼""山水之鬼"之无有。他不赞成把范缜的"神灭论",牵合之于"无神论";对于不加分析地把古人的议论笼统归类的做法,钱先生说,那只好说它是"葫芦提而欠分雪也"。短短的这段论说,对于多年来昏昏然的中国思想史研究,是多么好的一剂清凉剂!大约可以说,钱先生不仅是作家中的学者、学者中的作家,而且他还是深思的智者、明辨的哲人。

文化圈里,对于钱先生不肯混同流俗的特立独行,也曾经有过一些风言风语,说他恃才傲物、目无余子。钱先生孤傲吗?他确实有着一身傲骨,对于一切看不惯的人和事,常常抱着天真的态度(或者像杨绛先生所常说的"傻气"),一针见血地捅破某些精心糊起来的包装纸。他时而幽默时而犀利的雅谑,传出去,自然免不了使一些没有雅量的人士,觉得难以下得了台。但是,钱先生绝对不是不近人情的孤独怪僻的人。他对于那些有心向学的年轻人,从来是倾

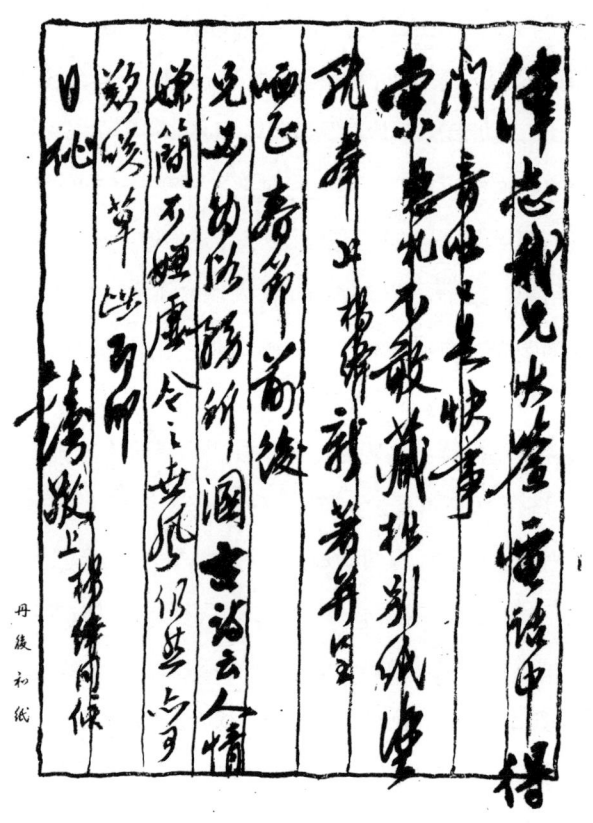

力帮助、诲人不倦的。1979年,我承他赠送上海出版的《旧文四篇》,拿回家打开一看,他竟然从头到尾地做过一遍校改。大到语句、中文外文引文,小到字母、标点,凡是错误的都一一改过。薄薄九十五页的一本书,他竟然校改了六十七处。他为送我这本书,居然付出了这么多的劳动,叫我如何能够心安!当然我只有用加倍的努力学习,来回报这种无微不至的关怀。至于对那些可以信赖的知友,钱先生更是无不相待以赤诚。记得1988年12月初,黎澍同志病剧,钱先生听到消息后,因和黎家联系不上而焦虑万分,只好赶紧写信给我探听病情。他还询问病房病床的号码,急着要到医院探视。黎澍逝世后,钱先生又亲自动手润色了唐振常先生所草拟的《黎君墓表》。他对挚友的真情实意和周到用心,让关心黎澍的亲友们,无不为之感动。

钱先生之所以耐得寂寞,懒于应酬,最主要的原因,显然是他明智地认识到自己想做的工作非常繁重,只有珍惜时间,争分夺秒,才能争取多做一些;何况过去遇到的那些劫难,已经无情地夺去了他年华正茂时的许多岁月,而现今又不得不面对业已年老体弱的现实。正因此,自打 1980 年冬访问过日本之后,钱先生就下定决心,不再出国访问。不管主人许诺的条件何等优厚、邀请的态度何等殷勤,钱先生都一概婉言谢绝。他要把自己一生中余年的精力,全部投放到他所想做的学术研究里去。很多人都听说过,他曾经用"吃过鸡蛋,就不必来看下蛋的母鸡"这样诙谐的话,挡住了不少崇拜者的来访。有一次,他在给我的一封信中,说明他对所审阅的一篇稿件的意见时,也曾特意嘱咐我:"除澍老(按:指黎澍同志)外,乞勿语他人,更不必语作者。免得他找我'指教',我已有过此类经验。'兄也兄也,且莫言之,尔若言之,我甚怕哉!'(《镜花缘》淑士国)。"钱先生的这种尽量避免他人烦扰的态度,并不是因为他生性孤僻高傲,而是由于他看穿了,在我们现实生活中,常有一些可贵的时间被无谓的应酬所浪费。他在给我的一封信中,曾借题发表感慨道:"春节前后,兄必为俗务所涸。古诗云'人情嫌简不嫌虚',今之世风仍然,亦可叹笑。"我完全理解钱先生这种惜寸阴的精神,而且我隐约地会到,在他的感慨中、笑语中,时时透露出一种无可奈何的烦恼。他不止一次地跟我说起,他年轻时的志愿,本在从事创作,可是写了《围城》之后,再也没有时间做了。每当听到他这样的诉说时,总不免让人痛感人生的有限。想起那些年制造过浪费学者精力的人和事,更叫人不能不恨起心头;那些造成的损失,当然已经无可挽回。

我从不相信"五百年必有王者兴"的论断,但是对于五十年之内能不能必有钱锺书这样的学贯古今中西的大师级的学者兴,却甚是忧虑。我无法排除因钱先生去世而引起的一股愁肠:钱先生走后,在文化园地里留下了好大的一片空白!

但愿进化论依旧有效,在不远的将来,我们国家能够出现钱锺书式的、钱锺书等级的文化传人。也许天才果真是要几百年才出一个,那么在天才出现之前,文化界、学术界最好能够自觉地用分工协作、集腋成裘的办法,以集体之力承担起继承钱先生的传薪事业。但愿这只是个过渡期,而后有朝一日,我们国家能够欢欣鼓舞地迎来钱锺书式学者群的涌现。

1998 年 12 月 24 日于小书巢南窗下

勤奋好学的大哥钱锺书

钱锺鲁

亲密无间兄弟情

钱锺书大哥是我钱家十五兄弟姐妹的排头兵,我们从小就在一个大家庭生活,一起读书,一起玩耍,亲密无间。一到暑假全家兄弟聚集在一起,听伯父钱基博讲授经史古文,在大厅里打乒乓球,做猫捉老鼠游戏,在天井里踢小足球,阖家洋溢欢乐笑声。锺书大哥比我大十二周岁,同是戌年出生,因此感情特别亲近。在童年时我就经常到他的书房玩耍,翻看他的英文故事书和图片,并听他说清华大学和北京生活,特别感到惊奇的,就是他介绍清华很大,从前门到后门必须乘人力车,当时我将信将疑,后来到北京去清华一看,他一点也没有夸大其词,清华真的很大,非常美丽。大哥和大嫂杨绛结婚后,专门从北京买了一把蒙古刀当礼物送给我,我非常喜欢,经常挂在身上夸耀,在家中跳进跳出,现在大嫂有时还用这话题说笑我。抗日战争期间,我们还在上海拉斐德路609号一同居住过一段时间，大哥在此创作《围城》，大哥大嫂和我们一起说笑，其乐融融。我们调到北京后，特别他们住在南沙沟，就在我们兵器部大楼对面，来往更加方便，一有空闲就往他家跑，一到节假日全家就去看大哥和大嫂，也是我们最开心的节目。锺书大哥十分风趣，对社会风尚看得非常深透，妙语连珠，一针见血，常常引得我们哄堂大笑。相聚欢乐景象至今历历在目。

勤奋好学榜样

我们弟兄都很敬佩锺书大哥，特别是他的勤奋好学精神，为我们树立了好榜样。我们无锡家中有丰富的藏书，其中古今中外的小说都是名著，就是钱锺书童年最喜欢的读物。他在七岁以前就已读完了家中所收藏的《西游记》《水浒传》《三国演义》等古典小说名著。还不过瘾，一有机会就站到街头租书摊看《说唐》《七侠五义》等武侠小说，坐在那里一动不动。读得津津有味，连回家都忘了。他的记忆力特别好，回到家中就把书中精彩的内容，原原本本讲给我们小兄弟听，讲得兴高采烈时，滔滔不绝，还手舞足蹈将书中武打场面表演给我们看，他的记忆力使祖父和伯父深感惊异。夏天炎热天气时伯父和弟兄都在天井中乘凉。我们兄弟最喜欢的节目，就是听锺书大哥讲聊斋鬼故事。在锺书大哥乘凉躺椅的周围，坐满了我们听故事的小兄弟。锺书哥记忆里有许多聊斋故事，能如《一千零一夜》连续讲个没完没了，把狐鬼讲得活灵活现，使我们兄弟听得入神，久久不愿离去，他有时添油加醋，将凶恶的鬼怪讲得十分可怕，把我们听讲的兄弟吓得浑身抖颤，但我们越怕越爱听。听完故事后，在黑暗中我们还害怕凶恶神鬼出现，一个人单身不敢在黑暗中走路。后来我们兄弟相聚一起回想说起无锡老家往事情景时，不禁还要捧腹哈哈大笑。他不仅记忆力好，而且口才好，还善于想象和联想，从小就善于从阅读中前后联想和对照比较，这好学深思熟虑的习惯，常常在今后的学习工作中发挥运用。

特殊的聪明才智

两位大哥钱锺书和钱锺韩从小就在一起读书，一同进了无锡有名的东林小学。我伯父是国学大师，在他们下课后再亲自教授古文，奠定了他们深厚的古文功底。在中学时代，钱锺书表现出特殊的聪明才智，但他的天赋在文学上，他的中英文成绩在全校一直名列前茅，受到学校校长和教师们的青睐，作为特别保护对象。他喜欢随心所欲任意发挥，特别不愿按部就班地逻辑推理，对数理化等课程感到头痛，根本不想学，成绩很差，他的升学历来都是特别保护才过关。

钱锺书的外语才能更显得特别优异，完全是靠刻苦自学。他并不喜欢课堂教学，认为学外语要啃字典，从读原著入手，才能丰富词汇和渊博学识。他不仅啃了成本的《牛津大字典》和《大英百科全书》，而且在中学里就阅读了《天演论》等不少的西方文学、哲学原著，因此英语突飞猛进，体现了他的语言天才和大量阅读外文原版书的丰富收获。他还以同样的刻苦精神攻克法语、德语、拉丁文等等，从丰富的语言和原著宝库中吸取知识营养，能在治学和著述中，随心所欲引经据典加以发挥和运用。1979年钱锺书访美时，在一次耶鲁大学茶话会上，他博学多才，出口成章，将外语天才充分发挥，一会儿用优美的英语背诵英国作者的诗词，一会儿用标准德语背诵德国诗人的作品，他又用拉丁语背诵拉丁文诗词，他流利的外语和博学强记，使在场的美国人惊愕了。

钱锺书自视颇高，有一次公开说："家父读的书太少。"伯父是有名的古文学家，但听了这些话后却说："他说得对，我是没有他读的书多。他懂得好几国外文，我却只能看翻译小说，就是中国古书他也比我读得多，读得广。"对于儿子比他读书还多引以为自豪。

横扫清华图书馆

"南交大，北清华"两个名牌大学，是当时中国知识分子梦寐以求进身之地，如能考取这样的中国第一流大学，就好比考中了状元，前途无量。钱锺书和钱锺韩同时能以优异成绩考取清华和交大，不仅给我钱家增添光彩，而且成为无锡报纸头条新闻。辅仁中学两个毕业生同时考取清华和交大，无锡人引以为荣，后来一直是无锡人和辅仁中学的佳话。钱锺书考取清华大学也是传奇性的故事，他的中英文考试成绩特别优异，传说数学成绩只有15分，按一般常规绝不能为名牌学府清华正式录取，他考的专业是清华大学文科，中英文特别优异的成绩，引起清华一些著名教授的兴趣，认为如录取进入清华，将来必然成为奇才，清华大学校长罗家伦看到他优异的国文、英文成绩，赞叹有加，特别批准破格录取，这却是清华前所未有的第一次破例。他进入清华，不但得到很多名师扶持和指导，还有一个大收获，就是横扫清华图书馆的丰富图书资料，他进入图书馆如鱼得水，中外名著一本本啃到肚子里，广泛阅读使钱锺书得益匪浅，大学四年肚已"大腹便便"，满腹经纶，学业有成，被誉为"清华之龙"。

英国牛津大学培养的杰出人物

最近英国牛津大学校长访华谈到培养人才方针时，也以牛津能出钱锺书这样的杰出人物为自豪。事实上钱锺书对于牛津的严肃、古板课程不感兴趣，根本不受上课约束，完全凭兴趣读书。牛津博德利图书馆比清华图书馆藏书更为丰富，钱锺书几乎成天埋头图书之中，饱览文学、历史、哲学、心理学等书籍，学问知识方面获得更大的丰收。他自称如"蠹虫"将图书馆的一本本书蛀空，将知识装饱了肚子，因此称牛津博德利图书馆为"饱蠹馆"。

在牛津另一个丰收就是女儿钱瑗出生，这个掌上明珠给钱锺书一生带来了无穷乐趣。因为爸爸妈妈还要到学校上课，白天她只能睡在一个大抽屉里被锁在家中，安安稳稳等爸爸、妈妈回家。可能因为她出生在英国牛津，后来曾是英国纽卡斯尔大学访问学者，成为一个杰出的英国语言学家，勤奋刻苦学习精神几乎和她父亲一模一样。她任北师大英语系主任，任务极其繁重，既要负责英语系的行政事务，上课教书，还是博士生导师，辅导博士生准备博士论文，和大学英语教师进修班培训工作，我们每次看到她在家忙于备课，即使节假日也无一刻休息，终日劳累过度，我们真正感到心痛。由于她长期劳累，积劳成疾，一个充满活力的生命，短短几个月就为病魔所夺，竟然离我们而去，在人间消失了，真是叫人难以置信，感到十分悲痛。北师大的学生对老师钱瑗非常爱戴，一致要求将她的骨灰埋在北师大校园内，以纪念她辛勤工作，将一生献身于北师大教育事业。

爱国主义篇章《围城》

大哥钱锺书《围城》的影响之大出人意外，我亲身感受《围城》应是抗战时期中国知识分子爱国主义的历史篇章。书中描写方鸿渐从上海回乡到抗战爆发后逃难到上海的一段经历，明显是以无锡老家"钱绳武堂"为背景的。在《围城》中介绍方鸿渐的父亲"在本乡江南一个小县里做大绅士，他们那县里人侨居在大都市的，干三种行业的十居其九：打铁，磨豆腐，抬轿子。土产中艺术品以泥娃娃为最出名，年轻人进大学，以学土木工程为最多。铁的硬，豆腐淡而无味，轿子的容量狭小，还加上泥土气，这算他们的民风"。这里把家乡无锡的特产和民风描述得非常风趣。我祖父和父亲都可算是无锡的乡绅，在上海打铁业都是无锡人开的，王冶坊的铁锅几乎占领了上海家家户户厨房。无锡三大特产泥娃娃、油面筋、肉骨头，也都是重要出口产品。无锡的纺织业、面粉业在无锡和上海都首屈一指，是中国民族工业的支柱。无锡城和钱绳武堂一样历尽沧桑，屡屡成为"围城"，遭受劫难。杨绛在《围城》电视剧拍摄时指出"围城"主要含义："围在城里的想逃出来，城外人想冲进去。对婚姻也罢，职业也罢。人生的愿望大都如此。""围城"实际是抗战时期中国知识分子的人生写照。钱锺书创作《围城》的时代，正是中国人民生活在水深火热之中的时代，是中国人民奋起反抗帝国主义的革命时代，也是中国知识分子冲出"围城"寻求救国之道的时代。他们万分愤恨当时政府卖国求荣和帝国主义侵略压迫，怀着一腔爱国热情，有的走向革命道路，肩起抗日救国大旗，进行武装革命斗争，千万志士为革命献出宝贵生命；有的深信"教育救国""技术救国"，冲向世界，出国深造，以期学得世界先进的文化技术，来拯救中华民族，回报祖国。他们看到日军发动侵略暴行，便毫不犹豫放弃国外优越学习生活，又从外国冲回"围城"祖国，投奔抗日救国大后方，在极其艰苦的条件下，办学培养振兴中华的栋梁人才，这就是钱锺书《围城》的实际生活背景。钱锺书就是在抗日战争爆发后，从法国冲回"围城"祖国，到昆明西南联大教书，后又从"围城"上海冲出去，一路千辛万苦，到湖南蓝田师范学院教书。《围城》的故事，就是中国知识分子从"围城"冲出去，又冲进"围城"的实际生活写照。抗日战争前，冲出国门风潮已是当时的日常，与钱锺书同时期出国潮冲出去的，我们周围就有大哥钱锺韩（英国学习电机）、二堂兄钱锺纬（英国学习纺织）、二舅高昌运（英国学习哲学）、三哥钱锺毅（美国学习土木工程），他们到英美留学，学习先进文化技术和救国救民的本领。抗日战争爆发后，在祖国最困难的时候，他们毫不例外都满怀爱国热情，冲破重重障碍，回到祖国大后方，参加"教育救国"和"技术救国"革命事业，为今后革命和国家建设立下了功勋。中国知识分子的爱国主义精神应该是《围城》小说的内涵。

崇高的道德品质

我们在日常生活中对大哥的道德品质司空见惯，不以为奇，在年轻人眼中却认为是无比高大的影像。大哥从不对我们吹嘘自己，却以认真严肃的治学态度给我们作出榜样。有人以为钱锺书"只知读书，不问窗外事"，事实上他通晓天下时事，分析极其精辟。面对一些重要任务，他以高度政治责任心，克服重重困难，全力以赴完成任务。由于知识广博，中外文造诣极高，他被聘任参加翻译《毛泽东选集》《毛主席诗词》英文本等严肃而艰巨的任务，并出色完成翻译任务。他还曾参加一些重要的涉外任务，总是全副精力都扑在工作上，从不计较困难、索取个人私利，给人留下深刻印象。

和钱锺书同学的日子

常 风

一

1929年,我报考清华大学外国语言文学系,那年外语系招收差不多四十个名额。等到正式上课前三天,我才接到通知我已被录取了,可以到学校报到。所有系新生的英语课,都编在一个班里上。但我因是备取生(备取生有十名),报到比较晚,班里已无空位子,便被插在别的大一英语班,因而开始时我接触的本系同学不多。但我却幸运地遇到一位很渊博的英语教师——美国的詹孟生(R.D.Jameson)教授,使我受益匪浅。

我第一次碰见钱锺书是在冯友兰先生的逻辑学课上,印象很深,一直到现在我都记得清清楚楚。

我们那时上课在旧大楼,教室里都是扶手椅,没有课桌。我进了教室,看见第五六排有空位子,就走到靠右手的一个椅子上坐下来。后来又进来一位同学,和我一样也穿着蓝布大褂,他走到我这边,坐到我右手旁的空座位上。我不知道他是谁。

冯先生河南口音很浓,讲课时口吃特重,所以记他的笔记很不容易。比如,他讲到亚里士多德时,总是"亚、亚、亚里士多德……"坐在我右手的这位同学忽然从我手里拿过我的笔记本,就唰唰地写开了。我当时有些不高兴,心想这个人怎么这样不懂礼貌呢?可是当时也不便说什么。冯先生讲完课后这位邻座就把笔记本还给了我。下课后他走他的,我走我的,出了教室,我也未向他道谢。我看了笔记本才发现,他不但记下了冯友兰先生讲的亚里士多德,还把冯先生讲课中的引语、英文书上的原文全都写了下来,这着实让我吃了一惊。

当天下午有人来找我同宿舍的许振德(当时我们住的宿舍是旧房子,五个人一间,新大楼正在建设中。同宿舍的还有两位广东人,一位叫方稚周,人很厉害;另外一位广东人名叫石伟,是学社会学的,人挺好,毕业五十周年纪念返校时大家都还见了面。还有一位物理系的同学叫何汝楫,是浙江人。许振德是山东人,不喜欢和南方人同居一室,过了几天就找了个小屋搬走了),原来来客就是在我笔记本上写笔记的那位同学。老许介绍说,他叫钱锺书,他俩在同一个英语班上。我和锺书就是这样认识的。

钱锺书看见我书桌上的书就翻开了。他看见《国学概论》(钱穆著)一书,前边有锺书父亲钱老先生写的序,就说:"序是我写的,只是用了我父亲的名字。"后来他又看见了别的书,其中有爱尔兰作家乔治·穆尔写的《一个青年的自白》。他很惊讶地问:"你看这本书吗?"我说:"以前看过郁达夫介绍这本书,所以来到清华后就到图书馆借了出来。"这样,我俩就聊了起来,这就是我与钱锺书友谊的开始。也就是这时候,我知道锺书很崇拜约翰生。后来几十年我虽未见他提及这位伟大的作家,但晚年他很喜欢看各种字典,也许与他崇拜约翰生有关。

我们两人是同年出生,生日也很相近。但他的博学多才与勤奋都是我望尘莫及的。

那年入学时,清华大兴土木。除扩建图书馆之外,还建化学馆、生物馆,到处都在盖房子。同时又在新盖一栋学生楼,叫"新大楼",寒假快完时,大楼基本竣工了。

一年级第二学期春季始业后,我们搬到了新宿舍,新大楼是U字形的,中间有廊子。我第一次住进条件这么好的装有暖气的宿舍,觉得很幸运。我们是两个人一间屋子,屋内除每人各一张床以外,还各有一张桌子,两屉一柜,另外还有一个大衣柜,两扇柜门,一人一个,各人有一把钥匙。我是住在一层朝阳的房间,与从山西一同考入清华的中学同学康维清分到一室,宿舍后边即为饭厅。锺书住在二层楼的左翼一侧的宿舍。他的同乡曹觐虞住在我房间对面的宿舍,他常到楼下来到我对面房间找同乡,所以也就常来我宿舍,因为我这儿离食堂最近,所以锺书常来和我一块儿去食堂吃饭。

我的书桌上老是放着许多书和笔墨。锺书来了以后喜欢乱转乱翻书,看到我这儿有鲁迅著的《小说旧闻钞》,他就提笔在封面上用篆字写了书名,又在扉页上用正楷写了书名。这时我发现他的书法很有功力。

他以后就常来我宿舍,经常随便拿起书来就看。吃饭时叫我一块儿去食堂,饭后我们一块儿去校园散步。我的室友老康,每逢礼拜六都进城去会女朋友,锺书就把被子抱过来与我抵足而眠,我俩常常是彻夜长谈。

钟书放假回老家探亲返校后，带来了苏州糖果，无锡有名的古老肉（排骨肉），同时还带来他父亲钱老伯赠送我的一本书——《韩愈志》，我也很礼貌地写信感谢钱老伯。此后，钱老伯还陆续给我寄过几本书。

钟书这个人性格很是孩子气。常常写个小纸条差工友给我送下来，有时塞进门缝里，内容多为戏谑性的，我也并不跟他较真儿。

后来，我宿舍对面房间的一位同学搬走，钟书就搬下来与他的老乡同学同住。经常能听到他与这位老乡同学吵嘴，吵完后他又嘻嘻哈哈的，这位同学很宽容，并不跟他翻脸。

二

"九一八"以后，淞沪战役开始，日军侵入上海。苏州东吴大学等校停课，许多学生转入北京各大学继续上学。如费孝通就到了清华研究院。杨季康先到燕京大学，后来也到清华大学，旁听我们班的课。

我们班有位女同学名叫蒋恩钿，是苏州人。她比较活泼，见了大家总是笑嘻嘻的。一般女同学很少跟男同学说话，她是见谁都说话。有一天她带来一位女伴。钟书告诉我那个女同学是从东吴大学来的，和蒋恩钿是中学同学，现在住在蒋恩钿的房间里，这位女同学后来跟我们一个班上课，她就是杨季康，她要补习法语。蒋恩钿介绍钱锺书给这位杨季康补课，他俩就有了交往。

锺书用英文写了一篇《论实验主义》的论文，我当时正在练习打字，他就要我替他把文章打出来。哲学系给高年级学生开讨论会，教师和学生都参加。每次开会时冯友兰院长都派他的秘书李先生来，请锺书参加。每次开会，锺书回来后都十分得意，因为他总是"舌战九儒"，每战必胜。他告诉我开会时的情况，什么人发言，他跟什么人辩论了。就我所知，享受这种殊荣的人，只有锺书一人。

锺书搬到曹觐虞房间后，我才对他的读书方法有所了解。他是一个礼拜读中文书，一个礼拜读英文书。每礼拜六他就把读过的书整理好，写了笔记，然后抱上一大堆书到图书馆去还，再抱一堆回来。他的中文笔记本是用学校里印的十六开大的毛边纸直行簿，外文笔记用的是一般的练习本。他一直就是这样的习惯，看了书每天要写笔记。他的大作《谈艺录》和《管锥编》都是这个时期就打了基础的，当时的看法后来有些由他自己纠正了。前些年他在一篇文章中提到了他以前对克罗齐的著作有偏见，没有认出人家的正确性。我想，他在晚年想纠正的年轻时的看法一定是很多的。

锺书常和我谈到叶公超先生讲课的情形。那年冬天的一天，锺书约我一同去叶先生家拜访，这是我第一次拜见叶公超先生。叶先生是1928年新应聘到清华任教的。他原先在上海暨南大学教书兼做外文系主任。叶先生当时还是单身，住在清华园东北角的北院教授住宅区，北院原来是清华学堂初建校时，专门给外国教师修建的。叶先生住在北面一排中间的一套房子，他住了一年多，移来竹子栽在南窗前面。后来他给他的客厅兼书房和餐厅的那间大屋子起了一个雅名"竹影婆娑室"，还请老诗人、汉魏诗歌专家黄晦闻先生写成横披，悬挂在室内南窗上方的白粉墙上。坐在他的客厅里，确实看得见竹影摇曳。叶先生原来是一位很爱风雅的人。我们在清华四年中常在叶先生的这间屋子里向他请教。多少年来我们以为叶先生是哈佛大学毕业的,头两年我看到台湾出版的《叶公超散文集》,才知道他在美国爱默思学院毕业后就到英国剑桥大学的玛地兰学院（Magdalene College）念文艺心理；回国后到北大任教,教的也是文学。

在大学第二年的第二学期,我们的西洋哲学史教师改为张申府先生,所以以后钱锺书和我常去拜访的教师就是叶先生和张先生。

四年级的时候,锺书和我都选修了吴宓先生的《中西诗的比较研究》。我们上课时从来不发问,只是赶快记笔记,教员也不提问。吴先生的课,上课时用中文讲,讲完后就问锺书:"Mr.Qian 的意见怎么样？"锺书总是先扬后抑,吴先生听了之后总是颔首唯唯。季康也选了这门课。新来的研究生赵萝蕤也和我们一样上这门课。不过当时大家看见也只是点点头（不认识）,从来没有交谈过。

张申府先生经常买来新的西文书,他看了之后要写篇文章介绍。这些文章写好后总是请锺书代他送给《清华周刊》。当时在清华教授中,知道和了解钱锺书的人除了本系的两三位先生以外就是张先生。大约在 1934 年,张先生编《大公报》之副刊"世界思潮",在一篇文章中,他说:"钱锺书和我的兄弟张岱年并为国宝。"

当年,张申府先生的这句话,并非夸饰之词。半个多世纪过去了,钱锺书和张岱年先生都已经是全国乃至全世界的著名学者,足见张先生预言之准确。我们四年级时,曾一度传说钱锺书受英国伦敦大学东方学院之聘教中文。锺书曾经把他们无锡县里的一张登载他消息的小报给我看,他没说什么,我也没问。因为我不相信这种传说。锺书已经在英文杂志发表过几篇文章,当时他给李高洁

（C.D.Le Gros Clark）翻译的苏东坡诗写过一篇导言，已经出版。我想以这样优秀的成绩去英国教中文，锺书是不会干的。他报考英国庚款留学不会有什么问题，头两届报考庚款的那些人的成绩都并不怎么样，也不曾有什么英文作品发表过。

三

1932年的一天，许振德找了一位他熟悉的人来给我们三个人在我的宿舍（133号）窗户外照了一张相，这是我们三个人在一起的唯一一张合影。

锺书和我除了在学校散步外，不曾到校外游玩过。1933年春假的一个下午，许振德来找我们一块儿去逛颐和园。我们步行到了颐和园，看见有几头毛驴。许振德说："咱们骑毛驴去碧云寺逛逛吧。"锺书和我都没骑过毛驴，我俩战战兢兢地骑了上去，由驴夫牵着到了碧云寺。在碧云寺拜谒了孙中山的衣冠冢，在庙里转了一小圈，老许提出去香山，于是我们就顺便游逛了香山，还想到八大处，可是到了卧佛寺，时间已经不早了，就又返回香山。在香山到处乱转了一下，走到香山大饭店，老许说："咱们今天浪漫一下吧！"就去香山饭店住了一夜。那时候好像香山饭店住一个大房间只两块钱。但是要吃饭，三个人带的钱就都不够了，只好每人两毛钱吃了一碗面条。这就是我们唯一一次在北京的旅游。老许说："咱们够浪漫了。"又戏称我们是"三剑客"，大概是头一年才看了《三剑客》的电影，因此想起了这个绰号。以后老许就经常提起"三剑客"，常提起香山那个浪漫之夜，这是我们三个人第一次在一块儿旅游。回首往事已近七十年了，老许也已经去世十来年了，1982年他从美国回国约我到北京聚会，我因为得请一个礼拜假，而老许在北京的朋友很多，他只能在北京待几天，因此我没有去成。老许到北京本来想圆香山浪漫之游的梦，也落空了。锺书请他在"来今雨轩"（中山公园）吃了一顿饭。他还有许多应酬，也没再见面就走了。

1933年5月初，学校里忽然召集紧急大会，说"梅校长有重要报告"。届时开会了，梅校长说："接到北平行营的紧急通知，昨日我国和日本的谈判已经破裂，决定打仗，跟日本人在北平打仗，我们要坚守北平，所以学校要停课疏散学生。"于是，散会之后，在新大楼宿舍外突然之间来了许多小汽车和三轮车之类，大家就纷纷地离校，后来才知道原来这是国民党政府的一个骗局，害怕大学生反对国民党的投降政策，闹学潮。我的大学生活就这样在动乱中马马虎虎结束了。我们的毕业很凄凉，连毕业典礼都没举行，大家就作鸟兽散了，我与钱锺书朝夕相处的日子就这样一去不复返了。我和叶师、钱锺书师生三人当年亲密无间同声相应的日子也至此告终。

四

一个人从当小学生到大学生，对于教师总不免要品头论足的。头些年流传着几句话，说是钱锺书说的，清华的几位老教授某某老朽，某某懒惰，又说某某不学无术等。这些话都是我们在学校时经常谈论的，其中说的某某不学无术是人们称为××将军的教授。这位先生后来果真当上了将军——美国战地服务团的将军。我们在学校时，这位先生经常是在球场上当裁判，特别是棒球裁判。他本来是夏威夷的华侨,在学校里教大一大二的英语,不过国语说得很好。他经常陪着一位美国女教授散步。我们三年级暑假前夕,那位女教授忽然邀请我们班全体同学到她家吃茶,她说×先生在美国哈佛大学学习了一年,专门研究弥尔顿,可以教我们第四年的英语;大家只是听她说,吃她准备的点心喝咖啡,都没有发表意见。我们第四年仍然是温源宁教的弥尔顿,×先生还是教一二年级的英语,所以如果钱锺书说过这位先生不学无术也并不是毫无根据的。

1933年温源宁先生到上海工作,接着叶公超先生从欧洲休假回来辞掉清华教授到了北大,所以清华外语系只留下来吴宓先生一个老人了,本来全国闻名的清华外语系就等于散了摊子了。"七七事变"后清华南迁,后来与北大南开组成西南联大,×先生成了清华外语系负责人,一直到抗战胜利后。他何时离开中国回到美国,我记不清楚了,大概是胜利后不久吧。

吴宓先生到了西南联大后转到四川又经过好多变化,受过许多折磨,最后遭到迫害成了残疾。叶先生在抗战后期调到国民党中央宣传部做对外宣传工作,也离开了清华。叶先生还在西南联大时,在一次通信中谈起"现在联大保留一个教授的位置是准备给钱锺书的",我曾给钱锺书写信时提起此事,他在回信中说:"莫非要我每日三餐都要祷告感激叶公超吗?"钱锺书何以对叶公超态度变成这样,我莫名其妙,本来交情很好,怎么变成这样了?其中过节我也不知道,所以从此我给他写信再也不提叶公超了。

许多年前我从报上看到说有外国记者访问叶公超,问钱锺书是他的学生吗?据说叶公超装聋作哑,既没肯定也没否定,我也就不对叶公超提起钱锺书了。二人原是很好的师生情谊,没想到竟变成这样，我不知其中原因，也未向二人问过，他们也未曾向我提起过。一直到抗战胜利后，记得有一次钱锺书给我的信中提到叶公超如何如何，这就是二人交往的结局。叶先生本来出身于官僚家庭，所以改行做官也很不足为奇。抗战后期叶公超替其叔父到上海办事，遭到诬陷，被敌伪关押受到毒打，后来通过其叔父朋友之关系保释出来。我曾写信给在上海的杨季康打听，她回信说已经平安无事了。自此以后叶公超完全离开西南联大，同时也结束了他的教师生涯。

胡绳与钱锺书书信拾零

白小麦

钱锺书先生是我敬仰的大学者,他离开我们已经二十年。追记点滴往事,感触良多。

我在中国社会科学院工作多年,有幸与钱先生近距离接触,虽只有一面,却恍如昨日,历历在目。

钱先生1982年开始任社科院副院长。1985年6月,胡绳任社科院院长,钱先生留任副院长。1988年换届,二人任职依旧。1993年胡老续任院长,钱先生聘任为院特邀顾问。1998年李铁映任院长,胡老退职,钱先生卸任。

1993年钱先生患癌症做手术,次年再次入住北京医院,1998年12月19日在医院病逝。

这里摘录胡老几段日记:

1994年8月3日,到北京医院"看钱锺书,于7月30日入院"。后出院。

1996年4月11日,"看钱锺书,杨绛在,似无痊好可能"。这是钱先生再次住院。

　　11月11日,"看钱锺书,睁眼,说了几句话,但不能听懂,杨绛尚能撑住"。

　　1998年2月5日,"看钱锺书,其人面无表情,但瞪目尚有精神,据说他左耳甚好,什么都能听见"。

　　12月18日,"得消息钱锺书病危,急往北京医院,病人平静,说是今日过不去,晚饭前回"。"后闻夜十一时精神稍好,回光返照也。"

　　12月19日,"早七时三十余分钱锺书长逝"。派秘书赶往北京医院深致哀悼。

　　12月21日,"下午钱锺书火化,按杨绛意见不举行遗体告别,不邀人去"。与秘书"三时去八宝山向遗体致敬"。

　　胡老担任社科院院长凡三届十三年,钱先生虽不愿为官但与同进退,也许是胡老一再恳请挽留的缘故。以钱先生的学术造诣和声望,即使担任象征性的职务,对提高社科院国际学术地位和影响力也有着重要作用。这十多年间,每逢春节胡老都要登门给钱杨(杨绛)二先生拜年。钱先生两次住医院期间,胡老曾多次看望他。胡老稍晚亦于1995年患癌,2000年11月病逝。

　　在我看来,胡老和钱先生在社科院共事却非上下级或一般同事关系。钱先生年长于胡老八岁。胡老十分敬重钱先生,二人皆重才,君子之交,引为知己,亦师亦友。

　　这里找出二人书信若干,读来深有意味。

一

1988年7月初,胡老游泳,在泳池边滑倒致股骨头粉碎性骨折,急进北京医院做手术。8月初,出院到北京西山疗养。胡老送钱先生一本自编的文集《历史和现实》(上海三联书店1988年3月出版),于是收到钱先生来信。

绳兄大鉴:

  读院中简报,欣悉尊恙渐瘳,迁地疗养,愚夫妇皆称庆释负。尚望从容摄卫,来日方长,不急汲从事。灾去而身永安矣。今晨奉到惠赐大著,感喜之至。已快读其半。论五四及辛亥,公心正论,弟陋见所及、时贤著述,允当明快无足与比者。斥蒋廷黻之讥林则徐,亦如老吏断狱要言不烦。弟当年闻其说,窃谓与吕丈思勉重申明邱琼山旧说之扬秦桧而抑岳飞[1],乃同一风会之征象。刘彦为人,竟未前知,自愧鲰愚矣。先此致谢。即颂

痊安

    弟 钱锺书敬上 杨绛同叩 二十二日

全衡嫂夫人前均此问安

全衡即胡绳夫人吴全衡。信中"论五四及辛亥",指《论五四新

---

[1] 吕思勉1923年出版《白话中国史》,作为中学历史选修教材。书中贬低岳飞、为秦桧鸣冤,引发很大争议。

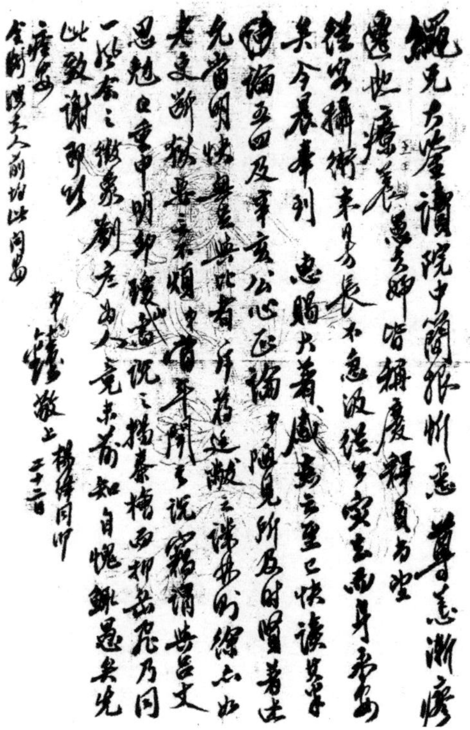

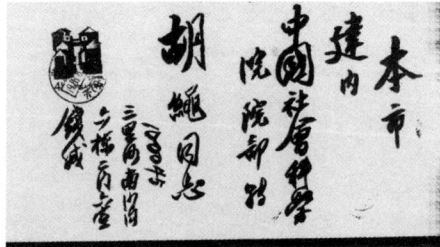

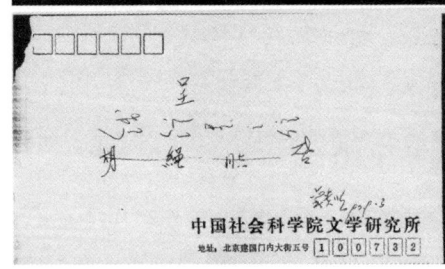

绳兄大鉴：读院中简报知兄患尊恙，至念。渐痊否？遥念。

弟世疹恙，愚夫妇皆深为念。继室病术来苏，为时不急返沪。弟实主而身为彼今春率列出国访问，冗懒公私心匪适。传诵立四及军玄公心匪遥，所为时晤著述兄当明快事，愚此者所延擎二律来时。所诵毋声文老文渐彻甚素颜之者与所说露诵毋后文思魏日章中明郎，即体或说。昨来柏多抑甚危乃同一张本之徵象，刻之为人竟未有知自愧欤过。先此致谢。即此

敬礼

弟钱敬上 杨绛同叩
七、十一

金明儒来夫人前均此同颂
廖君

本市
建内
中国社会科学院院部转
胡绳同志
钱缄
三里河南沙沟
乙栋五室

中国社会科学院文学研究所
地址：北京建国门内大街五号 100732

文化运动中的民主和科学》（1979年4月）一文及论述辛亥革命的三篇文章（均写于1981年）；"蒋廷黻贬低林则徐""刘彦为人"出自《关于中国近代史研究的若干问题》（1981年3月）一文。

简单介绍一下。《论五四新文化运动中的民主和科学》全文分为六部分，约1.8万字。文章论述五四时期的新文化运动，举起了民主与科学两面大旗。以民主和科学为武器，破坏封建主义的旧道德、旧思想、旧文化，是五四新文化运动的伟大功绩。这个运动继承了戊戌维新时期和辛亥革命时期的思想运动，而其反封建的彻底性远远地超过了它们。

1981年是辛亥革命七十周年，7月至10月胡老连续写了《辛亥革命的历史意义》《辛亥革命的历史地位》《辛亥革命中的反帝、民主、工业化问题》三篇文章。针对国内外一些学者认为辛亥革命不是革命的观点，论述辛亥革命的重要性和必要性，着重分析革命是怎样产生的。胡老认为中国资产阶级领导的这一次推翻清皇朝的民主主义革命，在实质上也具有反对外国帝国主义的性质。以孙中山为代表的革命派"实际上是要发展资本主义，但主观上自以为能使广大劳动人民不因资本主义的发展而受苦。这是脱离历史实际的一种空想。这种空想既使他们更觉得有充分理由去为发展资本主义而奋斗，又是模糊地表达了中国不应当完全跟从西方资本主义国家的老路的一种想望"。从历史发展的全程来看，辛亥革命的成功及其失败，在中国人民的解放斗争史中具有极其重要的意义。在工业化问题上，中国共产党领导中国人民继承、发展了孙中山的思想。

胡老《关于中国近代史研究的若干问题》文中举例说到蒋廷黻

贬低林则徐。指出，解放前关于中国近代史的著作，也有反爱国主义的。例如蒋廷黻所著《中国近代史》，讲鸦片战争是贬低林则徐而称颂琦善的。他的观点在非马克思主义的史学界中也很少有人赞同。那时中国的马克思主义者在中国近代史方面，努力对中国半殖民地社会的状况做出科学分析，把在帝国主义压迫下的民族呻吟，提高到理性认识，阐明中国争取民主进步和争取独立斗争的一致性，同时鲜明地批判丧失民族自尊心的反爱国主义论调。在爱国主义主题上，马克思主义者同一切爱国的历史学家站在一起。中国近代史可以使人们深刻地认识中国的独立自主的地位来之不易，使人们对于中国人民的力量增强信心，使人们懂得中国人决不能闭关自守，妄自尊大，但必须要有充分的民族自尊心和自信心。

胡老在此文中实事求是地说到，把鸦片战争作为中国近代史开始的标志，并不始于中国的马克思主义者。较早的著作家湖南醴陵人刘彦在1910年出版的《中国近时外交史》，已提出应该从鸦片战争开始划线。从那时起至上世纪20年代初，开始的一些中国近百年史的著作，均以鸦片战争作为一个历史的重要界限。这些著作一般地包含有爱国主义的主题。刘彦这本书1927年扩充改写为《帝国主义压迫中国史》，揭露帝国主义对中国的侵略和压迫，反映了中国人民在民族压迫下的痛苦，以及争取民族独立的愿望。钱先生称"竟未前知"自称"觍愚"，并向胡老致谢。表现得大度谦和，认真求实的胸襟，令人感佩。

二

1991年5月，胡老收到《胡绳文集（1938—1949）》（重庆出版社1990年10月出版）样书，即送钱先生。钱先生写信，以禅语赞其文"有理不在声高"。

绳公著席：

　　昨晨奉到惠颁大集，感喜之至！弟因老年性白内障，故遵张湛所谓"损读"奇方，而每得佳著，辄心痒难熬。去年拙句一联所谓"病眼难禁书诱引，衰躯端赖药维持"者。至晚已卒业第一辑，析理明通，矜气全无，禅家公案云"有理不在声高"者，当之无愧。如评敝业师冯芝生先生、弟远房侄孙宾四诸文，既针砭诡论，且襮隐衷，知人而论世。论"诚"篇，尤推本夫！弟一月前喘疾复发，医院点滴输氧，幸未成大患，然后遗小小病痛，尚非净尽。大集当继续读完，先修一笺道谢，并请释念。即颂
日安

　　　　　　　弟钱锺书　敬上　杨绛同叩　二十日晨
衡嫂前并此请安

张湛，汉代名儒，曾注《列子》一书，是钱先生评价甚高的文学大家。冯友兰字芝生，钱先生称为"业师"；钱穆字宾四，钱先生称为"远房侄孙"，可谓爆料之趣语。信中胡绳文集第一辑为"思想

文化评论",有《评冯友兰著〈新世训〉》(1942年)、《评冯友兰著〈新事论〉》(1943年)、《评钱穆著〈文化与教育〉》(1944年)三篇文章;"论"诚"篇"指《论"诚"》(1943年)一文。值得我们重视的是胡、钱二人均认为"诚"乃"本"也。

胡老晚年回忆,上个世纪40年代初在《新华日报》工作,编副刊,除写出了许多小的杂文之外,比较多的是对当时各方面起重要作用的文化思想进行评论。譬如说,冯友兰那时有三本书《新世训》《新事论》和《新理学》,他对《新世训》《新事论》写了评论,还多次提及《新理学》(《笔耕丰歉说当年》,《胡绳全书》第七卷)。可见他对冯先生特别注重。

《评冯友兰著〈新世训〉》1942年7月发表于桂林《文化杂志》。全文约2万字,分为五部分:"人的生活方法",何谓"理性",情与理,"无为"与"无我",理想与现实。文章着重分析冯先生所论"生活方法"的几个根本观点。当时叶圣陶看到这篇文章,也说冯友兰是用道家的说法解释儒家。他完全赞同胡绳的说法,认为胡绳说得有道理。叶圣陶1942年12月6日记云:"看《文化杂志》所载胡绳君评冯友兰《新世训》文,谓冯合道家主张与理学家主张成此书,所用方法为形式逻辑,未足以指导现代人之生活方法。"(《叶圣陶集》第20卷)

胡老觉得冯友兰《新事论》还有些特点,甚至利用一点马克思主义,用唯物论说一个社会的经济状况决定上层建筑,所以首先要注意经济状况,经济变了,上层建筑自然就改变了。它把马克思主义唯物论说成这样,评论它还是有点意义的。(《笔耕丰歉说当年》)

《评冯友兰著〈新事论〉》全文分为四部分:基本的观点,历史的翻案，图式的失败，守旧与革新。文章提示《新事论》是讨论文化社会问题和当前实际问题的，其宗旨"又名曰中国到自由之路"。首先肯定冯先生说出一个真理——改变半殖民地半封建的旧的状态是中国走向自由之路的始点。对书中所论有同感或持异议者，归纳为基本的几点进行评析。指出冯从根本上看出中西文化的区别是由于社会物质基础——生产方法生产制度，但所说的生产方法则是和在生产过程中人与人的关系无关的。把生产方法看作只是生产技术，就会把从一种生产方法向另一种生产方法的转变，一种社会制度向另一种社会制度的转变，看作只是改进生产技术的事情，而用到当前的现实中，就会把"中国到自由之路"看作只是生产技术的不断改进，认为中国脱离半殖民地半封建的方法就只是运用机器，建设工业。这样问题被简单化了，而问题依旧解决不了。因此，轻视思想意识的改造在改造中国过程中的作用——于是他抹杀了五四运动，又轻视政治改革的作用——于是他低估了辛亥革命的意义。从清末的洋务运动、戊戌变法、辛亥革命、五四运动，直到今日的抗战，这一连串的运动正是一个接一个、一步紧一步的，向着"中国的现代化""向着自由的中国"的目标前进的过程。冯先生为我们指示一条中国的自由之路，原来正是五十年前张之洞的道路！

《评钱穆著〈文化与教育〉》全文约1.5万字，分为四部分："中国式的民主"，"孝"与"中庸"，再来一个"新黑暗"，"攀龙附凤"。文章指出，钱穆先生对中国历史的一个看法，是自秦到清末的政治并不是专制政体。这种看法不只是学术研究上的一种"新"见解，而且是和现实政治中的某种要求相呼应的，但为了现实政治的反动企图歪曲了历史的真相,却是从根本上丧失了学术的态度和精神。钱立论的根据,一个是宰相制度,一个是考试制度。脱离国体问题来单纯谈政体问题,是捉摸不到中国历史真相的。钱对于中西文化的历史、现实及其前途各方面,都得出了许多糊涂而混乱结论的原因,首先是出发于唯心论的观点,还有出发于脱离民众、反对民众的立场。钱向我们指点出中国前进之路,但实际上我们所读到的却是向后转的方向。钱锺书先生在这里非常清晰地理解此文论述的内容,特别声明"业师"也好,"远亲"也好,他们的论点不对,是"诡论"。钱先生的大无畏跃然纸上,并毅然与胡老引为"有理不在声高"的"同志"。可谓公以忘私,划清界限。

胡老回忆:我那时评论各种思想,直接批评国民党,写了一篇《论"诚"》,谁都知道就是批评蒋介石的力行哲学。(同上引)

《论"诚"》全文分为四部分:"诚"—"信","不诚无物","神秘主义","诚"与实践。文章首先从孔子、孟子、荀子、《中庸》等说法中,梳理"诚"字的种种含义,再联系实际论述"诚"在现实生活中的实践意义。指出,"诚"这类"一字口诀"的概念在具体运用于实际中,常不免互相抵触,即使包括好的内容,但具体运用时,因有特殊条件的限制,其作用就可能走向反面。因此不能把这类抽象的概念当作绝对的、最高的、不变的标准,当作教条。我们当然并不是主张与"诚"相反的概念,主张人应该不诚,应该欺人欺己。我们所要做的,只是来分析"诚"这概念曾经被赋予了哪些意义,并且说明我们应该怎样来排斥其中坏的意义,怎样从具体的情况中来发挥其中好的意义。在东方专制主义下的"诚"的神秘主义,就和近代最反动倒退的、反对人民大众的法西斯思想一脉相通。

严格否定这种专制主义的神秘主义的内容,在实践的生活中发扬"诚信"与"真诚"的精神,那才是我们对于民族的文化遗产所应有的态度。

《胡绳文集》中以下各辑是"史事评论""时事政治评论"和"杂文"。

胡老回忆:1946年的形势要求写政治评论,我在上海这一年写了很多政治评论。我觉得还有可取之处,选了一部分收入《胡绳文集(1935—1948)》。当时在几个杂志投稿,在什么杂志用什么名字。主要的是马叙伦、郑振铎主编的《民主》,还有黎澍主编的《文萃》。《文萃》差不多一个礼拜出一次,我每个礼拜给它一篇,至少有三四个月,后来就隔一期一篇。《民主》周刊的时事评论都归我写。一般杂志的时事评论,往往放在论文后边或最后。《民主》每期作为第一篇,头条登我的时事评论。现在回头来看,这些时事评论不是简单地三言两语地报道事实,而是有主题、有重点,有所论述,并且比较讲究辞藻、文采,每篇四五千字、五六千字。从数量说,选出来的七八个月差不多有十三万字。当然因为时代不同,那时正是现实形势发展得很快,几乎每个礼拜都可以有事评论。读者又最关心这些,谈别的都没意思了。(同上引)

我对1946年以后写的这些评论文章有点偏爱。1946年到1948年是中国经历着剧烈的巨大动荡的时期,从抗日战争后的和谈转为大规模的内战。我们党先是按照人民的意愿努力争取和平民主的局面,进行自卫战争,然后由于客观局势的发展,转入团结全国人民用革命战争来把旧中国改造成新中国。在这样一个关键时期,局势发展迅猛,各方面的情况变化很快,出现了极其错综复杂的形势。

这是决定中国命运的一个重大时期，对于写时事政治评论的人，可以说是千载难逢的时机。因此，我在这个时期，陆续地跟着时势的变化写了一系列的文章。(《胡绳全书》第一卷《引言二》)

三

胡老接到钱先生的信，即于5月24日复信，存稿如下。

默存先生赐鉴：

　　拜读二十日惠书。贱集竟蒙批阅，并予以奖饰，实出望外。集中第一辑的评论，难免有幼稚和失误之处，但自以为还有一点好处，就是讲道理。盖在当时情况下，扣帽子、打棍子是完全行不通的。承赐以"有理不在声高"一语，虽受之有愧，窃引以为荣。以下各辑，大约更不足观。在那些年代里，曾写了不少时事评论，时过境迁，只堪□□。现留下一九四六年至一九四八年若干篇，则以当时天地转旋之关键，而又有几个刊物可以容我驰骋，这是作政论文者难以遇到的好机运。汇集这些篇在一起，似乎尚有连续性，今日读者看起来，或者较事后之论述多一些亲切感。但这些篇章，多属急救，文字粗糙，不敢劳费心审阅也。

　　附带说一事。偶从王了一所著书中读到一段关于"胜"字读音的话，其言曰"胜过的胜本该读仄声，但唐宋人多读入平声"，引了王维、白居易之作为例。王诗："仙家未必能胜此,何必吹箫向碧空。"白诗:"从道人生都是梦,梦中欢笑亦胜愁"云云(见王力《汉语诗律学》)。但又阅王渔洋《唐人万首绝句选》中录退之诗六首,亦与《别裁》《三百首》一样无"天街小雨"一首。可见正如前日尊论所说,后世选家不承认"绝胜烟柳"之句为合律也。

连日气候,冷暖无常,伏惟珍重。即颂

俪安

顿首

插一句,信中"绝胜烟柳"出自韩愈(字退之)《早春呈水部张十八员外》其一《初春小雨》,诗云:天街小雨润如酥,草色遥看近却无。最是一年春好处,绝胜烟柳满皇都。

钱先生与胡老切磋韩诗中一个"胜"字,前后尚有二函,一并录于此。

绳公道鉴:奉

手教,喜愧交集。

百忙中斟律酌句,与弟辈酸丁云有文字痼疾者,推襟送抱,区区可引以自豪矣。承

采刍见,又引以自壮。"相忘"句极好,于律亦谐,无懈可击。韩退之绝句用"胜"字,确为硬伤,辩解颇难,故虽有"草色遥看近却无"之绝妙好词,而选家每不收,如《唐诗三百首》《唐诗别裁》等,家塾烂熟读本,皆付缺如。梁同书《频罗庵遗集》卷十自序《属词匡举》分"别

读""别解"等十类，有云："或任意误用：古人之专辙，即后人之依据也；古人之假借，即后人之口实也。"韩诗"胜"字读音，亦必有作者以为"依据""口实"者，惜平日未注意耳。草复即叩

日祉

   弟 钱锺书上 杨绛同候 十一日晚

全衡夫人前请安不另

绳公赐鉴：

奉书欢欣，谈艺乐事也。拙见蒙

采纳，尤征

公不以人废言之明识雅度。韩句"胜"字绝不能解为"胜任"，乃"胜过"之"胜"，谓草色虽淡胜于柳色之浓。"合璧"乃借钱大昕大名标榜，坊贾常技。大昕史学名家，学问与戴震伯仲，而诗学则出沈德潜之门，墨守师说。然以钱论，则渠为王莽之"当五十大钱""当四十壮钱"，而弟则如"小钱直一"而已。

　　公实事求是，不为虚声所夺，岂非领袖群伦之气量哉！承赐元气袋，已试用，于睡眠殊有助，感德无既，匪言可谢。专此即叩

日祉

　　　　　　弟　钱锺书敬上　杨绛同叩　九月廿三日
　　全衡夫人前叱名请安

仅此一"胜"字之反复研讨，八旬之圣翁孜孜于学，令人动容。

四

胡绳主编《中国共产党的七十年》由中共党史出版社于1991年8月正式出版。钱先生前后收到胡老送的平装本和精装本，读后写信。

绳公撰席：

　　奉手帖并尊编精装本，感喜之至。平装本已蒙公惠赐一册，愚夫妇皆仔细研读。今复承佳贶。联珠叠璧，所谓"世间好物不嫌多"也。尊编具史识史才，乔木同志《题记》语无过奖。党龄"古稀"，尊编则当世文献著作之"今罕"也。敬此报谢。即叩

道安

　　　　　　钱锺书　谨上　杨绛同叩　六日
　　嫂夫人前均此请安

中共中央政治局委员、中共党史工作领导小组副组长胡乔木在重病中审阅《中国共产党的七十年》送审稿，修改或提出修改意见，并撰写《题记》予以肯定。

他在《题记》中说："这本书写得比较可读、可信、可取，因为它力求既实事求是地讲出历史的本然，又实事求是地讲出历史的所以然，夹叙夹议，有质有文，陈言大去，新意迭见，很少沉闷之感。"

五

1990年2月，胡老自选1938年二十岁以后的诗作编集为《胡绳诗存》，至10月上旬完稿。他先后请钱先生审阅序言和诗稿，承蒙钱先生欣然题写书名。社科院计算机室即排印内部本（繁体字竖排本）。其后，三联书店1992年10初版（173首），中国社会科学出版社1996年10月第一版（289首）、2000年4月第二次印刷（增订本，346首）。

8月16日，胡老看钱先生为改《诗存》序言，斟酌修改定稿。

9月2日晚，钱先生看完诗稿后致胡老函。

绳公大鉴：奉
　　书感愧。
　　虚怀若谷，采及刍荛。又以大稿全部属弟校字，尽一日之力，快讽一过，并恃爱妄陈臆见，供高明裁择。诗皆可存。弟加圈者,乃示赏心快意,非去取也。付印期促,故急奉缴。将来印成后再恬吟密咏也。贱躯仍以前列腺及失眠为苦,惟有以"认识"老病之"必然性"为"自由"而已。匆此布怀,即叩

日安

   弟　钱锺书敬上　杨绛同叩　二日晚

嫂夫人前并此请安

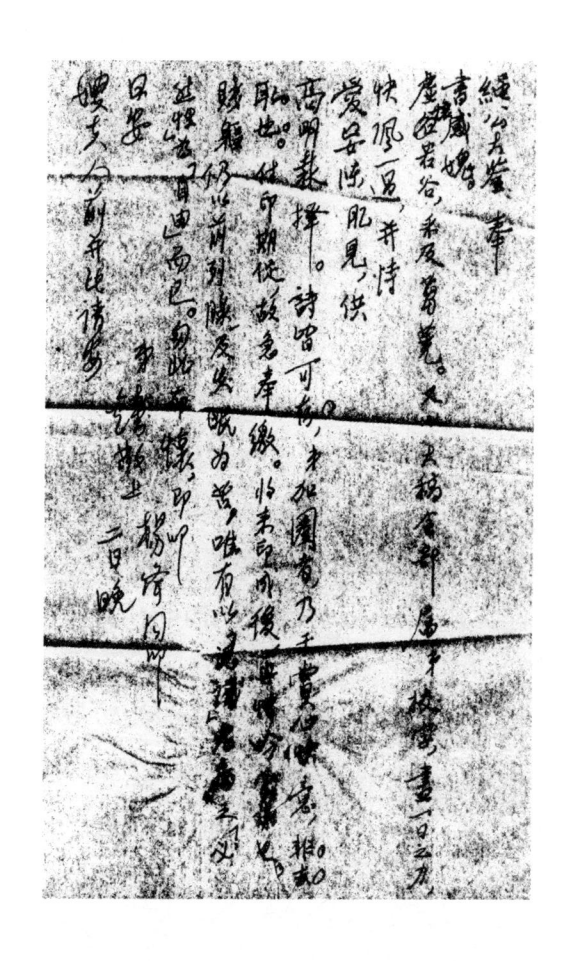

胡老另纸记下钱先生圈点的诗词：

《木落山空》《生同骨肉》《过松坎》《立夏》《海市狂飙》《读书卅载》《上熊老》《文风》《陈毅逝世》《雨后》《待雨》《归期》《过天安门》《熊老诗卷》《白公馆》《瞿塘峡》《重来》《米公祠》《乐山》《骊山》《慈恩寺塔》《霍去病墓》《韶山》《张家界》《桃源》《别长沙友人》《井冈山》《百花村》《福州》《威海》《瓜洲》《扬州》《曹王园林场》《贵阳》《娄山关》《黄果树》《大观楼》《赠云南友人》《雁荡山》《沈园》《嘉兴》《郑州黄河》《北戴河》《海南岛（二）》《海瑞》《兰州（二）》《莫高窟（二）》《河西道上》《东莞》《惠州西湖》《别肇庆》《广州花市》《寄扬州》。

加双圈者：

《轻车蜿蜒》《衡阳见柳》《晓发罗源》《东江》《海行赴大连》《梦回故寓》《春晨》《不堪凝恨》《得家书》《秋实诚堪喜》《过公主坟》《丙寅仲春》《匈牙利》《杭州（二）》《阳关》《嘉峪关》《飞机上》。

这些题目下的诗，当是钱先生"赏心快意"之嘉评者。据深知钱先生者访求，对于当世古典诗作，尚未见他如此评点赞许也。

有意思的是，胡老9月3日收到钱先生助手、社科院计算机室主任栾贵明先生的信。这封信可以作为钱、胡二位前辈交往的人证。

胡绳同志：

遵嘱已将大作呈钱先生。钱先生一反即席改稿的"常规"，并说："请向胡绳同志说明，此稿一定要细读，因此需要多宽限几天。"

沈昌文同志处（三联书店——作者注），亦已基本联系妥当，只等送稿给他看。

我和计算机室的全体孩子们都为内部排印您的《诗存》而高兴。这有如以为健将穿上我们制作的运动鞋一样；何况又有先睹之快呢？

即颂

秋安！

栾贵明敬上　90.9.3

由此可知，钱先生9月2日收到栾先生送交的《诗存》稿子，本想用几天时间，竟当天一口气读完全部诗稿并提笔回信。

9月9日，胡老又看了一遍钱先生改过的诗稿，写信给钱先生。

9月14日，胡老收到钱先生信。惜往来信件无存。

记得挚友曾告诉我，钱先生认为中共党内作诗最好的有两位，胡绳为其一。

同时期担任社科院副院长的李慎之先生也曾回忆说：胡绳喜欢作格律诗，而且作得不错，这点我是1982年与他一起随胡耀邦到四川、湖北视察时，参观隆中诸葛亮草庐和襄阳米芾祠堂时人家拿出纸墨笔砚，要求我们留下墨宝时发现的。每到这种要命的关头，像我这样的人总是竭力退避，以免出乖露丑，胡绳则只要沉吟有顷，援笔可就。后来钱锺书也告诉我，他没有想到胡绳能诗。钱先生眼界高，要得到他的赞扬是不容易的。他说作诗要靠天分，勉强不得的。他对胡绳的诗却认为出语天然而风致嫣然，求之时人，实属难得。诗是灵魂的一扇窗子，从胡绳的诗也许比通过他的学术论文更能了解胡绳的为人。（《回应李普〈悼胡绳〉的信》，载《思慕集》）

最后想说的是，栾贵明先生和他的学生田奕先生主持制作"中文古典数据库"这项庞大的电子工程，是钱先生才高识远指示创建并精心指导的，随着数据库的影响日渐扩大而愈为人知。然而，人所不知的是事情并非一帆风顺。他们心怀钱先生之重托，几十年如一日，一如既往毫无懈怠，自筹资金惨淡经营，不计报酬，默默无闻，积三四十年之功获得显著成就，越来越引起学界的重视，令人敬佩！他们在当今世界科技大发展的时代，为中华文化传承和丰富人类文化宝库做出的贡献，泽被后世后人，堪可告慰钱先生和胡老在天之灵。

钱先生和胡老已作古，抚今追昔，略记往事，以寄思慕之情。

钱师的身影

栾贵明

今天 12 月 19 日，逢钱先生逝世二十周年。名家大师身边的友人故交，每天都在怀念他。先生亲自指挥、动笔动手，正好也做了二十年，所为我们留下的作业做也做不完，我们在漫长的劳作中自个儿也悠然老去。拾穗扫叶得来的鲜活证物逐日增多，基石每天加强，求的就是揭示无与伦比的好文化。一个个真切的场景、数不尽的生动细节，使名家大师的称谓愈加充盈。

以下这几张近三十年前旧照都有先生的身影，而知情者的记忆便显得日渐稀奇珍贵了。

第一张

第一张是纪红

所拍摄的钱先生，作者在照片后写着"伏案写作的钱锺书　纪红　摄于 1990 年 8 月 14 日"，那是一个平静明媚的北京夏日早晨。钱先生执南昌永生笔厂产"北尾中狼毫笔"在认真书写。人物照片的最高难点在于"存情"，纪红之功力在此处。先生每日洗漱早饭之后，便开始给学生、朋友、故旧写信，有信必复，多用毛笔。有时几封，有时十几封，封封一挥而就，内容行文绝无雷同。作者为着压缩时间，唯恐文思逸逃，不顾选纸择笔抓来便写，从不稍作停顿，无美不具。细读其函，又因多涉收信者细微特征，往往有许多妙不可言之处，可以说章章意深情绵；如若不然，便常常会出大义之微言。我追随先生三十余年，除干校期间我们几乎每日同寝同吃同劳动的两年之外，在大致正常的年景，每月寄出邮件逾百，一年合计舍千近万。那么三十年，最后数字我没统计过，总在十万左右吧。直至躺在病床上，我们闲聊至此，他老人家同意我的估算。这样他便占有三项世界纪录：其一读书数量最多；其二读书笔记最多；其三便是信函最多。按先生对我约定：凡他未封口的信件，由我贴邮票封口寄出；收信人在我近处的，直接由我面交，则免去贴票。后来复印机普及了，先生未封口的信件需要复印后由我存留备查。我们之间为邮资事争执过多次，我立即会用移转话题的方法抵御，获胜概率很高。至于关涉外部的法律，我遵守得十分严格。

第二张是钱先生写给我的便笺照片，给我写信往往有特殊的用途，怕记忆不精，又怕执行不确。写这封信和纪红摄影时间相近。全文如下：

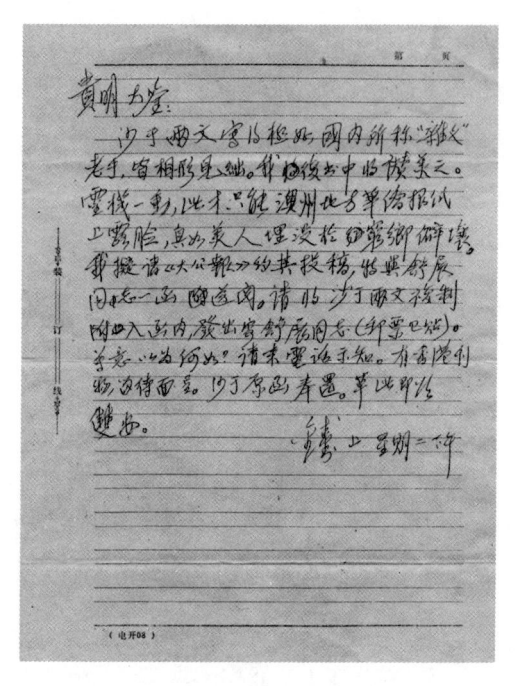

贵明大鉴：

　　沙予两文写得极好，国内所称"杂文"老手，皆相形见绌。我复书中将赞美之。灵机一动，此才只能澳洲地方华侨报纸上露脸，真如美人埋没于穷乡僻壤。我拟请《大公报》约其投稿，特与舒展同志一函送阅。请将沙予两文复制附入函内，发出寄舒展同志（邮票已贴）。尊意以为何如？请来电话示知。有香港刊物留待面呈。沙予原函奉还。草此即颂

　　　　双安。

　　　　　　　　　钱锺书上　星期二下午

第三张是钱先生写给《人民日报》著名记者舒展先生的。沙予文章需要做出复印件，再由我一并转呈舒先生。该信的全文是：

展兄如面：

执热连日，殊不舒适，然思故乡水淹，又自惭为幸民矣。上周忽扭腰股，行坐皆掣痛，迄今四日，已渐减苦楚，所谓"闭门日里坐，祸从天上来"，真实不虚也。

附呈许君德政在澳洲侨报发表之小文二首，想必蒙赏

第三张

识。许君乃郑朝宗先生弟子，早于陆君文虎约六七年，厦大卒业后，入复旦为研究生，遂分配至社科院文学所。其妇为中俄混血女，有眷属在澳；许君之姑母、舅父等亦分别在澳、美、加等国行医。许君乃于十一年前赴澳，行有余力，常为该地华文报纸写稿，亦庄亦谐，有书有笔，风趣而不油滑，博闻而不堆垛；国内杂文老辈当前贤畏后生也。兄爱才如命。故特将其近作奉鉴定。因思及马文通兄屡函内人索稿，何不罗致此才，为庶《大公报》不负"向海外开窗"之义务，而篇幅亦可锦上添花。荐贤自代，兄如以为可行，请向马兄转陈鄙意。许君现正在美探亲度假，八月底返澳，通讯地址见纸尾。马君如去函索稿，不妨提及兄及弟为"落花媒人"也。一笑，即颂

双福。

弟钱锺书敬上　杨绛同候
并候再玲夫人　七月八日

第四张为目前在我书桌上几件钱先生所使用的文房之宝，是先生逝世前后钱杨两先生分别赐予的，它们正可与纪红所摄照片相互证明。

需要说明的是沙予即许德政先生，他在钱先生和周围许多友人帮助下，经其本人的不懈努力，除由我转交钱先生并给予高度评价的《醉醺醺的澳洲》《名不正而言不顺》两文之外，一边走出困顿，一边作品数量大增。几年之后他又在女史与文蔚先生帮助下，由中国友谊出版公司把先生夸赞过的文章《醉醺醺的澳洲》升格为书名，

在北京正式出版。我们这群大师身边人,在欢欣鼓舞中也都记住先生的嘱咐,再向香港天地出版社孙立川先生推荐,出版后大获成功,名扬海外文坛。足证钱名家大师眼光之精之确之独到。据说近日有望获得名声更高的文学奖。我在今晚的电话里一定会问他,如果有更大的奖誉在,又有这封他从未见过的钱先生当年对自己的评价推介信,他会选择哪一项?现在答案有了,经我在电话上突然一发问,他严肃地说:"我只要钱先生评语。"想

第四张

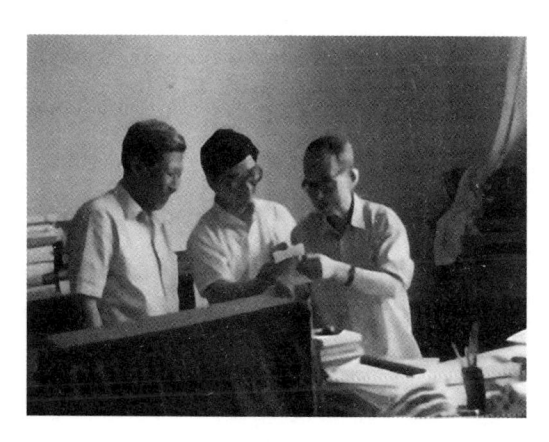

来他的身影也是不肯移动的。

第五张照片是田奕女士为钱先生、纪红和我拍的唯一一张照片。

第六张和第七张,至今已经成为学术界著名作品,

第五张

第六张　　　　　　　　第七张

它们还是纪红所摄，时间也相去不远。这两张疑为摆布拍摄的照片，很久之后才在怀念钱先生逝世的《一寸千思》上用作封面封底发表。那时先生身边的友人们都说，纪红照片和他的文章一样好。正如俗语说"真花太美了反像假花"。如果要收《管锥编》，必称"好真似假"。为了新闻真实性，纪红署上姓名，稿酬照例不取，因为他参加了全书编辑统一未支取分文。

在那之后，纪红和许多朋友故交，有早有晚放洋留学，扔下我们筚路蓝缕地完成钱先生的"数字工程"。忆起钱先生身边有一大批赞许"开拓万古之心胸""拾穗靡遗""扫叶都净"的人们，按他们的话说，那是钱先生第一次留给文史学界所震动的高精顶尖项目，终有一天它会开花结果，成为我们民族的骄傲。

谁都不能忘怀，为着文学所的兴旺发展，党的伟大文艺战士朱寨同志带领刘再复所长，用通夜坐等钱锺书应许的方式，将新学术和新技术引入到文学殿堂。

不久之后，先有国家科委、国务院、中科院将该项目经三年时间评为"国家科技进步奖"。当时社科院胡绳等七位院长再次审核，决定成立相应专门机构，院内领导杨润时、白小麦、陈绍廉等同志以及国内电脑专家许孔石所长和王选两位先生的肯定；台北"中研院"谢清俊、张仲陶、黄克东先生和台北著名教授黄大一等亲赴北京表示赞赏；东京内山先生，韩国海印寺，美国兰开斯特先生和当时尚在印度、英国留学的净因博士，斯里兰卡著名佛籍专家法光禅师，一致赞同钱锺书项目。几年之后，中文电脑首席权威朱邦复和沈红莲女士全面介入新平台环境上的"工程"，得到关键性支持。从此时开始，又有年轻的老同学胡德平同志、赖永海教授、张世林总编等先生亲自参加到"工程"项目中，走上了规范性的发展道路。每每念及有这么一大批先辈学者、学术权威就在名家大师钱锺书身影之中，鼓舞人心。再加之钱先生方案所获的伟巨成功，让我们在四年内一举出版了先秦时期四百多种享有独家著作权的新版古籍，都使我们有了坚持到底、完成大业的理由。

对"工程"走向，钱先生信心满满而且早有预料，尤其在最后病中，他曾多次嘱咐我："务必替我谢谢他们。"他从不做挂名主编和理事之类，已成学界定式。这是一句千钧重话。

七张照片，留住了先生身影，寄托着我们哀思。既往二十年岁月一划而过，未来也必有一天，会逐日再倒数回来。名家大师的"工程"，属于典型的交叉学科。它必须具有超强能力：特别广泛的涵盖力和深远的预测性。对极其复杂的问题，比如图书分类法、国界地名时代划分、模糊的字团检索、繁简汉字应用等都给出智慧、简单、实用的科学方案。钱氏方案一出，总是令人击掌相庆感佩称颂，如影相随永不忘怀。

2018 年 12 月 10 日

钱锺书先生纪事

刘再复

钱锺书先生去世已经十年。这十年里，我常常缅怀着，也常与朋友讲述他对我的关怀，可是一直没有着笔写下纪念他的文字，仅在1999年4月间写了一篇千字短文，题为《钱锺书先生的嘱托》。写作这篇短文也是不得已，所以我在短文中首先说明了我沉默与难以沉默的理由，这也是我今天写作时需要说明的，因此，姑且把短文的前半节抄录于下：

> 尽管我和钱锺书先生有不少交往，但他去世之后，我还是尽可能避免说话。我知道钱先生的脾气。在《围城》中他就说过："文人最喜欢有人死，可以有题目作哀悼的文章。棺材店和殡仪馆只做新死人的生意，文人会向一年，几年，几十年，甚至几百年的陈死人身上生发。"钱先生的逝世，也难免落入让人生发的悲剧。不过，人生本就是一幕无可逃遁的悲剧，死后再充当一回悲剧角色也没关系。

我今天并非作悼念文章,而是要完成钱锺书先生生前让我告诉学术文化界年轻朋友的一句话。

这句话他对我说过多次,还在信中郑重地写过一次。第一次是在我担任文学研究所所长之后不久,我受所里年轻朋友的委托,请求他和所里的研究生见一次面,但他谢绝了,不过,他让我有机会应告诉年轻朋友,万万不要迷信任何人,最要紧的是自己下功夫做好研究,不要追求不实之名。1987年,我到广东养病,他又来信嘱托我:

请对年轻人说:钱某名不副实,万万不要迷信。这就是帮了我的大忙。不实之名,就像不义之财,会招来恶根的。(1987年4月2日)

作为中国卓越学者的钱先生说自己"名不副实",自然是谦虚,而说"万万不要迷信"包括对他的迷信则是真诚的告诫。迷信,不管是迷信什么人,都是一种陷阱,一种走向蒙昧的起始。钱先生生前不迷信任何权威,所以他走向高峰,死后他也不让别人迷信他,因为他期待着新的峰峦。在不要迷信的告诫之后是不是虚名的更重要的告诫,我今天不能不郑重地转达给故国的年轻朋友。

钱锺书先生的好友、我的老师郑朝宗先生在1986年1月6日给我的信中说:"《围城》是愤世嫉俗之作,并不反映作者的性格。"确乎如此,但钱先生在《围城》中所批评的文人喜作悼念文章,却也反映他内心的一种真实:不喜欢他人议论他、评论他,包括赞扬他的文章。钱先生对我极好、极信赖(下文再细说),唯独有一次生气了。那是1987年文化部艺术出版社,出于好意要办《钱锺书研究》的刊物。出版社委托一位朋友来找我,让我也充当一名编委,我看到名单上有郑朝宗、舒展等(别的我忘记了),就立即答应。没想到,过了些时候,我接到钱先生的电话,说有急事,让我马上到他家。他还特地让他的专车司机葛殿卿来载我。一到他家,看到他的气色,就知道不妙。他一让我坐下就开门见山地批评:"你也当什么《钱锺书研究》的编委?你也瞎掺和?没有这个刊物,我还能坐得住,这个刊物一办,我就不得安生了。"他一说我就明白了。尽管我为刊物辩护,证之"好意",他还是不容分辩地说:"赶快把名字拿下来。"我自然遵命,表示以后会慎重。第二年我回福建探亲,路经厦门时特别去拜访郑朝宗老师,见面时,他告诉我,钱先生也写信批评他。郑老师笑着对我说:"这回他着实生气了。不过,他对我们两个都极好,你永远不要离开这个巨人。"最后这句话郑老师对我说过多次,还特别在信中写过一次。1986年我担任研究所所长后,他在给我的信上说:

> 你现身荷重任,大展宏才,去年在《读书》第一、二期上发表的文章气魄很大,可见追步之速。但你仍须继续争取钱默存先生的帮助。钱是我生平最崇敬的师友,不仅才学盖世,人品之高亦为以大师自居者所望尘莫及,能得他的赏识与支持实为莫大幸福。他未曾轻许别人,因此有些人认为他尖刻。但他可是伟大的人道主义者。我与他交游数十年,从他身上得到温暖最多。1957年我堕入泥潭,他对我一无怀疑,1860年摘帽后来信并寄诗安慰我者也以他为最早。他其实是最温厚的人,《围城》是愤世嫉俗之

作,并不反映作者的性格。你应该紧紧抓住这个巨人,时时向他求教。"

钱先生一去世,香港的《信报》就约请我写悼念文章。他们知道我与钱先生的关系非同一般。但我没有答应。钱先生去世十年了,我还是没有写。没有提笔的原因,除了深知钱先生不喜悼文、不喜他人臧否的心性之外,还有一个原因是要写出真实的钱锺书实非易事,尤其是我理解的钱先生,真是太奇特。每一个人都不是那么简单的,尤其是文化巨人,更是丰富复杂,具有多方面的脾气。我接触交往的人很多,但没有见到一个像钱先生这样清醒地看人看世界。他对身处的环境、身处的社会并不信任,显然觉得人世太险恶(这可能是钱先生最真实的内心)。因为把社会看得太险恶,所以就太多防范。他对我说:"我们的头发,一根也不要给魔鬼抓住。"这是钱先生才能说得出来的天才之语,但是当我第一次听到时,身心真受了一次强烈的震撼。我完全不能接受这句话,因为我是一个不设防的人,一个对"紧绷阶级斗争一根弦"的理念极为反感的人。但是这句话出自我敬仰的钱先生之口,我不能不震撼。后来证明,我不听钱先生的提醒,确实一再被魔鬼抓住。口无遮拦,该说就说,结果老是被批判,直到今天也难幸免。出国之后,年年都想起钱先生这句话,但禀性难改,总是相信世上只有人,没有魔鬼。

不过,出国之后,我悟出"头发一根也不要给魔鬼抓住",正是理解钱先生世界的一把钥匙。他不喜欢见人,不喜欢社交,不参加任何会议,他是委员,但一天也没有参加过会。我们研究所有八个委员,唯有他是绝对不到会的委员。他是作家协会的理事,但他从未参加过作协召开的会议。有许多研究学会要聘请他担任顾问、委员等,他一概拒绝。不介入俗事,不进入俗流,除了洁身自好的品性使然之外,便是他对"魔鬼"的警惕。"文化大革命"刚开始,有人要陷害他,贴出一张大字报,揭发"钱锺书有一次看到他的办公桌上放了一本毛选,竟说:拿走,拿走,别弄脏我的书桌"。钱先生立即贴出一张大字报郑重澄清:"我绝对没有说过这句丧心病狂的话。"在当时极端险恶的"革命形势"下,如果钱先生不及时用最明确的语言澄清事实,给魔鬼一击,将会发生怎样的灾难呢?

只有了解钱先生的防范之心,才能了解他的代表作《管锥编》为什么选择这种文体,为什么像构筑堡垒似的建构他的学术堂奥。既然社会这等险恶,就必须生活在堡垒之中。鲁迅就因深明人世的险恶,所以其文也如"壕堑",自称其行为乃是"壕堑战",不做许褚那种"赤膊上阵"的蠢事。我读《管锥编》,就知道这是在进入堡垒、进入壕堑、深入深渊,要慢慢读、慢慢品、慢慢悟。书中绝不仅仅是如山如海的知识之库,而且还有如日如月的心灵光芒。而对大荒唐,他不能直说,但书中"口戕口"的汇集与曲说,则让你更深地了解人性之恶从来如此。而对"万物皆备于我"的阐释,一读便想到时人的表现确实集狮子之凶猛、狐狸之狡猾、毒蛇之阴毒、家狗之卑贱等万物的特性。倘若再读下"几""鬼国"等辞的疏解,更会进入中国哲学关于"度"、关于临界点的深邃思索。有人说,《管锥编》是知识的堆积,将来计算机可替代,这完全是无稽之谈。计算机可集中概念,但绝不可能有像钱先生在汇集中外概念知识的同时,通过组合和击中要害的评点而让思想光芒直逼社会现实与世道人心。有人贬抑说《管锥编》是散钱失串，这也不是真知明鉴。不错，从微观上看，会觉得《管锥编》的每一章节，都没有一个时文必具的那种思想主题，那种进入问题讨论问题的逻辑链条（串），但是，《管锥编》却有一个贯穿整部巨著的大链条，这就是中国文化的内在大动脉。

钱先生的防范与警惕，表现在学术上，也表现在工作上。他当了社会科学院副院长，只管一点外事。说是"一点"，是指他并非真管院里的全部外事。真管的还是赵复三和李慎之这两位副院长。但有些外国学者，特别是文学研究方面的学者，特别要求见他的，或者院部认为他必须出面的，他才不得不见。我担任所长后，文学方面的来客真不少。有几次院部拟定钱先生必须出面，他应允后竟对外事局说：你们不要派人来，再复来就可以了，他不会英文，我可以当翻译。说到做到，他真的不让院里所里的外事人员陪同，由我两个单独会见。钱先生不让别人参加，就是有所提防。对于我，他则绝对放心，我多次有幸听到他在外宾面前畅所欲言。他批评丁玲，被打成右派，吃了那么多苦头之后还是依然故我。说完哈哈大笑。他又表扬魏明伦嘲讽姚雪垠的文言杂文（发表于《人民日报》）写得好，说当代作家能写出这样的文言文不容易。敞开心胸的钱先生真可爱，拆除堡垒的钱先生，其言笑真让人闻之难忘。

因为钱先生的这种个性，常被误解为尖刻的冷人。文学所古代文学研究室的一位比我年轻的学子，有一次竟告诉我一条"信息"，说他的博士生导师（在古代文学研究界甚有名声）这样评论：刘再复彻头彻尾、彻里彻外都是热的，而钱锺书则彻头彻尾、彻里彻外都是冷的。我听了此话，顿时冒出冷汗，并说一声"你们对钱先生误解了"。有此误解的，不仅是文学所。

然而，我要说，钱先生是个外冷内热的人。郑朝宗老师说"他其实是最温厚的人"，绝非妄言。对钱先生的评说各种各样，但我相信自己所亲身体验的才是最可靠的。

我和钱先生、杨绛先生真正能坐在一起或站在一起说话是在1973年社会科学院从五七干校搬回北京之后，尤其是在"文化大革命"结束之后。那时我住在社会科学院的单身汉宿舍楼（八号楼），钱先生夫妇则住在与这座楼平行并排（只隔十几米远）的文学所图书馆楼。因为是邻居的方便，我竟多次冒昧地闯到他的居室去看他。他们不仅不感到突然，而且要我坐下来和他们说话，那种和蔼可亲，一下子就让我感到温暖。"四人帮"垮台之后，社会空气和人的心情变好了，我们这些住在学部大院里的人，傍晚总是沿街散步，于是我常常碰到钱先生和杨先生，一见面，总是停下来和我说阵话。那时我日以继夜写批判的文章，写得很有点名气。见面时我们更有话可说。1979年，我调入文学所，又写学术论著，又写散文诗。1984年，天地图书公司决定出我的散文诗集《洁白的灯心草》，我就想请钱先生写书名。因此就写了一封短信并附上在天津百花文艺社出版的《太阳·土地·人》散文诗集寄到三里河南沙沟钱先生的寓所。没想到，过了三天就接到他的回信和题签。这是我第一次收到他的信。信的全文如下：

再复同志：

　　来书敬悉。尊集重翻一过，如"他乡遇故知"，醰醰有味。恶书题签，深恐佛头着秽，然不敢违命，写就如别纸

呈裁。匆布即颂

日祺

钱锺书上二十日

收到信与题签后我光是高兴，把他的"墨宝"寄出后，又进入《性格组合论》的写作，竟忘了告诉钱先生一声。而钱先生却挂念着，又来一信问："前遵命为大集题署送上，想应毕览。"我才匆匆回了电话，连说抱歉。而他却笑着说："收到就好。"出版社把书推出之后，我立即给他和杨先生送上一本，他又立即响应，写了一信给我：

再复同志：

赐散文诗集款式精致，不负足下文笔之美感尧尧，当与内人共咀味之，先此道谢。拙著《谈艺录》新本上市将呈雅教而结墨缘，即颂

日祺

钱锺书杨绛同候

对于我的一本小诗集，钱先生竟如此爱护，如此扶持，一点也不敷衍。那时我除了感激之外，心里想道：中国文化讲一个"诚"字，钱先生对一个年轻学子这么真诚，中国文化的精髓不仅在他的书里，也在他的身上。生活的细节最能真实地呈现一个人的真品格，为我题签书名一事，就足以让人感到钱先生是何等温厚。

更让我感激的是我担任文学研究所所长之后，他对我的学术探讨和行政工作都给了充满温馨的支持。文学所有二百六十个编制，

连同退休的研究人员和干部，大约三百人。那时我还算年轻，毫无行政工作准备。而且我提出的《人物性格二重组合原理》、"论文学主体性""思维方法变革"等理念又面临着挑战。尽管自己的心灵状态还好，但毕竟困难重重。在所有的老先生中（全所有俞平伯、吴世昌、孙楷第、唐弢、蔡仪、余冠英等十几位著名老学者，其中有八位全国政协委员和人民代表），钱先生最理解我，也最切实地帮助我。他数十年一再逃避各种会议，但是我召开的三次最重要的会议，请他参加，他都答应。

第一次是1986年1月21日，纪念俞平伯先生从事学术活动六十五周年、诞辰八十五周年的会议。这是我担任所长后做的第一件重要事，而且牵扯到众所周知的毛泽东亲自发动的《红楼梦》研究的是非问题。我在所长的就职演说中声明一定要贯彻"学术自由、学术尊严"的方针，而俞平伯先生的《红楼梦研究》有成就，有贡献，尽管被认为是"唯心论"和"烦琐考证"，但也是学术问题，也应当还俞先生以学术自由和学术尊严。当我把自己的想法告诉钱先生时，他用非常明确的语言说："你做得对，我一定出席你的会。"这次会议开得很隆重，除了所内人员之外还邀请了文学界的许多著名作家学人参加，与会者四百多人，成了文化界一件盛事。钱先生不仅准时到会，而且和俞先生、胡绳及我一起坐在主席台上。散会时可谓"群情兴奋"，大家围着向俞先生道贺，照相，我也被来宾和其他与会者围着，没想到钱先生竟然也挤过来，在我耳边兴奋地说："会开得很好，你做得太对了！"我连忙说："谢谢钱先生来参加会。"有了钱先生的支持，我心里更踏实了。这毕竟是件触及敏感学案的大事。开会的前三天，胡绳紧急找我到办公室，我一进门他就生气地指着我:"再复同志,你就是自由主义,开俞平伯的会,这么大的事,通知都发出去了,我刚收到通知。连个请示报告都不写。你忘了批示了吗?怎么办?"我知道一写报告会就开不成,但不敢直说,只跟着说了"怎么办"三个字。胡绳说:"怎么办?我替你写一个报告给他们就是了。"听到这句话我高兴得连声说"胡绳同志你真好",并仗着年轻和老朋友的关系硬是对他说:"这个会,您一定要参加,还要讲个话。"他没有答话,等我告辞走到门边,他叫住我,说了一句:"我会参加会的。"

尽管我"自由主义",但没有把胡绳的半批评半支持的态度告诉任何人,也没有告诉钱先生。钱先生那种由衷高兴的态度,完全出自他的内心。这种态度不仅有对我的支持,也有对俞先生真诚的支持。钱先生内心何等明白又何等有情呵。

除了俞先生的会,钱先生还参加了我主持的"新时期文学十年"讨论会和"纪念鲁迅逝世五十周年"学术讨论会。两个会规模都很大,尤其是第一个会,与会者一百多人,列席旁观者很多,仅记者就有九十人。好几位记者和外地学者问我哪一个是钱锺书先生,有一位记者错把张光年当作钱先生,要我和这位"钱先生"照个相,我赶紧去把真钱先生找来,然后三个人一起照了个相。我知道钱先生最烦被记者纠缠及照相之类这些俗事,但为了支持我还是忍受着煎熬。后一个会是以中国社会科学院名义召开的,但筹备工作由文学所做,因此我请钱先生致欢迎辞,由我做主题报告。我还请钱先生帮我们审定邀请外国学者的名单,他答应之后,所科研处开列了一份二十个人的名单。没想到,他在每个人的名字下都写一两句很有趣的评语,例如"此人汉语讲得不错,但很会钻营,有人称他为尖尖钻"。对于海外汉学家，钱先生多数看不上，评语都不太好。读了这份评语，我立即请科研处保管好，不要外传。当时管外事的副所长马良春拿着名单和评语，惊讶不已，我开玩笑说："钱先生真把海外许多汉学家视为纸老虎。"在北京二十多年，通过这个会，我第一次也是唯一的一次听到钱先生致欢迎辞。致辞的前两天，他把讲稿寄给我让我"斟酌"一下，我哪敢"斟酌"，只是立即复印一份放入自己的活页夹里。

更让我感动的是钱先生不仅在行政工作上支持我，而且在学术探索上支持我。我的本性是对文学对思想的酷爱，无论自己的地位发生什么变化，头顶什么桂冠，我都牢记自己的本分，不忘把生命投入学问。因此，虽然担任所长，但还是把心放在著书立说上，而且尽可能"利用职权"推动文学研究思维空间的拓展。钱先生理解我。他比我更了解人情世故，更知道路途坎坷，因此，总是为我担心。1985年拙著《性格组合论》在上海文艺出版社出版之后，引起了"轰动效应"，连印六版三十多万册。热潮之中，我的头脑也很热。但钱先生很清醒冷静。见到第六版，他对我说，要适可而止，显学很容易变成俗学。听了这句话，我立即写信给责任编辑郝铭鉴兄，请求不要再印。《论文学主体性》发表之后，更是"轰动"，不仅引发了一场大讨论，而且引发批判，那时钱先生真为我着急，很关注此事。有一天，四川的戏剧家魏明伦先生在《人民日报》用文言文写了一篇短章，他看到之后竟高兴得打电话给我，问我看到没有，说魏的文言文写得好，当代很少人能写出这样的文体。还有一天，他让我立即到三里河（他的家），说有事相告。我一到那里，他就说："刚才乔木到这里，认真地说，刘再复的《性格组合论》是符合辩证法的，肯定站得住脚。文学主体性也值得探索，他支持你的探索。"钱先生显得很高兴。其实在几天前，就在八宝山殡仪馆（追思吴世昌先生的日子），胡乔木已亲自对我说了这些话，但钱先生不知道。看到钱先生对我这样牵挂，我暗自感叹，困惑胜过高兴：这样一篇学术文章竟让钱先生如此操心。不过，我再一次真切地感受到钱先生的温厚之心，在困惑中感到人间仍有温暖与光明。那一天，他留我在他家吃了饭，然后就主体性的争论，他谈了两点至今我没有忘却的看法。第一，他说，"代沟"是存在的，一代人与一代人的理念很难完全一样。言下之意是要我不必太在意，应让老一代人去表述。第二，他说："批评你的人，有的只是嫉妒，他们的'主义'，不过是下边遮羞的树叶子。"听到第二点，我想起了《围城》里的话："这一张文凭，仿佛有亚当、夏娃下身那片树叶的功用，可以遮羞包丑；小小一方纸能把一个人的空虚、寡陋、愚笨都掩盖起来。"这第二点是犀利，而第一点是宽容。我将牢记第一点，尽可能去理解老一辈学人的理念，不负钱先生的教诲。

不了解钱先生的人，以为他只重学术求证，不重思想探索，其实不然。钱先生当然是一等学问家，不是思想家，但他对思想探索的价值和艰辛却极为清楚也极为尊重。他两次劝我要研究近代文学史中的理念变动，对近代史中严复、康有为、梁启超、王国维这一思想脉络也很敬重。如果不是亲身体验，我亦远不会知道他的内心深处具有思想探索的热情。在上世纪80年代，我作为一个弄潮儿、一个探索者，没想到给予我最大支持力量的是钱锺书先生，尤其是在比我高一辈两辈的人中，规劝者有之，嘲讽者有之，批判者有之，讨伐者有之，明里暗里给我施加压力者有之。轻则说说笑笑而已，重则诉诸文字。可是钱先生却毫无保留地支持我,既支持我性格悖论的探索,也支持我主体论的探索;既支持我传统转化的探索,也支持我变革方法论的探索,支持中既有智慧,又有情感。就以"方法论变革"一事而言,我被攻击非难得最多。但钱先生也支持,只是提醒我:"你那篇《文学研究思维空间的拓展》是好的,但不要让你的学生弄得走样了。"听到这句话时,我一时反应不过来,竟书生气地回答说:"我没有学生。"到后来才明白是什么意思。当时我提倡的方法论变革,包括方法更新、语言更新(不惜引入自然科学界使用的概念)、视角更新(哲学视角与哲学基点)、文体更新等,因此方法更新也可称作文体革命。1988年秋季,中央主持宣传文教的领导人决定举行一次全国性的社会科学、人文科学的征文评奖活动,其意旨是要改变历来社会科学、人文科学总是处于被批评的地位,由国家出面表彰其优秀成果。这一思路当然很好。因为全国各社会科学研究单位及大学都要参加竞赛,所以中国社会科学院的领导者也重视此事,他们觉得院内的几个大所都应当竞得最高奖(一等奖),因此,汝信(副院长,也管文学所)打电话给我,说院部研究过了,文学所要重视此事,你自己一定要写一篇。没想到,这之后的第二天,马良春又告诉我:钱先生来电话说要你亲自动手写一篇。有钱先生的敦促,我就不能不写了。大约用了一个月的时间,我写出了《八十年代文学批评的文体革命》一文,并获得一等奖。全国参加征文的有一千多篇论文,二十二篇得一等奖,文学方面有两篇。文学所总算把脸面撑了一下。获奖后最高兴的事并不是参加了领导人的颁奖仪式,领了五千块奖金和奖状(颁奖者是胡启立、芮杏文、胡绳等五人),而是出乎意料,钱先生给我的一封贺信,信上说:

理论文章荣获嘉奖，具证有目共赏，特此奉贺。

　　钱先生写贺信，是件不寻常的事，而"有目共赏"四个字，更是难得。有朋友说，这四个字，一字千钧。固然，这可让我产生向真理迈进的千钧力量，但是，我明白，这是溢美之词，钱先生对同辈、长辈，尤其是对国外名人学者，要求很严，近乎于"苛"，而对后辈学子则很宽厚，其鼓励的话只可当作鼓励，切不可以为真的所有的眼睛都在欣赏你。

2008 年秋天于美国

和钱锺书在哥大

夏志清

一部《围城》，让钱锺书尽人皆知。著名学者余英时说过，默存先生（指钱锺书）是中国古典文化在 20 世纪最高的结晶之一。他的逝世象征了中国古典文化和 20 世纪同时终结。

钱锺书先生在其作品《写在人生边上》自序中谈到，人生据说是一部大书。假使人生真是这样，那么，一大半作者只能算是书评家，具有书评家的本领，无须看得几页书，议论早已发了一大堆，书评一篇写完交卷。

但是，世界上还有一种人。他们觉得看书的目的，并不是为了写批评或介绍。他们有一种业余消遣者的随便和从容，他们不慌不忙地浏览。每到有什么意见，他们随手在书边的空白上注几个字，写一个问号或感叹号，像中国旧书上的眉批。这种零星随感并非他们对于整部书的结论。因为是随时批识，先后也许彼此矛盾，说话过火。他们也懒得去理会，反正是消遣，不像书评家负有指导读者、教训作者的重大使命。

假使人生是一部大书,那么……几篇散文只能算是写在人生边上的。这本书真大!一时不易看完,就是写过的边上也还留下好多空白。

钱锺书访哥大

钱锺书先生今春访美的消息,早在3月间就听到了,一时想不起是什么人告诉我的。4月初一个晚上,秦家懿(Julia Ching)女士打电话来,谓最近曾去过北京,在中国社会科学院里见到了钱锺书,他嘱她传言,我可否把我的著作先航邮寄他,他自己将于4月底或5月初随社会科学院代表团来美国,重会之期,想不远矣。秦家懿也是无锡人,才三十多岁,现任加拿大多伦多大学哲学系教授,专治中国思想史,著述甚丰,且精通法、德、日文,实在称得上是海外年轻学人间最杰出的一位。多年前她在哥大同系执教,我们都是江南人,很谈得来,后来她去耶鲁教书,照旧有事就打电话给我。我们相交十年多,我手边她的信一封也没有,显然她是不爱写信的。那晚打电话来,可能她人在纽约市,因为她不时来纽约看她的母亲和继父。

电话挂断,我实在很兴奋,三年前还以为钱锺书已去世了,特别写篇文章悼念他,想不到不出三四星期,就能在纽约同他重会了。我同钱先生第一次会面是在1943年秋天的一个晚上,那时济安哥离沪去内地才不久。《追念钱锺书先生》文里我误记为1944年,实因从无记日记的习惯,推算过去事迹的年月,很容易犯错。最近找出那本带出国的"备忘录",才确定初会的那晚是在1943年秋季。钱嘱我寄书，我五六种中英著作，航寄邮费太贵，再加上除了《中国古典小说》英文本外，大半书寄去不一定能收到，反正他人即要来美国了，面呈较妥，决定先写封邮件给他。同前辈学人通信，对我来说，是桩很头痛的事，自己文言根底不够深厚，写白话信似不够尊敬，如给钱先生写封英文信，虽然措辞可以比较大方，也好像有些"班门弄斧"。1951年，我同胡适之先生写封信，想了半天还是觉得打封英文信比较大方，结果他老人家置之不理。但钱锺书反正知道我是英文系出身，写封浅近文言夹白话的信给他，想他不会笑我不通的。

钱于动身的前一天收到我的邮简，立即写封毛笔信给我。我收到那封信，已在4月20日星期五，那天上午10时有个学生要在我办公室（恳德堂420室）考博士学位预试，我拆阅钱函没几分钟，另外两位文学教授——华兹生（Burton Watson）和魏玛莎（Marsha Wagner）——也进来了。到那天，玛莎同我早已知道下星期一（4月23日）社会科学院代表团要来访问哥大了，我不免把这封信传观一番，虽然明知钱的行书他们是认不清楚的。这封信，对我来说，太有保存价值了，可惜信笺是普通五分薄纸，左角虽印有灰色竹石图案，墨色太深，不便在上面写字。在今日大陆，当年荣宝斋的信笺当然在市面上是无法买到的了。原信满满两页，兹加标点符号，抄录如下：

志清吾兄教席：

阔别将四十年，英才妙质时时往来胸中，少陵诗所谓"文章有神交有道"，初不在乎形骸之密、音问之勤也。少年涂抹，壮未可悔，而老竟无成，乃蒙加以拂拭，借之齿牙，何啻管仲之叹，知我者鲍子乎？尊著早拜读，文笔之雅，识力之定，迥异点鬼簿、户口册之伦，足以开拓心胸，澡雪精神，不特名世，亦必传世。不才得附骥尾，何其幸也！去秋在意，彼邦学士示 Dennis Hu 先生一文论拙作者，又晤俄、法、捷译者，洋八股流毒海外，则兄复须与其咎矣。一笑。社会科学院应美国之邀，派代表团访问。弟厕其列，日程密不透风，尚有登记请见者近千人，到纽约时当求谋面，但嘈杂侘傺，恐难罄怀畅叙。他日苟能返国访亲，对床话雨，则私衷大愿耳。新选旧作论文四篇为一集，又有《管锥编》约百万言，国庆前可问世。《宋诗选注》增注三十条，亦已付印，届时将一一奉呈诲正，聊示永以为好之微意。内人尚安善，编一小集，出版后并呈。秦女士名门才媛，重以乡谊，而当日人多以谈生意经为主，未暇领教，有恨如何？晤面时烦代致候。弟明日启程，过巴黎来美，把臂在迩，倚装先复一书，犹八股文家所嘲破题之前有寿星头，必为文律精严如兄者所哂矣。匆布，即叩

　　近安

　　　　　　　　　　弟　钟书敬上　杨绛问候
　　　　　　　　　　　　　四月十三日

　　人生一世，难得收到几封最敬爱的前辈赞勉自己的信。明知有些话是过誉，但诵读再三，心里实在舒服。当天就把信影印了一份，交唐德刚太太（她在医院工作，离我寓所极近），带回家给德刚兄

同赏。

两年来，大陆团体访问美国的愈来愈多，纽约市是他们必经之地，哥大既是当地学府重镇，他们也必定要参观一番的。这些欢迎会，我是从来不参加的。只有一次破例：去年夏天，北京艺术表演团在林肯中心表演期间，哥大招待他们在哥大俱乐部吃顿午餐，当年我爱好平剧，倒想同那些平剧演员谈谈。有人给我票，他们的表演我也在早几天看过了。那晚表演，绝少精彩，我只觉得这些艺人可怜，毫无责骂他们的必要。

钱锺书是我自己想见的人，情形当然不同。正好校方派我负责招待他，再好也没有。朋友间好多读过他的长篇《围城》的，都想一睹他的风采，建议23日晚上由我出面请他吃晚饭，可能有两桌，饭钱由众人合付。我托校方转达此意后，隔日华府即有负责招待代表团的洋人打电话给我，谓钱氏当晚自己做东，在他的旅馆里请我夫妇吃便饭。我只好答应，不便勉强他吃中国馆子。

23日那天，节目排得很紧。晨9时哥大校长在行政大楼会议室（Faculty Room）请喝咖啡；12时教务长招待代表团在哥大俱乐部吃午餐；4点开始，东亚研究所在国际关系研究院大楼（International Affairs Building）设酒会招待。上下午两个空当，各来宾由他的校方招待陪着，上午同同行的教授们交换意见，下午同教授、研究生会谈。代表团里，除钱锺书外，只有费孝通是国际著名的学人。他当年是调查、研究中国农村实况的社会学家，曾留学英国，也来过美国，在美国学人间朋友最多。

9时许，代表团由美国官方巴士送到行政大楼门前。我们从会议室走向大门，他们已步入大楼了。钱锺书的相貌我当然记不清了，

钱锺书先生在美国哥伦比亚大学
夏志清摄于1979年4月

但一知道那位穿深灰色毛装的就是他之后，二人就相抱示欢。钱锺书出生于1910年阳历11月21日（根据代表团发的情报），已69岁，比我大了9岁零3个月，但一无老态，加上白发比我少得多，看来比我还年轻。钱锺书人虽一直留在大陆，他的早期著作《围城》《人·兽·鬼》《谈艺录》只能在海外流传，在大陆是不准发售的，也早已绝版。他的著作是属于全世界中国人的，在大陆即使今年将有新作发售，他艰深的文言文一般中国大学生就无法看懂。他身体看来很健，表示他还有好多年的著作生命，这是任何爱护中国文化的人都应该感到庆幸的。

咖啡晨会不到二十分钟即散场，事后我同魏玛莎就带钱先生到我的办公室。因为经常在家里工作，该室靠窗两双书桌上一向堆满了书籍报章邮件，一年难得整理一两次。早两天，自己觉得不好意思，花了三个钟点把书桌上那座小山削平，扔掉的杂物装满了五只废纸桶，有好多书商寄来的广告，根本从未拆阅过。办公室中央则放着一只长桌，供高级班上课之用，此外并无一角可以会客的地方。进来后，我同钱只好隔了长桌对坐，玛莎坐在钱的旁边。隔几分钟，华兹生也来了，我即在书架上搬下他的两巨册《史记》译本。不料钱从未见过这部书，真令人感到诧异。多少年来，钱锺书一直在中国科学院文学研究所工作。该院相当于"中央研究院"，一分为二（社会科学院、自然科学院）后，钱才调往社会科学院工作。司马迁也一直给认为是拥护农民革命、反抗汉代专制帝权的大史家，连他作品的英译本两大科学院也不购置一部，其他可想而知了。

上午会谈摘要

我早同魏、华二人打好关节：反正你们对钱所知极浅，我同他倒有说不完的话要讲，寒暄一番后，你们就告辞。所以从10点到11点三刻，就只有我同钱在室内交谈。之后，我就带他到俱乐部去吃午饭。下面是上午谈话加以整理后的摘要：

我一直以为中国科学院欧美新著买得颇全，钱早已读过我的《现代小说史》了。实情是，此书他去秋到意大利开一次汉学会议时才见到。有一位意籍汉学家同钱初晤，觉得名字很熟，即拍额叫道："对了，你是夏某人书里的一个专章。"遂即拿书给钱看。钱在会场上不仅见到了《围城》法、俄、捷克三国文字的译者（那些译本是否已出版，待查），也听到了美国有位凯莉（Jeanne Kelly）女士正在翻他这部小说。现在英译本茅国权兄加以润饰后，已交印第安纳大学出版所，今秋即可问世。返大陆之后，钱锺书打听到北京大学图书馆藏有我的《小说史》，才把它细细读了。

我们二人从现代小说谈到了古典小说。《红楼梦》是大陆学者从事研究的热门题材，近年来发现有关曹雪芹的材料真多。钱谓这些资料大半是伪造的。他抄两句平仄不调、文义拙劣的诗句为证：曹雪芹如会出这样的诗，就不可能写《红楼梦》了。记得去年看到赵冈兄一篇报道，谓曹雪芹晚年思想大有转变，不把《红楼梦》写完，倒写了一本讲缝纫、烹调、制造风筝的民艺教科书，我实在不敢相信，不久就看到了高阳先生提出质疑的文章。现在想想，高阳识见过人，赵冈不断注意大陆出版有关曹氏的新材料，反给搞糊涂了。

海外老是传说，钱锺书曾任毛泽东的英文秘书，《毛泽东选集》的英译本也是他策划主译的。钱对我说，根本没有这一回事，他非共产党员，怎么会有资格去当毛的秘书？的确，读过他小说的都知道钱是最讨厌趋奉权贵，拍上司马屁的学人、教授的。《围城》里给挖苦最凶的空头哲学家褚慎明就影射了钱的无锡同乡许××，他把汪精卫的诗篇译成英文（Seyuan Shu, tr. *Poems of Wang Ching-wei*, London, Alien and Unwin, 1938），汪才送他出国的（"有位爱才的阔官僚花一万金送他出洋"——《围城》三版，83页）。此事我早已知道，特在这里提一笔，借以表明钱对那些投机取巧、招摇撞骗的学者文人一向疾恶如仇。

钱同我谈话，有时中文，有时英语，但不时夹一些法文成语、诗句，法文咬音之准、味道之足，实在令我惊异。中国人学习法文，读普通法文书不难，法文要讲得流利漂亮实在不易。我问他，才知道他在牛津大学拿到文学士（B.Litt.）学位后，随同夫人杨绛在巴黎大学读了一年书。杨绛原是专攻拉丁系语言文学的，所以非去法国深造不可；钱自己预备读什么学位，当时忘了问他。《围城》主角方鸿渐1937年7月乘法国邮船返国，想来钱也乘这样一条船返国的。钱氏夫妇留学法国事，好像以前还没有人提起过。

40年代初期在上海那几年，钱私授了不少学生，凭那几份束脩以贴补家用。那时大学教授的薪水是很低的。杨绛的剧本——《称心如意》《弄真成假》《游戏人间》《风絮》——上演，也抽到了不少版税。1947年，《围城》出版，大为轰动，畅销不衰，所以那几年物价虽高涨，他们生活尚能维持。当年有好多《围城》的女读者，来信对钱锺书的婚姻生活大表同情，钱谈及此事，至今仍感得意。事实上，杨绛同《围城》女主角孙柔嘉一点也不像；钱氏夫妇志同道合，婚姻极为美满。

写《围城》时的钱锺书

我对钱说，我的学生管德华（Edward Gunn）博士论文写抗战期间的上海文学和北平文学，不仅有专节讨论他的小说，也有专节讨论杨绛的剧本，对她推崇备至。他翻看论文的目录，十分高兴。论文将由哥大出版所出版，另加正标题《不受欢迎的缪思》（*Unwelcome Muse*）。那天下午，管君特地从康奈尔大学赶来看钱，请教了不少有关上海当年文坛的问题。

我在给钱的那封信上，就提到了《追念》文，表示道歉。在长桌上我放了六本自己的著作，他只拿了《小说史》《人的文学》两种，余书他要我邮寄。他对《追念》文兴趣却极大，当场读了，反正他一目十行，不费多少时刻。事后，我说另一《劝学篇——专复颜元叔教授》也提到他，不妨一读，他也看了，显然对台湾文坛的近况极感兴趣。我顺便说,《谈艺录》论李贺那一节提到德国诗人、剧作家赫贝儿（Friedrich Hebbel），钱误写成赫贝儿斯（Hebbels），不知他有没有留意到。他当然早已觉察到了，可见任何博学大儒，粗心的地方还是有的。想来当年钱也仅翻看了一本论赫贝儿诗的德文专著，并未精读赫诗，德国诗人这样多呢，哪里能读遍？

事实上，三十年来钱读书更多，自感对《谈艺录》不太满意。他说有些嘲笑洋人的地方是不应该的。当年他看不起意大利哲学家兼文评家克鲁齐（Croce），现在把克鲁齐全集读了，对他的学识见解大为佩服。讲起克鲁齐，他连带讲起19世纪意大利首席文学史家狄桑克惕斯（Franceseo de Sanctis，1817—1883），因为他的巨著《意大利文学史》钱也读了。我知道克鲁齐极端推崇狄桑克惕斯，威来克（Rene Wellek）也如此，曾在《近代文艺批评史》专论19世纪后半期的第四册里专章论他。该章我也粗略翻过，但意大利文学我只读过《神曲》《十日谈》这类古典名著的译本，十八九世纪的作品一本也没有读过，狄桑克惕斯再精彩，我也无法领会。自知精力有限，要在中国文学研究上有所建树，更不能像在少年时期这样广读杂书。钱锺书天赋厚，本钱足，读书精而又博，五十年来，神交了不知多少中西古今的硕儒文豪。至今在他书斋内，照样作其鲲鹏式的逍遥游，自感乐趣无穷。

在"文革"期间，钱锺书告诉我，他也过了七个月的劳改生活。每天早晨到马列研究所研读那些马列主义、毛泽东思想文件，也做些劳动体力的粗工，晚上才回家。但钱的求知欲是压抑不住的，马克思原是19世纪的大思想家，既然天天在马列研究所，他就找出一部德文原文的马克思、恩格斯书信集来阅读，读得津津有味，自称对马克思的私生活有所发现。可惜我对马克思所知极浅,没有追问下去,究竟发现了些什么。

比起其他留学欧美的知识分子来,钱锺书仅劳改七月,所受的惩罚算是最轻的了。他能轻易逃过关,据他自己分析,主要他非共产党员,从未出过风头,骂过什么人,捧过什么人,所以也没有什么"劣迹"给人抓住。钱锺书也参加过斗争,如现代小说大会,但他在会场上从不发言,人家也拿他没有办法。

在今日大陆,好多欧美出版的汉学新书看不到,但代表西欧最新潮流的文学作品、学术专著,钱倒看到一些,这可能是"四人帮"垮台后学术界的新气象。钱自称读过些法人罗勃·葛利叶(AlainRobbe Grillet),德人毕尔(Henich Böll)的小说,结构派人类学家李维·史陀(Claude Levi-Strauss),文学评析家巴特(Roland Barthes)的著述。大陆学人、文艺工作者,其知识之浅陋,众所共知;但钱锺书的确是鹏立鸡群(鹤比鸡大不了多少),只要欧美新书来源不断,他即可足不出户地神游。

虽然如此,三十年来钱锺书真正关注的对象是中国古代的文化和文学。他原先在中国科学院文学研究所内研究西洋文学,旋即调任中国文学史编写组,就表示他做了个明智的决定。研究西洋文学,非得人在国外,用西文书写研究成果,才能博得国际性的重视。大陆学人,在中文期刊上发表些研究报告,人家根本不会理睬的。在今日大陆,西洋文学研究者只有一条路可走:翻译名著。杨绛去年出版了两厚册《堂吉诃德》,译自西班牙语原文,就代表了即在闭塞的环境下一个不甘自暴自弃的西洋文学研究者所能做的工作。假如杨绛的译笔忠实传神,她这部译著也可一直流传下去。

钱锺书的《谈艺录》是他早年研究唐宋以来的诗和诗评的成绩。身在大陆，他编著的书只有两种，零星文章发表得也极少，写《追念》文时，我真以为他人在北京，只能读书自娱，不把研究心得写下来。去岁看到《管锥编》即将出版的预告，还以为是本读书札记式小书，绝想不到是部"百万言"的巨著。澳洲大学柳存仁兄最近来信告我，钱采用"管锥"此词为书名带有自嘲的意味，即"以管窥天，以锥测地也"。存仁兄的解释一定是对的，至今我们谦称自己的意见为"管见"。

三十年的心血——《管锥编》

目今中国文学研究者，将中国文学分成诗词、戏剧、小说、散文诸类，再凭各人兴趣去分工研究。过去中国读书人，把所有的书籍分成经史子集四大类，未把文学跟哲学、史学严格分开。个别文人的诗词、散文、诗话、小说笔记都属于"集"这一部门，《谈艺录》研究的对象也就是"集"。《管锥编》研讨十部书，《易经》《诗经》《老子》《列子》《史记》《全上古三代秦汉三国六朝文》《太平广记》等七部书皆在内（另三部书可能是《左传》《焦氏易林》《楚辞》，但我记忆有误，不敢确定）；也就是说，钱锺书不仅是文学研究者，也是个地道的汉学家，把十部经史子集的代表作逐一加以研究。除了《太平广记》里录有唐人小说外，这十部书都可说是唐代以前著述，同《谈艺录》研讨唐代以还的诗，时代恰好一前一后。

去秋香港《大公报》出版了《大公报在港复刊三十周年纪念文集》两卷。《管锥编》也被选录了五则。可惜友人自港寄我这部纪念文集，上卷给邮政局弄丢了，一直未见到。那天上午钱锺书即对我略述他的新书内容，并自称该书文体比《谈艺录》更古奥，一时看不到《纪念文集》上卷，自觉心痒难熬。现在，我已把友人寄我的五则《选录》影印本拜读了，真觉得钱锺书为古代经籍做训诂义理方面的整理，直承郑玄、朱熹诸大儒的传统；同时他仍旁征博引西方历代哲理、文学名著，也给"汉学"打开了一个比较研究的新局面。刚去世的屈万里先生，也是我敬爱的学人。他治古代经典，颇有发明，只可惜他对西方经典所知极浅，治学气魄自然不够大。目今在台港治比较文学的年轻学者，他们读过些西洋名著，对欧美近人的文学理论颇知借鉴，但他们的汉学根底当然是远比不上屈先生的。今秋《管锥编》出版，虽然在大陆不可能有多少读者，应该是汉学界、比较文学界历年来所未逢的最大盛事。

钱锺书中西兼通的大学问，读过《谈艺录》的都知道，不必再举例子。在这里，我倒要引一段钱氏训"衣"的文字，借以证明钱氏今日的汉学造诣不仅远胜三十年前，且能把各种经典有关"衣"字的注释，融会贯通，而对该字本身"相成相反"的含义做了最精密的例证：

《礼记·学记》"不学博依，不能安诗"，郑玄注："广譬喻也，'依'或为'衣'"。《说文》："衣，依也"；《白虎通·衣裳》："衣者隐也，裳者障也。"夫隐为显之反，不显言直道而曲喻罕譬；《吕览·重言》："成公贾曰：'原与君王讔'。"《史记·楚世家》作："伍举曰：'原有进隐'"，裴骃集解："谓隐蔽其意"；《史记·滑稽列传》："淳于髡喜隐"，正此之谓。《汉书·东方朔传·赞》："依隐玩世，……其滑稽之雄乎"，如淳注："依违朝隐"，不知而强解耳。《文心雕龙·谐隐》篇之"内怨为俳"，常州派论词之"意内言外"（参观谢章铤《赌棋山庄词话》续集卷五），皆隐之属也。《礼记》之《曲礼》及《内则》均有"不以隐疾"之语，郑注均曰："衣中之疾"，盖衣者，所以隐障。然而衣亦可资炫饰，《礼记·表记》："衣服以移之"，郑注："'移'犹广大也"，孔疏："使之尊严也。"是衣者，"移"也，故"服为身之章"。《诗·候人》讥"彼其之子，不称其服"；《中庸》："衣锦尚絅，恶其文之著也"，郑注："为其文章露见"；《孟子·告子》："令闻广誉施于身，所以不愿人之文绣也"，赵岐注："绣衣服也，明以芳声播远于鲜衣炫众"；《论衡·书解》："夫文德，世服也。空书为文，实行为德，着之于衣为服。衣服以品贤，贤以文为差"，且举凤羽虎毛之五色纷纶为比。则隐身适成引目之具，自障偏有自彰之效，相反相成，同体歧用。诗广譬喻，托物寓志：其意恍兮跃如，衣之隐也、障也；其词焕乎斐然，衣之引也、彰也。一"衣"字而兼概沉思翰藻，此背出分训之同时合训也，谈艺者或有取欤。《唐摭言》卷一〇称赵牧效李贺为诗，"可谓戞金结绣"，又称刘光远慕李贺为长短歌，"尤能埋没意绪"，恰可分诂"衣"之两义矣。

英国诗评家燕卜荪（William Empson）写过一本书，讨论 The Structure of Complex Words，好多英语常用的字眼，如 wit, sense, 看

来意义十分简单，却是含义极复杂的"结构"。燕卜荪把这类字逐章讨论，详引莎士比亚、密尔顿、蒲伯、华兹华斯等历代英国大诗人而细析每字因时代变迁而添增的含义，当年读来，甚感兴味。钱锺书所训的"衣"字，显然也是同类的"复义字"，他也尽可以把这段训诂写成一篇极长的论文，但钱锺书写这部百万言的巨著，要提供的读书心得实在太多了，只好把这段文字紧缩，让内行读者自己去体会他学问博大精深。借用"衣"字来点明古人对"诗""文"二概念之认识，道前人所未道，实在令人心折。

钱锺书能善用时间，三十年间写出这样一部大书，可谓此生无憾。但钱不仅是中西兼通的汉学大师，也是位卓越的小说家，三十年来他不可能再从事小说创作，仍是国家莫大的损失。

《围城》出版后，钱策划了一部长篇小说，自称可比《围城》写得更精彩。书题《百合心》，典出波德莱尔"Le Coeur d'Artichaut"

夏志清与钱锺书在哈佛

一辞：含义是人的心像百合花的鳞茎一样，一瓣一瓣剥掉，到最后一无所有。同《围城》一样，《百合心》同样是个悲观的人生象征。那天晚上钱对我说，他的处世态度是："long-term pessimism, short-term optimism"——目光放远，万事皆悲，目光放近，则自应乐观，以求振作。1949年前，《百合心》已写了三万四千字，接着钱受聘清华大学，自沪北上，手稿凭邮寄竟遭遗失。一般作家、学者，逃难也好，搬家也好，总把尚未完成的书稿放在身边。钱锺书这样大意，倒出我意料。可是时局变了，从此钱锺书再没有心思把《百合心》补写、续写了。

下午的节目

午前谈话当然不止这些，有些琐忆将在本文第五节里提及。12时整，我陪钱锺书到俱乐部去吃饭。筵设八桌，桌面上除了葡萄酒同啤酒外，还放着几瓶可口可乐，我觉得很好笑。可口可乐即要在大陆发售了，哥大特别讨好代表团，让他们尝一下这种饮品的味道。饭后原定节目是参观哥大校园，钱倒有意到我家里坐坐，会见我的另一半，表示人到礼到。我的公寓房子一向也是乱糟糟的，实在照顾小女自珍太费心，王洞再没有时间去清理房间。那天她倒预料会有贵客来访，家里收拾得还算整洁。那天自珍（已经七岁了）又患微恙，没有去上学。她见到我，当然就要骑在我肩上，在屋子里走上一两圈。钱见到此景，真心表示关怀，最使我感动。说真的，我的事业一向还算顺利，七八年来，为了小孩子真是天天操心，日里不能工作，差不多每天熬夜。朋友中有好几位天主教徒、基督徒、佛教徒每天为我小女祷告，实在友情可感。现在又连累了钱锺书，那天晚上一同吃饭，隔两天通一次电话，人抵洛杉矶后来信，他都再三问及小女，祈望她早日开窍。

下午2时到4时是钱锺书同研究生、教授会谈的时间。我带钱锺书到恳德堂四楼，走过"研究室"（seminar room），已有十多位围坐着长圆桌，等待钱的光临，之后人数不断增加，有些远道而来，有些纽约市华人慕名而来，济济一堂，十分热闹。这个座谈会，事前并无准备，钱有问必答，凭其讲英语的口才，即令四座吃惊。事后一位专治中国史的洋同事对我说，生平从未听过这样漂亮的英文，只有一位哈佛教授差堪同钱相比（这位同事大学四年在哈佛，研究院多年在柏克莱加大）。钱锺书去岁末赴欧洲前有近三十年未同洋人接触，英文照旧出口成章，真是亏他的。我在《追念》文中写道："我国学人间，不论他的同代或晚辈，还没有人比得上他这么博闻强记，广览群书。"现在想想，像钱锺书这样的奇才，近百年来我国还没有第二人堪同他相比。

座谈会刚开始，我的学生不免怯场，不敢多向他请教。碰到这样

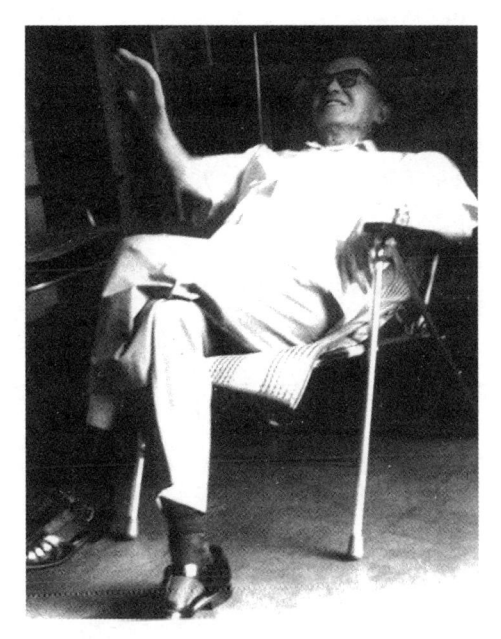

钱锺书先生在谈话　纪红摄于1990年8月

的场面，我就自己发问，或者说些幽默话。有一次，我带轻松的语调说道，钱先生的中西学问我无法同他相比，可是美国电影的知识我远比他丰富，现在我要考他，简·芳达是谁？不料钱竟回答道：这位明星，是否最近得了个什么奖？简·芳达是左派国际红星，所以钱人在北京，即从西文报刊上看到了她的名字。另一次，我的一位学生刚走进"研究室"，我说此人在写《平妖传》的论文，要向钱先生请教。他即提名讨论两三位主角，并谓该部优秀小说最后几章写得极差。钱读这部小说可能已是四五十年的事了，但任何读过的书，他是忘不了的。后来在招待酒会上，我有一位华籍同事，抄了一首绝句问他。此诗通常认为是朱熹的作品，却不见于《朱子全书》，我的同事为此事困惑已久。钱一看即知道此诗初刊于哪一部书，并非朱熹的作品。

钱锺书表演了两小时，满堂热烈鼓掌。事后，有些也听过别的科学院代表讲话的，都认为钱最 outspoken，直言大陆学术界真相，嘴里不带大陆八股。东方汉学家，不论学问如何好，因为英语讲不流利，甚至不谙英语，来美国讲学很吃力不讨好。1962 年，日本首席汉学家吉川幸次郎来访哥大，曾讲学六次，都排在星期五晚上。我刚来哥大教书，不好意思不去捧场。每次讲稿都由研究生翻译了，先分派与会者。第一次讨论会，吉川教授自己再把讲稿读一遍，一共十一二页，却读了近一小时，大家坐得不耐烦。事后听众发问，吉川英文不好，对西洋的文学研究方法和趋势也不太清楚，实在讲不出什么名堂来。以后五次，吉川不再念他的讲稿了，两个钟点的时间更难打发。吉川的确是世所公认的汉学大师，但他可说是墨守成规的旧式学者，论才华学问，哪一点比得上中西兼通的钱锺书？

美国汉学界间至今还有不少人重日轻华;事实上,近十多年来,台港学人以及留美华籍教授,他们整理、研究中国文学的成绩早已远超过了日本汉学家。

杂谈与琐忆

酒会散后,钱锺书随同代表团先返东城公园大道 Sheraton Russe II 旅馆,同我们约定 7 时在旅馆相聚。於梨华那天也赶来参加了下午的聚会,她一定要我带她去旅馆,强不过她,只好带她乘计程车同去。钱下楼后,我们先在门廊里小谈片刻,我忽然想到三十六年前初会,钱坐在沙发上,手持一根"史的克"(方鸿渐出门,也带手杖),现在望七之年,此物反而不备了。钱说那是留学期间学来的英国绅士派头,手杖早已不带了。

进餐厅,我们四人一小圆桌,别的代表一大桌,他们累了一天,尽可出门逛逛街,好好吃顿中国饭,但看来大家自知约束,不便随意行动。我们一桌,谈得很融洽,多谈钱的往事和近况。现在我把这次谈话,以及上午同类性质的杂忆,整理出来,报告如下:

这次他跟杨绛是同机出发的。她留在巴黎,属于另一个代表团。大陆人才凋零,现在要同西方国家打交道,钱氏夫妇显然颇为重用。他们的独生女儿钱瑗,领到 British Council 的一笔奖学金,也在英国留学。二老领两份社会科学院研究员的薪水,住在高级住宅区,生活算是优等的,但前几年,想还在"四人帮"当权期间,钱为庸医所误,小病转为大病,曾昏迷过四小时(想即是他去世谣传的由来),脑部未受损伤,已是不幸中的大幸了。但从此得了气喘症,冬季只好深居简出，谢绝一切应酬。牛津大学曾有意请他去讲学一年，他怕英国气候潮湿，也不便答应。

钱锺书国学根基当然在他严父钱基博教导之下，从小就打好的了。但他自言在中学期间，初不知用功，曾给父亲痛打一顿。十五岁才自知发愤读书。可能因为用功太迟，清华大学，数理考卷不及格（仅拿零分之说，却是谣传），但中英文考卷成绩优异，主持入学考试的教授们曾把钱的考卷呈罗家伦校长请示，数理成绩太差是否应收他。罗校长看了钱的中英文作文，敬为奇才，立即录取。到了大三或大四那年，罗特别召见钱锺书，把这段掌故告诉他，视之为自己识拔的"门生"。

钱同届清华同学有曹禺、吴组缃二人，后来皆文坛驰名。开明原版《谈艺录》封面题字，同钱先生给我的信比较，一看即知出自著者自己的手笔。《宋诗选注》原版封面上四个楷书字，我特别喜欢，却非钱的笔迹，一问才知道是沈尹默先生的墨宝。当晚回家一查，原来大陆重印的中国古典书籍，诸凡《骆临海集笺注》《王右丞集笺注》《三家评注李长吉歌诗》《柳河东集》《樊川诗集注》《苏舜钦集》《王荆公诗文沈氏注》《李清照集》《范石湖集》，皆由沈尹默题款。沈是大陆最后一位书法大家，去世已多年，只可惜一般青年学子，见了这些封面题字，也不知道是何人的墨迹。

悼杨璧

在《追念》文里我提到一位"杨绛本家"的才女，宋淇兄那晚请客，有意制造机会使我同她相识。她名杨璧，其实即是杨绛的亲妹妹，毕业于震旦女子学院英文系，钱锺书自己也教过她。去年10月1日前后，大陆在香港预告了好多种学术性的译著，表示邓小平上台后，出版界业已复苏。

这一系列书中，我注意到了杨必译的萨克雷名著《名利场》（Vanity Fair），想来杨必即是杨璧，她一向默默无名，现在出了一本译著，我倒为之欣喜。那天上午同钱谈话，我即问起她，不料钱谓她已病故十年了，终身未婚。我同杨璧虽从未 date 过一次，但闻讯不免心头有些难过，1943年下半年，我赋闲在家，手边一分钱也没有，曾至杨家晤谈两三次，讨论学问，到后来话题没有了，我也不好意思再去了。

假如上街玩一两次，看场电影、吃顿饭，话题就可增多了，友谊也可持久。偏偏两个人都是书呆子，加上寓所不大，杨的父亲即在同室，不同我寒暄，照旧读他的线装书，不免令我气馁。钱锺书只说杨璧病故，但以她西洋文学研究者的身份而死于"文革"期间，可能死因并不简单，只是我不便多问。钱氏夫妇三十年来未遭大难，且能沉得住气，埋头著译，实在难得；但社会科学院代表中最有国际声誉的费孝通，就坐牢七八年（有人说十多年），身体虽虚胖而精神疲惫，早已不写书，不做什么调查了。而晚近大陆派出来访问欧美各国的偏偏都是些老人；尤其在人文学科这方面，中年的、壮年的人才摧残殆尽，剩下的学业早已荒废，是没法同洋人交谈的。我为钱氏夫妇称幸，也为杨璧这一代，也即是我这一代专业文学研究、创作的叫冤，抱不平。他们的遭遇实在太惨了。

那晚离开餐厅，已9点半了，钱忙了一整天，一定很累了，我们遂即告辞。钱在纽约虽然还得住三四天，节目早已排好。他就说我们这次不必再见面了，留些话将来再说，反正后会有期。隔了两天，我还是打了个电话去问候。那时刚两点半，钱恰在房里睡午觉，被电话铃声吵醒，这次小谈，我发现他无锡口音重。23日那天，他讲的是标准国语、地道上海话同牛津英语，这次他不提防有人打电话来，露出了乡音，更使我觉得他可亲。

钱锺书返大陆后，我先遵嘱航寄一本《中国古典小说》给他。隔了几天写封信给他，忽然想到那天忘了对他说，来秋寄书，请他也把杨璧的《名利场》寄我一册。信上我就这样照写了。初中、小学时读《人猿泰山》《侠隐记》这类译本，读得兴趣盎然；高中时读过几册梁译莎翁名剧，也读了张译哈代小说《苔丝姑娘》。后书译笔极好，读得我痛哭流涕，后来读哈代的《卡桥市长》《还乡记》《无名的裘德》，就不流泪了，毕竟年纪大了。进大学后，还没有读过任何西洋小说的中译本，初读《名利场》也是三十多年前的事了。这次收到杨璧的译本，真要花几个晚上细心读它，借以纪念一个郁郁未展才的才女，仅有数面之缘，当年不便称为我朋友的朋友。

一九七九年五月二十七日完稿

钱锺书二三事

任明耀

我国著名学者、作家钱锺书先生已于1998年12月19日静静地闭上了双眼，驾鹤西去了，终年八十八岁。我在深深的哀思中勾起了不少如烟的往事。

我有幸在青年时代亲聆钱先生的教诲。抗战胜利以后，我在上海暨南大学外文系继续求学，当我读到四年级时，听说系里有一位颇有名气的教授名叫钱锺书先生，要给我们开一门新课。当时我们早就听到了有关钱先生的一些传闻：

他和他的父亲、浙大文学院中文系古典文学教授钱基博先生在学术观点上有些不同。他敢于写文章和他的父亲争论。在文章中居然称他父亲为"钱基博先生怎么怎么说……"。

又听说他去英国留学时，他的父亲颇不以为然，认为中国古典文学够他一辈子学了，何必远渡重洋到国外去研究外国文学呢？然而钱先生毅然决然地出国留学了。

钱先生当时在上海的一家文艺杂志上发表了一部长篇小说《围

城》,颇得好评。同学们都十分惊奇和赞叹:"这位教授先生居然还能写长篇小说,真不简单。"

同学们怀着好奇的心情等待这位教授给我们上新课,这门新课名叫"西洋文艺批评"。第一次上课前,大家早早来到教室等待了。快上课时,我们只见走廊上靠窗边的地方,站着一位戴着眼镜、西装革履,颇具绅士风度的年轻人,这位看上去只有三十多岁的年轻人是谁呢?上课铃响过以后,这位年轻的先生就走进教室来了——原来他就是钱锺书先生。他用流利的英语开始给我们讲课了。我们目睹这位风度翩翩的先生,心中都十分赞叹。从此,每次上课他都比我们早到几分钟,静静地等候在走廊里。他讲课内容丰富、广征博引、从古到今、从中到外,他滔滔不绝地讲着,极富魅力。他在黑板上有时写上几句英文,有时写上几句法文,有时又写上几个德文,使我们目不暇接。我们十分喜欢听钱先生讲课。他语多精辟,见解新颖。可是我们又怕钱先生的课,因为我们知识浅薄,有的内容难以听懂,有的内容难以理解、消化。可见听钱先生的课,学生得有相当的根基,否则像"鸭听天雷",收效甚微。

临毕业的时候,每人要写一篇毕业论文,系里领导为每一位同学指定一位导师,偏偏钱先生是做我的毕业论文导师。我暗暗叫苦:"这下完了,毕业论文通不过就不得毕业了。"我记得选了英国18世纪小说家司各特和他的作品作为我的论文题目。我搜集了不少有关这位小说家的资料,拼拼凑凑,勉强把毕业论文写好,小心翼翼交给了钱先生,钱先生笑着对我说道:"我看了以后,下个礼拜就送还你。"

从此,我在一周内,茶饭不思,提心吊胆这篇毕业论文可能会通不过,好容易熬到下个星期上这门课的时候,我走到钱先生面前问道:"我的毕业论文,钱先生看过了吗?"

"看过了。"钱先生笑着说道,"你的毕业论文自己的观点太少,抄来的东西太多。我请你再作修改补充。"

他的话音一落,我的心马上凉了半截。难道真的通不过了吗?

我将毕业论文拿回以后,经过再度修改和补充,第二次交了上去,心想,如果再通不过,只好另换题目了。不想钱先生审阅过后,笑着对我道:"通过了,你就认真打印起来吧。"

我心中怀着的一块巨石,立即从心头落下。但我明白,我的论文是勉强通过的。

这件事使我终生难忘。钱先生要求我写出自己的观点,使我一生受用不浅。论文如果东抄西袭,吃别人嚼过的馍,能有创新的意见吗?

关于钱先生平时的为人,我也听到一些。他治学极严,中英文造诣极深。他是一位博通古今的学者。系里有一位青年助教,他在翻译《戏剧观赏法》一书过程中,碰到疑难问题都向钱先生请教,钱先生不厌其烦地加以指导,例如这位青年教师的译文中谈到17世纪英国戏剧所反映的社会生活时说:"在那种人生里,每个男人都是淫妇之夫,每个女人都是爱情的明灯。"钱先生以为译得太直,改正为:"每个男人非淫棍即乌龟,每个女人都是杨花水性。"这样一改就很有文采,也很传神了。

建国以后,我有好长时间没有跟钱先生联系,后来听说他在翻译毛主席著作中发挥了重要作用,他的译文形神兼备。如《实践论》中的"吃一堑,长一智",钱先生将其英译为"A fall in the pit, and again in your wit",传神之妙,众人为之叫绝。

1982年下半年,我又跟钱先生取得了联系,当时杭大外语系蒋炳贤教授正和我合作翻译19世纪英国著名作家巴特勒的长篇小说 The Way of All Flesh(《如此人生》,又译《众生之道》),译者前言先在杭大学报发表了。我将该文寄呈钱先生审阅,他很快给我写了回信,他的信写得极为谦逊、风趣,他的真知卓识使我敬佩不已。我想将来如去北京,得去见见这位恩师。机会终于来了,1985年,我去北方参加一次学术会议,回来时我路过北京,决心去拜访钱先生。但我事先知道拜见钱先生是很不容易的。由于他名声太大,要拜见他的中外学者很多。为了专心治学,他采取了三不主义:一不接见访客;二不接见新闻媒体的采访;三不参加一切会议。所以拜见钱先生是极困难的事。我事先给钱先生去信,他答应见我,并将住宅电话号码告诉了我,但我又通过李健吾先生在《文艺报》工作的女儿向他打了招呼,他才允许第二天上午会见我这个老学生半小时。那天上午9时整,我如约准时到了钱家。钱先生亲切接见了我。我向他呈交了我刚在杭大学报上发表的论文《博马舍和他的费加罗三部曲》,请钱先生指教。钱先生翻阅了一下,他当即从书架上抽出一本法文书,对我说道:"你研究博马舍,这本评论博马舍的著作看过没有?"

我当即被难住了,摇摇头,说:"没有看过,因为我不懂法文。"

他当即对我说道:"研究法国文学,不懂法文不行。靠第二手资料写学术论文怎么行呢?"

我红着脸点头称是,我望着书桌上一大堆信件,说道:"钱先生工作很忙吧!"

他指着书桌上大堆中外来信说："你看看，这一大堆信，光看信写回信就占用了我不少时间。"

我们又谈了一些别的事。临别，我提出一个要求："我想见见钱师母杨先生，行吗？"

钱先生当即点点头，说："好吧，我进去看看她有没有空。"

他随即进了内书房，不久他将杨绛先生领出来了。只见杨绛先生脸目清秀，虽已年老，但风度儒雅，一派学者风范。她和我谈及她刚从西班牙和西欧一些国家访问归来的事。我们谈了十分钟光景，杨绛先生说道："我还有事，不多陪了。"

她当即进了内书房，我看了一下手表，时针已指着10点，为了不影响他们的工作，我当即起身告辞了。

事后我曾写了一篇访问记，详细记述了这次难得的会见。写好以后，我寄呈钱先生审阅。钱先生很快将稿子寄回来了，并附来一信，他对我的"访问记"作出了直率的批评。原信如下：

明耀学兄：

承过访，甚感，前日得来信，我倒后悔这次会晤了。我常说：'一捧便俗'；'一吹便俗'；在这一点上。我们一对撅老夫妇和许多人的人生观根本不同。我们拒绝中外采访者（包括电视记者）的事例，也许你有所风闻。不肯轻见生客，你这次来事先约定，还转了李小姐那里的湾。蒙你过爱，要记录印象，但朋友私人谈话，公之于世，便不是以朋友身份过访，而是以记者身份采访，犯了禁了。以后难再见面了。何况有些失实不妥的地方（我已用铅笔批

出），又违反了采访的真实原则。直率陈词，请你鉴谅，尊稿奉还。即颂

近祉！

锺书上　杨绛同候

九日夜

我在文章中开头称他是"蜚声中外的学者"，他在"蜚声中外"旁边，打上了杠杠，还批了一句："什么蜚声中外。"由于钱先生不满

意这篇访问记,所以我迟至今天,一直将这篇文章压在抽斗内,没有公开发表。从这件事,可以看出钱先生生性淡泊、甘于寂寞、不求闻达的高尚品性。在他的人生哲学中有许多"不"字,不爱做官,不爱被人吹捧,是他最大的特点。

钱先生是人不是神,不了解他的人,往往把他当作一个行为古怪的大学者,然而了解他的人,知道他是一个乐于助人的学者。他博览群书,有超人的记忆力,如有人向他请教,他可以滔滔不绝地跟你讲一大套。据说,博士研究生的论文答辩会最怕钱先生发问,如果他一发问,必然难倒这位博士研究生。然而,钱先生却是一个充满爱心的学者,绝不会提出冷僻的问题来刁难青年学者的。钱先生还是一位很富童趣的学者,杨绛所写的《〈围城〉和他的作者钱锺书》一文,记述了许多有关钱先生生动有趣的故事。

钱先生魂归西去,根据他的遗愿,不举行任何悼念仪式,不保留骨灰,不接受花圈花篮。遗体只由二三亲友送别。钱先生辞世以后家里电话铃声不断,要求送花圈、花篮以表达他们的哀思,都被他的家人婉拒了,因为"钱锺书最不喜欢这些"。

以往有好几年每当新年到来之际,我就寄送钱先生贺卡,祝他健康长寿、新年快乐。开始他回赠自己亲手写的贺卡,以后又改赠自印的贺卡。1988年12月,我还收到他和杨绛共同署名的"新禧"贺卡。他在贺卡边上只写了一句话:"明耀贤友,大著奉到。因病未即复歉歉。顺此致谢。钱锺书。"后来,因为每年收到的贺卡堆积如山,他实在吃不消了,只能大部分不回寄了。

1990年,钱先生八十大寿,家中电话铃声闹翻了天。各界人士纷纷来电要为他祝寿或开纪念会,他都一一拒绝。他认为这类活动是"招些不三不四之闲人,讲些不痛不痒之废话,花费不明不白之冤钱"。他的话对当今浪费大量人力、财力的庆典活动、祝寿活动,以及其他纪念活动,不是仍然有很深刻的现实意义吗!

钱先生不爱钱的传闻,一直被大家传为美谈。国内十八家省级电视台联合拍摄《当代中华文化名人录》,要将钱先生拍进去,被钱先生谢绝了。有人告诉他说,他如被拍进去,可以得一笔丰富的酬金时,钱先生笑道:"我都姓了一辈子钱了,难道对钱那么感兴趣吗?"

钱先生是一位智者,他的一生是一部大书,谁读了他的这部大书,谁就会受到无穷的启迪,谁读懂了他的这部大书,谁就会受到无穷的教益!

钱先生在没有鲜花、没有挽联、没有哀乐的北风中翩然远去了。但是人们都在心中默默地说:

钱锺书不朽!

钱锺书的精神不朽!

周南老说钱锺书

受访者：周南　访问者：田奕　崔昌喜　时间：2020.10.28

今年正值钱锺书先生诞辰一百一十周年，又是先生过世的第二十二个年头，我们扫叶公司承作家出版社之约策划纪念文集《风雨默存》。

从长辈处得知，周南老与钱先生过往甚密，诗词文字款通，情谊高尚。1995年，钱先生为周南老的《周南诗词》作跋，并收录在《钱锺书集》之中。跋文记述了他们的初次会面，先说晚清洋务名辈郭筠仙和曾劼刚，皆以深厚的文化底蕴著名，没有想到周南先生在国际外交舞台上，继接前辈的光华，于是有了钱先生"不介自亲""大惊失喜"的兴叹。周南老日理交道多为夷邦外人，钱先生日常阅读半是外洋文字；他们二位相逢于人家地盘，会心得意的反倒是咱中国的诗词歌赋。伟大而恒远的文化，关联着他们共同的中国心。旷世奇缘并非巧合，我们晚学后生，岂容忽略，必求传承悠久远世。

承蒙周南老惠允，得以登寓所探望并采访，聆听周南老讲述他与钱先生的交往始末。正如钱先生《〈周南诗词选〉跋》所言：周南老身历无数艰难，既能顺利处置重大国事，又能以诗文词曲叙事抒怀，读之大有令人"闻鸡起舞"的气概。古人曾说，困难越多，对多才大能的人，一定是"英多"——美丽的花朵定会开出许许多多。我们深深地感到钱先生所写之精确：认识周南先生的人，读他的诗，深感"其人信如其诗"；不熟悉他的人，读他的诗，也会感叹"其诗足见其人"。我们采访周南老之后，再读钱先生跋，赞佩钱先生的高论，亦愈加景仰周南老的雄心壮业。

朱兴柱　摄

一、未谋君面

周南老早年在外交部时，曾听乔冠华部长多次讲起同学钱锺书，说他脑子怎么能那么好使，记忆就像在拍照（photographic memory），过目不忘。后来周南老读到钱先生的《宋诗选注》，深感钱先生在中外文学包括古典诗词和比较文学上独树一帜，见解高卓。周南老曾就读于北京大学文学院哲学系等，素喜中国古典诗词。后来又逐渐知道钱先生有本《谈艺录》，国内绝版，书店售罄，图书馆借不到，寻觅无果。1971年，周南老受命调任联合国安理会工作，虽事隔几年，但寻找《谈艺录》一事始终挂心。偶然得知纽约哥伦比亚图书馆有收藏，便托人借出，在频繁外交事务之余品读《谈艺录》，那是彻底的心灵释放，也是兴致盎然的休憩。周南老称，这是与钱先生"未谋面，而先有所知"。

二、纽约初晤

1976年，中国开始对外开放。1979年4月，中央派出中国社会科学院代表团访美，宦乡为团长，钱先生以著名学者身份随团出访。当时驻联合国代表团团长是陈楚，周南老是大使衔的副团长。按惯例，陈楚团长晚宴请了宦乡及钱锺书，由周南老作陪。由此，钱、周二老开始相识相知。缘于共同珍爱的诗文，自然而然地聊在一起。一谈及唐宋诗词，二位均欲罢不能。钱先生在此后的信中，一改冷峻的口吻，热情地称赞周南老"征引古人名章佳句，如瓶泻水"。尤其谈到李商隐《锦瑟》"锦瑟无端五十弦，一弦一柱思华年"，就《谈艺录》里关于《锦瑟》段落，进行了专业性很强的论辩与阐述。他俩聊得极为尽兴，彼情彼景，周南老至今历历在目。结束纽约的访问，钱先生便要转去其他城市。临行，周南老赠给钱先生一部彩色版《西洋名画集》。二老相约，谈诗论词，再待来时。

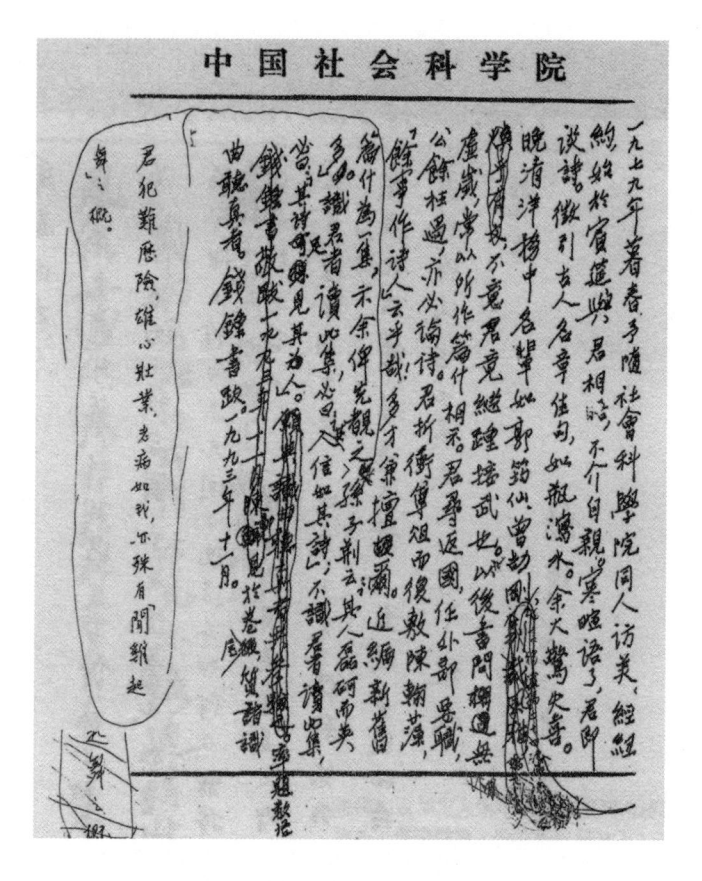

我们听一位老师说："钱先生那次回来，非常高兴，说在美国认识了一位见识高、懂文化的中国高级官员，颇为惊异。这样的中国学者，以文大史强的祖国为后盾，一定会在外交上无往而不胜。"

三、文章神道

钱先生访美结束回到北京后，去信给周南老。信中钱先生称与

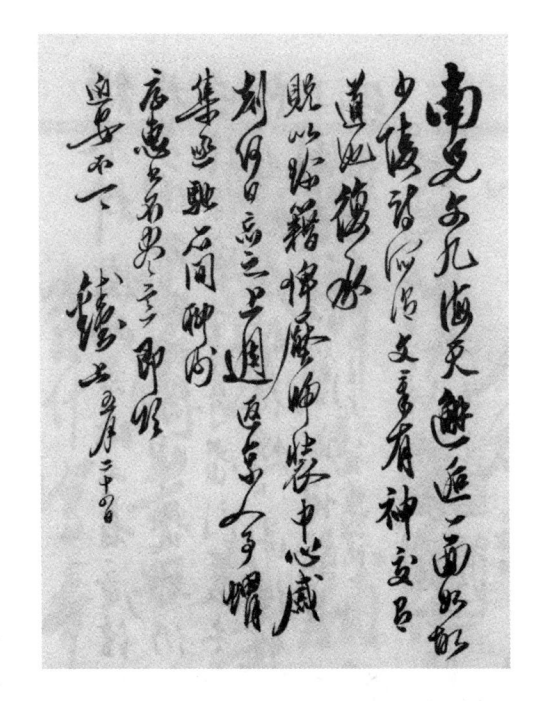

周南老"海天邂逅，一面如故，如少陵诗所谓'文章有神交有道'"，又称周南老所赠《西洋名画集》是"俾压归装"。周南老读到"文章有神交有道"，便莫逆于心，知这是钱先生有交往之意。此信也成为订交之始。从此二老便"书问无虚岁"，交往愈发频繁。新年俗节，亦必以明信片互赠，以慰情谊。周南老还笑称，那时他赠送钱先生的画册只不过是一本二手的旧书，根本谈不上厚赠。众所周知，钱先生爱书嗜书，涉猎广博，书籍即最珍贵的礼物！况且"俾压归装"不仅是指"赠书"，更应精确地理解为"得人得友"之喜称也。而周南老的笑谈，也正表现着他的谦逊。其实他的"大礼"就是先生特殊珍惜的高尚、博学和雅趣。

四、一年两晤

周南老1981年奉命从驻联合国岗位上卸任回国工作。钱、周二老虽书信频传,交往甚密,但真正见面机会并不多。故钱先生在信中称:"人海中,一年两晤,已非易事。"这一年两晤,"一年"是指"1983年"。"两晤":一晤是"夷馆同席",即法国来访外长在北海公园设宴,中方有钱、周二老以及文艺界人士共五人应邀出席,法国方面还有一位文化参赞陪同;一晤是"丧家瞥面",即指1983年9月22日,乔冠华部长仙逝。钱、周二老参加了在北京医院举行的乔老遗体告别仪式。仪式上众人列队向乔老告别。二老只是远远地匆匆相视而已。

信中"夷馆同席"和"丧家瞥面",表现了作者用事以通情的惊人妙手,配以原信法帖式的精美,当为中国书法大作中的精品。现经周南老同意、审核,将其"隶定"如下,以供景仰:

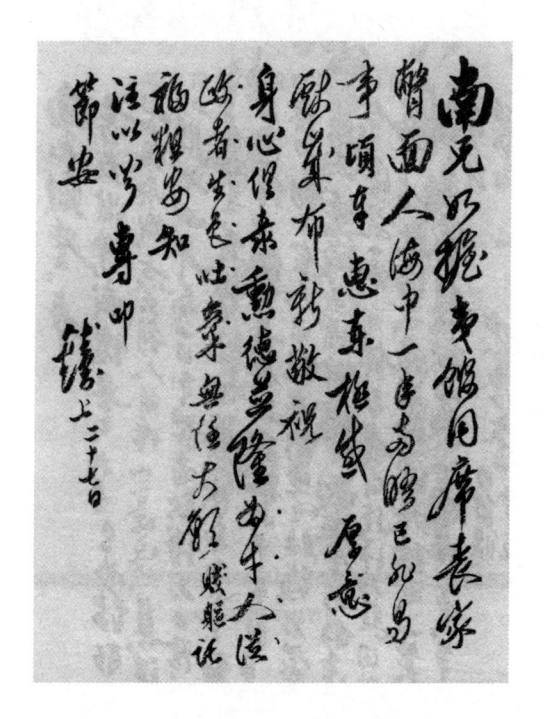

南兄如握。

夷馆同席,丧家瞥面。人海中一年两晤,已非易事。顷奉惠柬,极感厚意。

献岁布新敬祝

身心俱泰,勋德益隆,为才人从政者生色吐气,无任大愿。

贱躯托福粗安,知

注以闻。专叩

节安

钱锺书上　二十七日

五、讨得墨宝

随着二老友谊的日益深厚,交往越发轻松愉快,周南老向钱先生讨要由衷惜爱的墨宝。他向钱先生说道:"请您把自己喜欢的诗作写两幅,送我挂在寒舍,日牵夜念,以光素壁。"钱先生写了两幅赠与。一是《返牛津旧赁寓门前修道院》[①]:"缁衣抖擞两京埃,又着庵钟唤梦回。聊以为家归亦寄,仍容作主客重来。当门夏木阴阴合,绕屋秋花缓缓开。借取小园

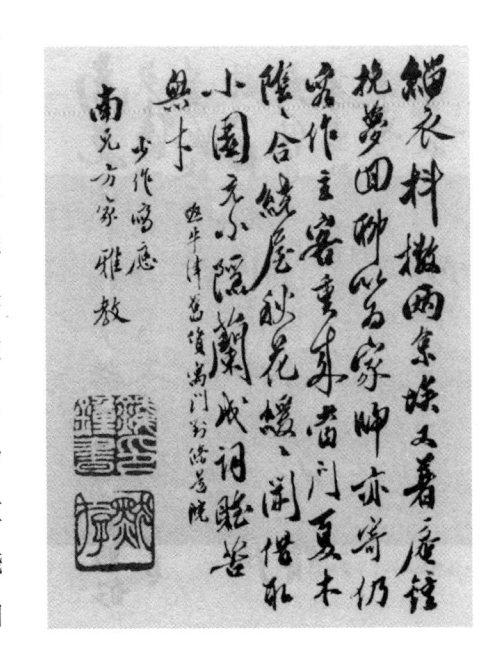

---

① 《返牛津旧赁寓门前修道院》:生活·读书·新知三联书店2001年1月北京第1版《钱锺书集——槐聚诗存》第14页作"《返牛津瑙伦园(Norham Gardens)旧赁寓》"。

充小隐，兰成词赋苦[①]无才。"一是《寓园苦雨》[②]："生憎一雨连三日，亦既勤渠可小休。石破端为天漏想，河倾弥切陆沉忧。徒看助长浇愁种，倘许分沾补爱流。交付庭苔与池草，蚓箫蛙鼓听相酬。"至今这两幅字，一幅挂在周南老的客堂，一幅挂在书房。见字如面，周南老为的是与老师挚友能时时相见。

六、赠送旧稿

一次偶然的机会，周南老在香港见到了钱先生在牛津大学上学时所作的一篇论文——《十七和十八世纪英国文学里的中国》(China in the English Literature of the Seventeenth and the Eighteenth Centuries)。周南老早知钱先生并无原稿，故苦心求来其影印件后，附信寄与钱先生。先生随即致信表示感谢，并在信中

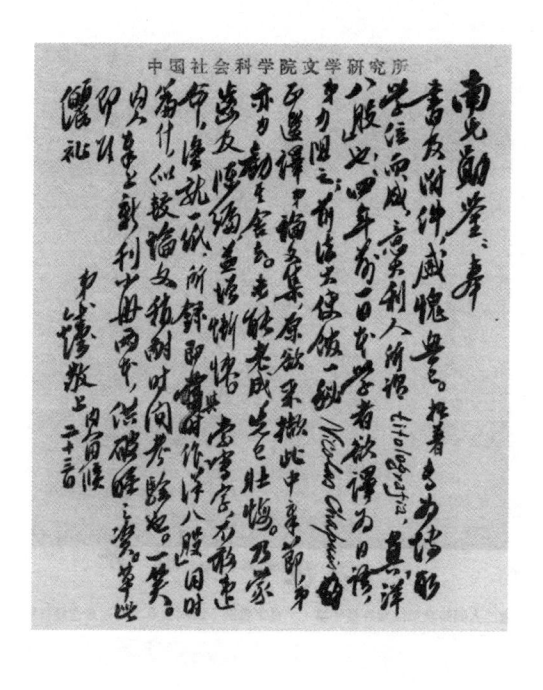

---

① 《槐聚诗存》第14页"苦"作"谢"。
② 《寓园苦雨》:《槐聚诗存》第30页作《苦雨》。

戏称此论文乃"专为博取学位而成,意大利人所谓 tifolografia,真'洋八股'也"。表示了钱先生当年留学域外,由期盼和努力,到失望的最后结果。恐怕这也是许多至今留学生以及学位获得者应取的心态吧。当时随信附上的还有上文提及的钱先生书写的《返牛津旧赁寓门前修道院》。钱先生在信上写道:"索写字,不敢违命,涂就一纸,所录即当时作'洋八股'同时篇什,似较论文稍耐时间考验也。"内外前后呼应,可称为贴心语长。

七、以师相称

1987年周南老六十岁时,赋就一首长诗——《六十述怀》,其中有句:"因缘来斯世,悠悠过花甲。少壮能几时,相看成老大。"1993年,周南老将此诗书写工整寄与钱先生,请其指正。钱先生随即复函称得诗后"挑灯急读",并给予"'言之有物'兼'言之有文',华实并具,气骨独耸"的高度评价。而且还给出了五个字的修改建议。周南老采纳了其中的二三字。为此周南老又回信致谢,并在信中开始以"师"相称。虽钱先生年长周南老十七岁,但交往中亦以"南兄过嫂"尊称周南老夫妇,并以"弟"自谦。二人是真正的忘年之交。此信后部,行文幽默,二老四位皆可会意,微笑过大年也。我们将正文录下,读者自明。

南兄勋鉴:

上周奉　兄嫂贺柬,事冗身痛,稽迟未报为罪。昨夕又得　手书并诵佳篇,媵以珍饴。感荷无已。挑灯急读,以

"言之有物"兼"言之有文",华实并具,气骨独耸,于 足下志事怀抱,略窥其微,胜于《广角镜》所载 write-up 多矣。愚夫妇叹佩之至。小有献替,聊比他山之石,聊供裁择。"师"称谨璧,圣人云:"人之患在好为人师。"《西游记》中唐僧遭九头狮子之难,广目天王谓孙行者云:"因你'在玉华国收王子为徒'欲为人师,所以惹出这一窝狮子来也!"可不戒哉!一笑。草此复谢,

并祝

贤伉俪　新年万福。

　　　　　　弟钱锺书上　杨绛同叩　二十七日

八、送君虎溪

周南老每往钱先生三里河寓所拜访,辞别时,先生必然相送。

有一次，周南老辞行，钱先生送出家门，又出楼门。二老边走边谈，不觉走出很远。钱先生玩笑着说："今日送君过虎溪矣。"这里，钱先生用了东晋高僧惠远的典故。南朝梁慧皎作《高僧传》，其卷六有载："自（惠）远卜居庐阜三十余年，影不出山，迹不入俗。每送客，游履常以虎溪为界焉。"李白《别东林寺僧》借用此典："东林送客处，月出白猿啼。笑别庐山远，何烦过虎溪。"五代贯休《再游东林寺作》再用其典："爱陶长官醉兀兀，送陆道士行迟迟。买酒过溪皆破戒，斯何人斯师如斯。"诗后还对此典详加注解，注文云："远公高节，食后不饮蜜水，而将诗博绿醑与陶潜，别人不得。又送客不以贵贱，不过虎溪，而送陆静修道士过虎溪数百步。"由是周南老所作《访钱锺书先生》乃云："博雅风流莫窥篱，说诗谈艺胜醍醐。书城歌啸心何远，送我还劳过虎溪。""歌啸"则出自钱先生早年所作《答叔子》"试问浮沉群僚底，争如歌啸乱书中"之句。全因小小一典故，竟修成当代大诗话。吾等晚生，何其有幸！

畅想二长者，一位"开拓万古心胸"的文学家，一位"驰骋国际舞台"的外交家，并肩在虎溪边上，有我们伟大祖国旗帜飘扬，一定会文昌国强啊。

九、不拘形态

有一次周南老去拜访钱、杨二老，遇见了十分有趣的画面，周南老如今讲起，仍觉情趣盎然。钱先生寓所的会客室内有一张大桌子，是钱先生的书桌；旁边放置一张小桌子，是杨先生的书桌。周南老去时，杨先生正在伏案写作。周南老走近杨老问："您在写什么？"杨

一九三四年
还乡杂诗

昏黄落日恋孤城 嘈杂啼鸦乱市声 乍别哲师情
味似一般如梦不分明
盘餐随例且充肠 不羞馋入馔 尝知为鲈鱼归
亦得底须远作水曹郎 (说坡诗戏作回)
浅梦深帷人未醒 街声呼微睡忪惺高腔低韵天
然籁也当晨窗唤起听
深浅枫如被酒红 杉松偃蹇翠浮空残秋景物稳春

杨绛先生所抄《槐聚诗存》手稿

先生像一个小学生，不好意思地回答："没有在写作，是在抄写钱先生的《槐聚诗存》。因为出版过程中，虽经过几轮校对，总难免出错。为了不出错，我想出了一个'笨办法'，那就是由我先誊写，再拍照影印出版。"杨先生十分谨慎用心地抄写，但抄录以后，发现仍然会出错。周南老再见时戏称这是"'校雠校雠'校出了个'雠人'来"。

周南老微笑道：还有一次更有意思，杨先生在小书桌上伏案抄写，钱先生则从大书桌后站起来，在房间里背着双手，摇晃着身体，来回踱步，口里吟诵着赠给杨先生的诗句，悠然自得。房间里充满了不拘形态的真实感情。同时，这也透露出周南老与钱、杨二老之间相处的自然与温馨，时光宁静，人间祥和，不说话，一切已在其中了。而钱、杨二先生左右的后辈年轻人，则完全是倾慕而无法模仿的。

十、情同手足

周南老说，自己对与钱先生的来往信件，一直十分珍惜，越是小心，反而多有失散。痛心之余，也颇庆幸，庆幸努力的成果。现在可见这些，主要有赖夫人黄过老细心收藏，才得以保存在手。从1990年起，周南老奉命担任新华社香港分社社长，开始长驻香港。周南老得知钱先生抱恙，几次托人带些西洋参以助先生调养。钱先生一次次回信道谢，并请周南老不要再送了，信中有一句掏心话是："你我文字之交，情同手足，望勿以外人相待也！"这封信件虽已找不到了，但周南老以触心之语，字字珍藏。"勿以外人相待"六字，说尽两位老人的厚谊，道尽他们的风情。

十一、病房探望

自 1995 年夏天，钱先生因病重住进北京医院。钱先生住院期间，周南老多次前往医院探望。钱先生开始住院时，因不能看书，便躺在病床上背诵唐诗，以打发时间。每当周南老和钱先生谈及诗词，钱先生立即生出精神，眼睛闪现光芒。慢慢地，钱先生就不大能开口讲话了。1996 新年前后，周南老去病房看望钱先生，在他耳边说："Happy new year！"钱先生轻声回复："Happy new year！"略带些家乡的方言音色。钱先生是个很风趣的人，即使卧病在床，也会向医护人员道谢开玩笑，说等他病好了，要给他们写传记。1998 年年尾，钱先生永远地离开了我们。此后，周南老便多用电话向杨先生问安，或请人代为探望，很少再去钱、杨二老寓所。为什么呢？主要是怕故友相见，提及往事，不免伤怀，特别是杨绛老也渐进入高龄的晚年。

十二、扫叶都净

此次探访周南老，我们作为访问者，特意为周南老带去了遵钱先生嘱由扫叶公司编辑的"万人集"系列丛书之平装本《列子集》和《中华史表》。并向周南老介绍，"万人集"是 1984 年由钱先生倡建的"中国古典数字工程"成果之一，迄今已进行了三十六年之久。扫叶公司的名称"扫叶"亦取自《管锥编·全上古三代秦汉三国六朝文总叙》中结语："拾穗靡遗，扫叶都净，网罗理董，俾求全征献，名实相符，犹有待于不耻支离事业之学士焉。"周南老饶有兴致地把《列子集》的"题辞页"读了一遍，并开玩笑地说："'扫叶都净'是把我们这些'枯枝败叶'扫一扫，都扫干净呀！"我们笑说："钱先生告诉我们，每一片叶子，都是中华文化的精粹，都是珍宝。所以要'拾穗靡遗，扫叶都净'呀，不能扫掉，只是扫回。"因为带去的书籍是平装本，周南老便问我们为什么不出版线装书，还向我们解释他为何喜欢线装书籍，说线装较平装书分量轻，再者线装书字要大些，方便老年读者，这十分重要。我们告诉周南老"万人集"也有线装本，一定送给他老人家。周南老听后，十分高兴，说他要"预约"。周南老又细心询问了"中国古典数字工程"的建设近况，我们一一作答。看到我们许多册成果都是由周南老经管的"新世界"出版的，向他表示感谢，周南老表示"这是应该的"。临别，周南老还厚赠我们几本自己的诗集及专著，并题字留念，令我们兴奋欣喜。

后　记

周南老以九十三岁高龄接受采访，令我们十分感动。因为我们一直秉承钱先生对周南老的高度评价和诚挚友谊，也得到了他和钱先生不为人知的"秘闻"。我们应命一见面，周南老就热情地请我们吃糖果，完全拿我们当孩子看待，几乎忘记了采访的大事，太温暖了。周南老精神矍铄，思维敏捷，笑声爽朗。采访之始，周南老一直谦称"我与钱先生交往并不多"，可一旦话题打开，他与钱先生那些往事，便"如瓶泻水"，如数家珍，妙趣横生。

在此，还要感谢周南老的晚辈黄权衡先生的引荐，以及周南老秘书朱兴柱先生的协助。我们大家都对钱先生怀着无比的敬仰、真诚的想念，才让此次采访顺利成行。

（本文图片由受访者提供）

琐忆钱锺书先生

倪鼎夫

我是50年代末调入哲学所,被分配在逻辑组工作的。组长是金岳霖先生。60年代初干面胡同高研楼落成,金先生和一批学部专家就搬进去居住。我因为工作关系经常到金先生家去办事或问学,那时逻辑组常有一些小组学习,也在金先生家召开。逻辑组有些是原来清华的学者,在学习会上有时会谈到钱锺书先生知识渊博,聪明过人。当时钱先生也住在这座楼里,有时就会在干面胡同口碰到他。那时的他比起金先生来,要年轻多了。钱先生戴的是贝雷帽、黑边眼镜,上衣是深黄色呢子的翻领装。看上去气质独特,走起路来风度翩翩。我们这些刚步入学部殿堂的青年,见了他不免有点仰慕之情,因为不认识,也就无缘请教!

一

"文化大革命"之后,在1972年我们都从河南五七干校回到学部，经过"革命性"的洗礼，住房方面也产生新的变化。许多无房户和单身汉就只能在学部大院内蜷缩下来，一时学部大院就成了一个住家属的大杂院。

过了不久，我记不清是什么时间，有人告诉我，钱锺书先生和夫人杨绛先生也搬来了。他们住的是七号楼最西边底层的一间。这间房子的北窗和我住的八号楼一间南窗相对，中间只隔一条不宽的水泥路。

当时我的母亲也从家乡来帮助我们一家五口做家务。在她做好晚饭后，小孩还在外面疯玩，她总是要拉着嗓子用地道的无锡话叫喊："阿宝、阿毛快转来吃夜饭嘞！"

渐渐地时间长了，钱锺书先生夫妇听出我们是无锡人，在晚饭后也就主动地走过来和我们拉家常，有时逗逗孩子，讲讲无锡话。望之俨然的学者，其实是非常平易近人的。钱先生和杨先生都是无锡的大族，书香门第，我是知道的。特别是钱锺书先生老家住城内七尺场东头，我有一个舅家亲戚住七尺场西头，我在上中学和在无锡工作时，经常要经过钱宅去看亲戚。因此，对钱家的情况也就略有耳闻。钱锺书先生的父亲钱基博是著名的文史专家，叔叔钱孙卿（即钱基厚）是无锡著名的社会活动家，我舅妈曾告诉我，在1948年钱孙卿还白天打灯笼！我原来只知道冯玉祥校场口事件后，在昆明白天打灯笼，以抗议蒋介石政府的黑暗，没有想到钱孙卿先生也有此壮举。解放后，钱孙卿先生出任苏南行署副主任、江苏省政协副主席等职。钱家人才辈出，我不知道钱穆是否也和他们是一家？有次我就问钱锺书先生，他说钱穆是无锡东南乡荡口镇那边的人，他们不是一家。我又问钱锺汉情况，因为他当过无锡市副市长[1]。钱先生马上反问，你怎么知道？我说你们"锺"字辈的人，我也知道几个。钱先生断然说，我劝他不要干！这种无遮盖的态度，使我感到钱先生坦率正直、品格晶莹，无曲学以阿世，无陈说以媚俗。更使我佩服的是钱先生对风云变幻，洞若观火。他看到了"脱叶犹飞，风不定，啼鸠忽禁雨将来"[2]。许多人当时雾中看花，被"引蛇出洞"，蒙冤廿年。钱先生却摆脱云雾明辨方向。

有了来往之后，钱先生夫妇发现我家有一个饭窝，这在北京很少见。但是无锡人都很熟悉它。它是用稻草编织的圆桶，下面有底，上面有盖。冬天把烧好的饭菜放在里面，可以保温。这东西看来有些土气，却很实用，钱先生夫妇很有兴趣。我母亲见到这种情况，马上说，这是不值钱的东西，我回去带一个来送给你们。一年后，我母亲从老家带来了一个。那时钱先生夫妇已搬至三里河南沙沟新居。我们请司机许师傅顺便带去。不久，钱先生用毛笔写了一封信，表示感谢；接着杨绛先生又托人送我母亲一条深蓝色的毛头巾和杏酱等。微不足道的东西，他们却慎重其事地回赠了礼品。这种深情厚谊至今使我们难以忘怀。

二

有段时间，我曾经到钱先生的房间里闲坐。这间房子不大，没有盥洗设备，没有厕所。不大的房间还分成两部分。北窗下放着钱

---

[1] 1957年后被错划右派。
[2] 《文人画像》，上海三联书店，1996年1月版，第402页。

先生的桌椅，紧挨着放的是钱先生的单人折叠床。我进房后，走到钱先生的北半部，他让我坐在他的椅子上，他自己就只能躺坐在钢丝床上。说躺坐是因为他坐不直，说是躺，似乎两脚又着地，这是一种很不舒服难以形容的姿势。南半部是杨绛先生的单人折叠床和桌椅，还要兼作饭厅。说实在的，大杂院中这间房子的方位最差。夏天有西晒，砖墙被太阳晒得滚烫，室温高得惊人。钱先生说，他的办法是晚上开窗，白天关窗，挡住热浪。冬天西北风狂袭，暖气不热，只能再装蜂窝煤炉子御寒。

钱先生在这斗室容身，却对我说："我哪里也不去，我们五百块钱够吃够用，我们要做自己要做的事情。"这几句简单平实的话，流露了钱先生的心迹，展现了他的精神世界。像钱先生这样的学者，接受聘书，当主编、顾问，出任各种荣誉职务，拿一点丰厚的回报，是很容易的。至于接受邀请，出外讲学，出国考察，住宾馆、赴宴会，旅游胜迹，机会也有不少，他却一一谢绝。钱先生夫妇对于自己的生活，没有更多的要求，不求"高消费"，不求美食甘肥，我看到帮助他们做饭的阿姨，经常买的是芹菜、莴笋之类，园蔬足矣！

钱先生这样说，也是这样做的。他们夫妇在吃饭、睡觉和工作的三合一房子里，一下住了三四年。他们淡泊名利，潜心学问，在蜗舍中胸怀江海，潇洒日月，艰苦地攀登着文化昆仑的高峰。

钱先生身体并不好，曾得过一场大病，后遗症是哮喘。钱先生对我说，你知道吗？郎中先生"治病不治喘"，喘是治不好的。胡乔木同志给我抄来处方和偏方。朋友又从香港带来一些治喘的特效药，吃了效果不差。这时我才知道，钱先生是抱病铸大功。

钱先生在这里还参加英译毛泽东诗词的定稿工作；在这里还帮助

修改胡乔木同志的旧体诗词。胡乔木同志在解放前只写白话文和白话诗。建国后他写旧体诗词,因为佩服钱先生的学问,所以有时就要请教钱先生。

有一次,我看见钱先生很疲劳,我说星期天该休息了。他说,没有办法,我要回复很多信,他们把我当字典查。当时钱先生的电视片《围城》和《管锥编》都还没有走上社会,他也并不张扬自己的知识,但向他求教的人已有很多,为了复信,只能利用礼拜天进行。钱先生说得风趣而又谦逊,其实字典能查到的,谁也不会去打扰他。显然写信者要的是字典上没有的重要的知识,如果一定说成字典,那当然是一部谁也解释不了的活的大字典。这样钱先生在星期天也就不休息。

这时的文化生活已超越了几个样板戏,开放很多。远近都放映一些好的内部电影,我们这些人赶东跑西去看,记得计委礼堂、中直礼堂等都有,我从没有见到钱先生夫妇参加。钱先生为了做他自己要做的事情,工作条件不好,但生活很有规律,早饭后就开始工作,天黑,他房间的北窗首先亮灯。我每晚总可以看到他在北窗灯影下伏案工作的身影。大家都说钱先生聪明,这是事实。但我看到的却是钱先生的异常勤奋!

三

钱先生英文水平过硬,我早就知道。金岳霖先生是著名的哲学家和逻辑学家,也是英文高手。他能说能写,并且能用英文思维,这是学界都知道的。50年代末,逻辑组常有小组学习会。有一次金先生在会上谈到《毛选》英译本定稿时,《矛盾论》和《实践论》中有一些成语译得不好,他想不出合适的英文词来代替,后来钱锺书先生却想出来了,非常好!金先生在说的时候,坐在转椅上,用右手攥紧的拳头和已伸出的左手掌拍了一下,接着就是"啪"的一响。这是金先生在兴奋时常用的一个动作。此时此地金先生又带有对钱先生表示的佩服!原来钱先生和金先生都是50年代《毛选》四卷英译本的定稿人。廿多年后,金先生在回忆录里曾经谈到这件事:"提起《实践论》,我又想起钱锺书先生。英译处,我要多负一点英译责任。我碰到'吃一堑长一智',不知道如何办好。我向钱先生请教。他马上译成:A fall into the pit, and again in your wit! 这真是最好也没有了。"[1]

我们这些想学东西的年轻人,早就想从半瓶水的俄语改学英语。学好一种语言谈何容易,我们说是年轻人,实际都已是四十岁左右的人了,钱先生这位英文专家就在面前,当然是我请教的好时机。有一次我就问:"钱先生,你英文这么好,你是怎么学来的?"钱先生说:"1935年到1939年我在英国牛津学了几年后,他们要留我,我是要坚决回来的。我的英文是通过阅读英文小说过关的!"我联想到我们哲学所在国外留学多年的也有,能背出一些英文小说的也有,怎么他们都不如你。这是我心想而没有说出的思想。我当时希望的是要钱先生介绍一些学英文的"窍门",但我知道做学问提出找"窍门",自觉不妥。我马上改口说:"有什么好方法?"钱先生似乎看透了我的心事,就说:"如果要说窍门,就是要多读英文小说!"

钱先生过高地估计了我只有ABC的英文水平,说得很轻松,他

---

[1] 《金岳霖的回忆与回忆金岳霖》,四川教育出版社,1995年7月版,第58页。

的功夫尽在不言中,我深知学不到,就没有再进一步讨教。至今我离看英文小说,岂止是万里之遥!

四

严复向西方寻找真理,回国后大量介绍西学。商务印书馆汇集严译名著八种,其中两种是:《穆勒名学》(即《逻辑学体系:演绎和归纳》)和《名学浅说》(即《逻辑学入门》)。逻辑学是一切科学的科学,一切方法的方法。金岳霖先生认为中国哲学的特点是缺乏逻辑和认识论意识。这不是说中国哲学不合逻辑和认识论,而是缺乏那种西方自觉的逻辑和认识论意识。这是导致中国科学不发达的一个原因。在他1943年写的英文书稿中说:"归谬法本身就是一种理智手段。这条原理推动了逻辑的早期发展,一方面给早期的科学提供了工具,另一方面使希腊哲学得到了那种使后世思想家羡慕不已的惊人明确。如果说这种逻辑、认识论意识的发达是科学在欧洲出现的一部分原因,那么,这种意识不发达也就是该科学在中国不出现的一部分原因。"[①]中国历史上有没有逻辑学?如果说有,中国逻辑史怎样搞?解放后,哲学所所长潘梓年、副所长兼逻辑组组长金岳霖都是积极主张要搞中国逻辑史的研究。逻辑是一个多义词,在研究对象上有多种不同的理解,有的认为要像亚里士多德在《工具论》里陈述的三段论一样,有大词、中词和小词,有三段论的推理规则那样的东西。有的则认为区分形式和内容,从而找出规律,这种研

---

① 《金岳霖学术论文选》,中国社会科学出版社,1990年12月版,第353—354页。

究对象偏狭，应该包括归纳和类比……，甚至包括辩证的认识方法。总之，对中国逻辑史研究对象的多种观念，广义的和狭义的，辩证的和形式的，等等，意见各有不同，确是仁者见仁，智者见智。

我从五七干校回来之后，正在选择新的专业方向，曾经考虑过搞中国逻辑史。知道钱锺书先生博闻强记，涉猎的知识面很广，其中包括哲学和逻辑的领域。逻辑学家周礼全先生以前曾告诉我说，钱锺书先生把他的约翰逊著《逻辑导论》借去了，这本书是西方的逻辑名著，只有英文本，没有中译本。钱先生借时对周先生说，好书要三年读一遍。

有一次我和钱先生散步的时候，就向他提问说，中国逻辑史有没有搞头？钱先生马上回答说："中国逻辑史内容很丰富，大有搞头，值得搞！"又说，现在搞的人完全照亚里士多德那些东西套下去，是搞不好的。要搞就要有中国逻辑史自己的特点等等。我记得那天傍晚，他和我谈得很多，也很高兴，是和我最长的一次谈话。

由于种种考虑，我后来有些知难而退，没有选择中国逻辑史的研究，但钱先生所说的中国逻辑史内容很丰富的话深深地印在我心上。后来我在他的《管锥编》里翻到"无可名与多名""词似正意则负""正言若反"……特别看到了和金岳霖先生在1943年说的相反观点，即中国古代存在归谬法。钱先生在书中写着："优孟曰：'马者，王之所爱也。以楚国堂堂之大，何求不得，而以大夫礼葬之，薄！请以君礼葬之'云云。按此即名学之'归谬法'（apagoe, reductio ad absurdum），充类至尽以明其误妄也。"[①]这是钱先生和金先生在同一

[①]《管锥编》，中华书局1979年8月版，第一册，第378页。

问题上针锋相对的一个不同意见。

　　逻辑在解放以后,我们长期是受苏联学者的影响。50年代中后期和60年代初期曾经热烈讨论过形式逻辑的同一律、矛盾律和排中律的哲学基础。当时意见纷纭,争论激烈。金岳霖先生参加了讨论,并写了一篇有分量的文章,以后就没有再讨论这个问题的文章,讨论似乎就这样结束了。金先生在70年代末有一次对我说,关于《客观事物的确定性和形式逻辑的头三条基本规律》[1]是他在逻辑领域里对马克思主义哲学的重要贡献。但正是这篇文章是钱锺书先生反对的。金先生对自己写的文章或书,有人反对或有人赞成,都是高兴的。写了文章没有反应,就像石沉大海一样,就不高兴,因为是学者的寂寞。金先生说,可惜钱锺书先生反对是口头的,他没有写文章,因此也就不能反驳。有人说金先生的文章是哲学文章,但金先生坚持自己的文章是一篇逻辑论文。[2]

　　钱先生就是这样在逻辑专业领域内对逻辑学界的一代宗师金岳霖先生进行了挑战!

　　钱先生这位功底扎实、知识渊博的学者对自己学识的自信、治学的自信、求真的自信和敢于向巨人挑战的勇气,不禁使许多人望尘莫及,也使一代学者肃然起敬!

倪鼎夫
于2000年8月

---

[1] 《哲学研究》1962年第5期。
[2] 参见《金岳霖的回忆和回忆金岳霖》,四川教育出版社,1995年7月版,第57页。

在钱锺书先生寓所琐闻

陈丹晨

编者按: 陈先生的原文分上下两编,内容翔实、丰富、生动、具体。唯因篇幅所限,本文只选取了其中的几个小节,以飨读者。

一、"我根本就没有看见……"

60年代初,我在《中国文学》(外文版)杂志社工作,其中一份工作是负责编选古典文学作品,然后交由英文组翻译出版。这样,我就常常要到一些老专家那里组稿。那时当编辑不像现在不管对方是什么人也都是发个短信、打个电话就可以把稿子约来,而是上门拜访,恭恭敬敬请教、请求。老辈们一般也很和善亲切,承他们照顾青睐,答应写成稿子后,往往还要又一次上门去取。如此往返谈说聊天,有时没有任务也会去走动,渐渐就成了老辈们的小朋友。我就是在那时认识了钱锺书先生和杨绛先生,承他们不弃,我常常以不速之客去到他们那里拜访问候，总是受到亲切的接待，交谈甚欢。

我第一次去到干面胡同钱府，记得是1963年，为了邀请钱先生为外国读者写一篇关于宋诗的文章。起因就是前几年钱先生出版了《宋诗选注》，我读了钱先生的序言和注释，简直喜欢得"若狂"，我从来没有读到过古典文学研究文章可以写得这样内容资料丰富密集、深邃且又幽默，真是佩服到近乎崇拜。尽管这本书在当时受到批判被视为资产阶级大白旗的标本，但我只是以"对外宣传的需要"为由，诚心敦请钱先生写稿。钱先生当然没有答应，我也理解他的心情，因为受到批判不想再惹麻烦或已了无兴趣。但是，我却由此拜识了钱先生。

钱先生虽然不答应写文章，但却很有兴致与我聊起天来。我说："钱先生您是我的老师，我是您的学生。"我的理由是当年我入大学时，钱先生所在的文学研究所还归属于北大，文研所办公室就设在学校新建的哲学楼，我们经常路过那里，总会很好奇地想到里面有许多闻名已久、我极仰慕的老专家，他们理应都是我的老师。

他认真地摇摇头，说："你不是我的学生。"我特别爱听他那一口精致婉约、机智轻盈、带着浓郁的无锡乡音的普通话，所以我第一次见面就敢与他半开玩笑说："钱先生，那么我就做您的私淑弟子吧！"他笑容可掬但又坚决地说："你走不了我的路……你在学校时，听过谁的课？跟过哪个老师？……"

那时给我们讲过课的老师多着呢！游国恩、杨晦、林庚、吴组缃、王瑶、高名凯、王力、魏建功、周祖谟、萧雷南、吴小如、陈贻焮……我刚说出游国恩先生的名字，钱先生就接着说："啊，你是游先生的学生,好,很好,你就好好跟着游先生学嘛!"后来我知道钱先生不轻易收学生,不轻易认学生。就如杨绛先生后来所说的:"他不开宗立派,不传授弟子。"(《杨绛全集》第2卷第314页)虽然他过去一直在大学执教,但他不好为人师,不与年轻人以师生关系相处,而是喜欢作为朋友交往。所以他称任何年轻人都是唤名字而不带姓。老辈们处处遵循着传统的礼节,即使这些日常的细节也可感受到他们的风范,称呼晚辈也绝不连名带姓直呼,以此为不合礼数。后来我下乡去参加"四清",刚从中山大学毕业的袁宝泉接替我的部分工作,他也去看望过钱先生。"四清"回来我再去钱府时,钱先生就会亲切地多次问及"宝泉近来怎么样"?就像关心自己的子弟一样。每次听到他谈及我的老同事罗新璋、老同学王水照时——他们都是外文所、文研所的青年才俊,他总是用一种欣赏的口吻称他们"新璋"如何如何,"水照"如何如何。有一次,他和杨先生一起谈到当时"干活的都是年轻人,得名得利的是那些老的",很为之不平。因为大学毕业干了许多年,专业水平都很出色,但却拿着五十六元的工资,干着相当于讲师教授的活,而出头露面的是那些名人老专家。他们很看不惯。关怀爱护同情年轻人的心情跃然可感。

但是就像人们都已知道他的恃才傲物,对同辈名人的品评就没有那么客气了。他也不是像杨先生所说的那样从不议论臧否人物,其实从中却可以感受到他的是非好恶还是很鲜明的。有一次,我们聊到我极尊敬的几位老先生冯至、唐弢……我在大学念书时,冯先生正是西语系主任。"反右派"前,因为学生开会谈到肃反运动中冤案受委屈的情况,冯先生当场为之动容,表示同情以至落了泪,答应向上面反映。后来此会被称为反党的"控诉会"受到严重的批判,我好几次听到学校党委开会时以此事作为反面例子。冯先生和唐弢先生都是刚入党不久的新党员。我相信此事对冯先生造成很大的心理压力,如他自己所说的:"我却一向是小心谨慎地生活着……"于是,他一听提到冯先生就摇头说:"风派!"提到唐弢先生也是说:"风派!"我却认为冯、唐两位前辈都是忠厚善良的长者,说他们是风派,我还真有点接受不了。但我完全理解这正是钱先生的政治洁癖所致。

1979年,我听说人民文学出版社要重印罗曼·罗兰的《约翰·克利斯朵夫》,还听说罗大冈先生要求为此书作序。于是就对钱先生说起此事:"罗先生在'文革'时不是写了一本《论罗曼·罗兰——评资产阶级人道主义的破产》批评罗曼·罗兰吗?一开头的序言名字就叫《向罗曼·罗兰告别》,现在怎么又要写正面介绍的文章了呢?这个弯他怎么转呢?"其实罗先生对罗曼·罗兰确是有很深研究的专家,因为政治上跟风才写了这样的书得以出版。钱先生似乎不屑多谈此事,却神秘地对着我说:"你知道傅雷生前不要别人为这本书写序,只要一个人写,那是谁啊……"他看着我一脸困惑的样子,边笑边指着自己说:"他就要我写。"

后来罗先生没有写成,钱先生当然也没有写,但是我却感到了一个很不寻常的现象:钱先生平日对他人赞扬自己并不看重,甚至觉得说好话的人并不一定真正懂他。但这回对傅雷的话却很看重,似乎引以为"荣"。因为他和傅雷都是孤傲的人,但彼此却是惺惺相惜的知交,互相尊重。50年代初,北京出版领导机构开了一个翻译会议,会上定了五十种名著和译者的名单,钱先生不满意所指定的某些译者的水平,在给傅雷信中说:"数一数二之书,落于不三不四之手。"对一些译者的评语不可谓不尖刻,却大得傅雷共鸣。傅雷对杨绛先生的新译《小癞子》的译文十分推崇,认为好得很,还推荐给友人宋淇翻译时做参考。

最好笑的是,谈到曹禺。"文革"后,我记不得从哪里听到传说,说钱先生看不起曹禺。我很奇怪,像曹禺这样中国第一流的剧作家,钱先生怎么会看不起呢?而且他们当年还是清华老同学。所以在一次聊天时,我就问钱先生:"听说您看不起曹禺,真的吗?"

钱先生马上做严肃状否认说:"没有,没有……"接着他又若无其事似的慢悠悠地轻快地说:"那时我根本就没有看见他……"

虽然,我听到钱先生聊天时随意点评过一些人,但都不是出于什么个人恩怨,也无任何恶意,总是关乎做人和学术方面的事。从中也可见钱先生为人"耿介拔俗之标,潇洒出尘之想"。政治上的洁癖、学业艺术上高标峻严,都使他是非好恶清浊分明,会使人感到他有点过分苛求尖刻,以为他太狂傲了,但不正是我们这个社会所稀缺和需要的吗!如钱先生自己所说的:"人谓我狂,我实狷者。"狷者,有所不为也。杨绛先生也不承认钱先生"骄傲",她解释说:"他知道得太多,又率性天真,口无遮拦,热心指点人家,没有很好照顾对方面子,又招不是……但钱锺书也很风趣,文研所里的年轻人对他又佩服又喜爱……"

二、"我实在有点气闷……"

这已是三十二年前的事了,我曾经写过一篇关于钱锺书先生的小文，刊载在香港《明报》上。但在寄稿之前，犹豫再三，还是把其中一段删除了。这在当时虽是事出有因，事后心里却总是不能释怀。近日在写这组关于钱先生的短文，想到这件事也不要再付阙如了。

事情是因批判电影《苦恋》引起的。1981年4月，北京一家大报头版社论对这部电影作了言辞严厉的批判，接着几天又发读者来信和文章。有些报纸以及《时代的报告》杂志跟进响应，后者甚至在王府井叫卖"号外"，引起社会广泛的关注。这是"文革"结束后第一次较严重地政治上纲上线公开批判一部文艺作品。文艺界更是议论纷纷，文艺领导层也有很大分歧，有的主张让作者修改后再考虑是否可以上映；有的认为根本没有修改的基础，主张立即进行批判。但是，电影只在文化界内部放映过几场，一般读者民众不知怎么一回事，批判一开始就引起了强烈的反弹。

就在一次"学习贯彻中央工作会议文件精神"的座谈会上，吴祖光有一个发言，说他出门时他太太新凤霞叮嘱他"今天无论如何不许你讲话"，"绝对不要讲话"，要记取（19）57年讲了话被打成右派的教训。但是，他到了会场还是忍不住发了言。他认为某些批判文章"无论在逻辑的不通、内容的苍白，和态度上的粗暴都是'文化大革命'大批判的再现"。"我甚至认为，现在发表这样的文章，是给我们的党抹黑，给我们的解放军抹黑。"他希望"好不容易在付出无数血与泪的代价之后"，能有一个"合理的、友好的、没有戒备的、畅所欲言的好的环境"，从而产生大批新的年轻作家和好作品。吴祖光的发言刚刚说完，就有人过来与他热情握手，表示支持。吴祖光怎么也没有想到，这个人就是钱锺书先生。到了散会时，钱先生又走近与吴祖光再次握手。这件事使祖光大为激动。

过了一些日子,在下一次会上,祖光讲述了此事,说:"钱锺书同志是一个非常有学问、有修养,也是我很敬佩的同志。他因身体不好,很少出头露面参加这种活动。可是那天表示最热烈的恰恰是他,我确实感到有点受宠若惊。"他是从钱先生的这个举动来证明他的发言得到了有力的响应和受到鼓舞,也还可以看出他对钱先生的重视和高度评价。

我想,为什么钱先生仅仅一个无言的握手就让吴祖光如此感动。一方面是因为80年代初,"解放思想"的口号鼓舞着人们,同时"文革"的阴影却仍还徘徊不去,"心有余悸"成了人们经常形容当时心态的最有代表性的词。钱先生能做出这样的反应也是极不容易的。另一方面,正因为钱先生平日不介入不评说政治时事,难得有此表示更说明其内心之不可抑制的激动。

果然,在下一次我到钱府去问候时,很自然地谈起了此事。我说:"钱先生您平时不大介入这类事,这次您怎么这样强烈,引得祖光如此兴奋?"

钱先生皱着眉头说:"是这样的。因为我不习惯在这种场合说话。但我实在有点气闷。在这次会上,听了许多人发言,只是听到祖光的发言,才感到表达了我心里的意思。"接着他谈到对批判《苦恋》的看法,他没有正面说什么对这个作品褒贬的话,但对批判文章用了一个英国人的譬喻,说:"现在有一种人对生活的态度是:不愿意把灰尘扫到屋外去,宁可扫在地毯下面,以为看不见就算没事了。"

钱先生、杨先生虽然幽居书斋很少出门,但对外面发生的这类事件非常关心和重视。他们没有看到电影,但特地专门找来登载《苦恋》电影剧本的杂志看。他们认为对一个电影不要再这样搞大批判，可以好好地进行正常的分析和批评。杨先生早年就是一位出色的剧作家，写过许多优秀的剧作，对戏剧创作十分内行。她说：其实这个作品并不是很成功的，"很多方面是从概念出发的，有许多情节、细节存在漏洞和败笔。思想、艺术都不算很好"。她举了一些例子："譬如其中有一处描写主人公夫妇回到祖国进入中国领海时，他们的新生儿降生了，于是为孩子出生在新中国而狂欢落泪。作者不懂主人公坐的是外国轮船圣女贞德号，在船上出生的孩子就如出生在他们的领土上，而不在于领海是哪国的。但是，像现在这样简单地乱扣帽子，搞政治大批判是不对的。"

从这件具体事情也颇说明他们伉俪并非对社会生活冷漠，对政治时事不关心；他们是有自己看法的，是怀着热情的。钱先生不满意会场上许多发言言不及义的情况而独钟情于吴祖光，正是说明了他独恃己见而不从俗。

三、两手干净的读书人

我以为钱先生对自己是很明确的一位纯粹的读书人。"读书人"是中国对"士"的传统的日常称呼，虽不能完全等同但基本上是与今天的"知识分子"相对应的。过去读书人的出路就是做官，我多次听到钱先生对当今学人仍还奉行"学而优则仕"的厌恶和不满。那些所谓"致君尧舜上""货与帝王家"等滥俗的思想是钱先生最看不起的。有人有政治抱负，致力于改造社会、服务社会，当然是很值得钦佩和赞扬的；那与挂着专家学者身份亦官亦学谋取个人私利是不一样的。钱先生有他自己的想法：绝不介入政治，绝不沾边。这也只是他个人性情。他对自己定位仅仅是"读书人"，如钱先生说他自己："志气不大，但愿竭毕生精力，做做学问。"（《杨绛全集》第2卷第314页）还说："世界上还有一种人。他们觉得看书的目的，并不是为了写批评和介绍。他们有一种业余消遣者的随便和从容，他们不慌不忙地浏览。每到有什么意见，他们随手在书边的空白上注几个字……"（《写在人生边上·序》）杨先生更是多次说他"从小立志贡献一生做学问，生平最大的乐趣是读书，可谓'嗜书如命'。不论处何等境遇，无时无刻不抓紧时间读书，乐在其中"（杨绛《坐在人生边上》，《杨绛全集》第4卷第348页）。杨先生说她自己也包括钱先生从来就是"迷恋读书"，三天不读书就感到"不好过"，一星期不读书"都白活了"。邓绍基先生是钱先生文研所的同事，回忆说：有一次谈及抗战期间钱先生曾备尝旅途颠沛流离的艰辛，钱先生却说："艰苦是艰苦，但手中拿本书的话，就不艰苦了！"（《钱先生的为人》，转引自《钱锺书评说七十年》第38页）凡此种种，都是因为他们读书早已脱离和超越了功利的目的，完全是沉浸在智慧的对话、心灵的交流、精神的愉悦和享受中。即使到了"文革"期间，或下干校时，哪怕手里只有一本字典，他也能读得津津有味。连在海外的余英时先生与他不多的接触交往后也认为"他是一个纯净的读书人，不但半点也没有在政治上'向上爬'的雅兴，而且避之唯恐不及"（《我所认识的钱锺书先生》，同前第56页）。因此他也不在意别人对他的读书和学问的评价。那些把他说成是"文化昆仑"等一些大而无当的煌煌冠冕实属谀媚无聊之词，另一种说他"把自己塑造成似神的人格""是狂妄到极致""一种生存策略"等更属荒谬的欲加之罪。这一切褒贬与他都是毫不相干的硬加到他头上,于钱先生固然厌之避之以至哭笑不得,却是显出今日文化学术界的轻浮、庸俗和悲哀。

作为一个纯净的读书人,其实也是中国传统文化中的一支,与"学而优则仕"恰恰相反。春秋战国时期,那些"士"们都忙忙碌碌奔走游说在各国诸侯门下期望拜相封爵的时候,却有一个颜斶竟断然拒绝齐王的邀请和各种物质享受的诱惑,认为"士"比王更"贵"重,宁可远离权力中心,生活于鄙野,说:他"晚食以当肉,安步以当车,无罪以富贵,清净贞正以自虞"。作者点赞说:"斶知足矣!归真返璞,则终身不辱。"(《战国策》)也就是说,能保持自己人格的自由和尊严,才是最重要的。这正是从老庄以至魏晋士林等形成的另一支中国传统文化,其遗风流韵为钱先生们所奉行。

近些年,陈寅恪先生的高风亮节多被人们推崇。窃以为钱先生在内心和骨子里是和陈寅恪殊途同归的。不同的是,陈寅恪从一开始敢于直截了当坦言自己的不同意见,谢绝到京当"官"。后来二十年也是保持沉默,坚持不认同不合作。钱先生则把自己的思想深藏于心,做一个"安分守己、奉公守法的良民""不求有功,但求无过"(杨绛《我们仨》第122、124页)而已。两者其实没有什么大两样。

我们可以从几十年来众声喧哗的历史环境,来考察一下钱先生走过来的路径:他没有像许多文化名人公开发表过自辱自贱的文字,他也没有在墙倒众人推、群起挞伐胡风胡适"反右"等政治运动中被裹胁其中批判他人,更没有在长达十年"文革"中随声附和唱赞歌或落井下石扔石子。就如顾准在"文革"期间关在牛棚劳改时,曾对老友孙冶方坦然说:"我的手上没有血。"指的是他没有整过人害过人（《顾准全传》第572页）。从那个时代过来的中国知识分子几乎很少有人敢说自己没有弄脏手。但是，钱先生的手是干净的：他虽没有能拯救别人的灵魂，但他拯救了自己的灵魂。虽然这是做人的最低要求，但在中国当代历史中是很难得的了。记得他在说到那些在政治上翻手为云覆手为雨、不断翻筋斗的人时，几乎是咬牙切齿抑扬顿挫地举着手演示着说，脸上的表情极为鄙夷厌恶痛恨！他是清浊分明、爱憎鲜明的。

钱锺书先生一生不喜欢也不介入政治，他只是埋首教书，从事研究，读书写作。但他热爱祖国，热爱自己的乡土，热爱自己的文化，即使环境不如人意，不被人理解，也照样坚持这样的信念。这是他的洁癖。我们应该尊重钱先生那种"有所不为"的选择权利。

不能把他人强加的不当吹捧当作靶子来批判钱先生，也不能把自己过高的苛求当标准来责备钱先生。但从钱先生本人来说，他可以自省反思，从道德伦理、人文精神层面检视自己的得失是非。他并不是对社会变革、善恶正邪无动于衷的冷漠的人，相反甚至可以说他也是"风雨鸡鸣，忧世伤生"的一员。以我极少的了解，就从他对吴祖光的无声支持，他曾签名赞扬学生的正义之举，等等，虽然都是不足道的细事，但证明他是有正义感的。

四、赘余的话

钱先生和杨先生都是公认的学问大家，我只是他们的一个读者，自知浅薄，对他们的著作了解非常有限，所以我写的这些文字完全没有涉及。因为工作关系有幸拜识了他们两位，并承他们不弃有过一些交往。鉴于人们对他们的关心和重视，我把所看到的听到的点点滴滴，也有自己的一些肤浅的感受，力求忠实地按原貌写出供专家、读者参考。

我想，凡是社会名人总是要受到人们关注和评论的；不仅现在评论，身后还会有。人无完人，说好说坏都是可能的。千百年来，多少历史人物迄今还在不断受到人们的评论和研究，受到历史的检验和批判。想不让人评论那是不可能的。后人也有自身的时代和学识的局限，以及立场不同，会做出各种评判，众说纷纭也是很正常的。我忽然想起陆放翁的诗句："斜阳古柳赵家庄，负鼓盲翁正作场；身后是非谁管得，满村听说蔡中郎。"不禁莞尔，想想，大概就是这个意思吧。

2017年7月完稿于京东三元桥畔
酷热如水深火热之中

我与钱锺书杨绛夫妇

陆谷孙

1998年12月19日,钱锺书先生谢世。翌日,中央电视台《新闻联播》讣告全国后,我在日记里写下这么两句话:"锺书先生终于没走进99年,灵光隳矣!"越几日,读到余英时撰文说默存先生逝世象征了中国古典文化和20世纪同时终结。"终结"云云,好像也包含了鲁殿灵光倾圮的意思。

其实,钱先生对我如巍巍嵯峨之对丘壑盆地,直至他大去,我不曾有幸谋得一面,缘悭极矣!最早一次,在60年代,据我师徐燕谋先生称,他曾有意推毂,使我求学钱门,终因"不才不敏不称"(引徐老夫子语),未被俯纳。转眼到了70年代末,美国派来一个比较文学代表团,钱先生在北京做东接待,写下一篇丽文高论,又是徐老夫子掷下令我细读。感佩之余,深觉美文可以表达自我,兼带一点自得,诚人生一大快事。这个美国代表团后来到了上海,接待时我忝陪末座,会上所有的发言迄已尽忘,唯忆代表团中一复姓欧阳的美籍华裔某公非钱锺书不谈,其情状直如字面意义的"五体投地"。

徐老夫子知我心仪钱师之诚，某日召去，从橱中取出两本书，一本题为 *Americanisms & Briticisms with Other Essays on Other ISMs*（Brander Matthews 著，1892 年）；另一本 *Essays about Men, Women, and Books*（Augustine Birrell 著，1894 年），说是两书原为钱杨所藏，"文革"中不知怎的，流失沪上，他见了忙不迭"抢救"买回，嘱我："拿回去好好读读，特别注意页边旁注。"应当说，这是我由衷钦羡钱杨二位先生的开始：只见页边以飘逸的笔迹，用汉、英、西、德、意、法（还有拉丁）文批注连连，很多是我看不懂的，对于能看懂的那部分，不是翕然景从，就是为注家的闳大广博心折。

80 年代，徐老夫子殁后，由徐婿潘兆平兄介绍，我终于有福与钱杨两先生通信了，更蒙钱先生笃爱，为《英汉大词典》题了书名。《英汉大词典》事竣，上海译文出版社当时的某位领导提出要邮汇二百元的笔润给钱锺书先生，我知道钱先生清高，想来一定信奉"贤而多财，则损其志；愚而多财，则增其过"的道理，闻讯后一溜小跑赶去出版社，言明万万不可！后来，对方听取了我的意见，改而敬献上好宣纸和羊毫。我本可以《英汉大词典》送书的借口，赴京面谒钱杨，不料斜刺里杀出个程咬金，《文汇报》的陆灏说，词典是块名副其实的"叩门砖"，由他代劳送去得了，我于是只好退避。后来，钱杨二先生写信来谢书，并称《英汉大词典》"细贴精微，罕可伦偶"。在写信人，这自然是寻常的溢美之词，但在我这个收信人，却不啻最高的褒奖。信尾，钱先生又戏言曰："皇皇巨著以我恶札冠首，我既自惭，恐冥冥之中亦遭天罚，故近来右拇痉挛，不能运笔，不得不谢绝一切影签之请，岂非报应乎？"复以"轿子里跌出牌位来"自嘲作结。

钱锺书先生题签的《英汉大词典》(陆谷孙主编)

去年,董秀玉女士委我校核北京三联版的《管锥编》,据说是杨绛先生点名的。受宠若惊之余,我自问校对得非常用心,而越是深入研读钱著,越是感到自己的浅薄,竟觉着一种"龙文鞭影"的效应。为《管锥编》做校对,最深的感受有二。其一,我辈的学问若能及钱杨的百分之一,足矣!(这一点我已在好几个公开场合说过,意在激励比我更年轻的学人。)其二,我生也晚,错过了《管锥编》的中华第一版校对,要是让我赶上了,今天腹内的货色肯定要多得多,中气也更足些。而唯有中气足足,方能像钱杨二位样,既是学者,又是文人,举重若轻,触类旁通,以多少带点游戏意味的态度驾驭学问。

最后的但并非最不重要的,我的专业是英文,理应说几句 shop talk。钱先生在《管锥编》内的西文雅言翻译,可以作为哪位翻译专业研究生的论文题目,尚绰绰有余,恕我不赘。我只想向同好推荐一个词的翻译:oxymoron 被钱先生译作"冤亲词",何其精辟又何其妙远!

愿钱先生、杨先生安息!

我们这些人实际上生活在两种现实里面
——忆钱锺书先生

钱中文

70年代末80年代初,锺书先生几次出访欧美等国家,载誉归来,澄清了不少传闻。随后不久,听说过去文艺界的一位头面人物,有意出访欧美,想邀先生同行,他自当团长,锺书先生为副团长,锺书先生婉辞拒绝了。我想这样挺好,先生可犯不着为这样的人物去更衣换装的。

后来我与先生的往来多了一些。70年代末,我的十年冤案终于平反,这时我可以自由地说话、写作了。

80年代初,因写作《文学原理》,我先与同行合编一套《现代外国文艺理论译丛》,曾写信给锺书先生,向他求教可供翻译的外文书籍。锺书先生很快给我回信,谈起情报所一位先生主持的《现代西方社会科学手册》,收有一篇北大年轻老师写的有关西方文论的述评,是经他推荐的。此文的写作,曾经得到先生的不少指点,先生建议我与情报所商量一下,借阅一下原稿,后来不知什么原因,我未去成。他认为书稿中所开列的作者与书名，都很准确。先生认为我开列的书，有的已过时，我列出的书如卡西尔的《语言与神话》，他认为是"一本基本经典"，说《管锥编》就引用过两次；而另一部为结构主义开路的普洛普的《民间故事形态学》，他认为把这本书译出来应"是当务之急"。此书我原与一位搞民间文学的朋友商量由他译出，因国内当时就他有原著，书又不肯借出来，他也答应由他翻译，但一晃已是多年，人事全非，看来是胎死腹中了。先生还讲到卡勒的《结构主义诗学》是本"叙述周备而平允"的著作，这些指点都开阔了我的视野。

我在50年代的大学生活里，已逐渐抹平了自己原有的鲜活的个性，"文革"前，进一步受到"左"倾文艺思潮的左右，成了一个"跟跟派"。60年代，我在一篇文章里曾批评了所谓资产阶级人性论，涉及了外文所（原是文学所分出去的）的几位老先生。在干校时，我是黑名单上的人，谁敢和我讲话啊！人世间一片死寂的冷酷与无情。当时锺书先生是送报员，一次雨天，我照例躺在床上望着屋顶的秸秆发呆，像死了一般。这时先生来送《参考消息》，见我后就说，中文，《参考》来了喏！他说的是无锡乡音，我立刻爬了起来，接过报纸，连声道谢，接着他就往别处送报去了。我继续躺下，翻开报纸，只觉得热泪双流，世上还有人性地呼唤我的人，这是劫难中拯救灵魂的声音啊！当生活正常下来后，我觉得人和人的关系应该是真诚的。因此在我初步反思了过去学术思想上的失误之后，见到曾被我提过的先生，我就向他们表示歉意，以获得先生们的谅解，这样我们就有了相互的了解与共同的语言。

1983年年初，中国社会科学院准备在8月底、9月初，由锺书先生主持召开第一届中美国际比较文学研讨会,双方各出十人。是年年初,锺书先生通知我撰写苏联文学理论家巴赫金的理论问题,参加这次国际学术会议。当文章写好后,我就送稿子给锺书先生审阅,并附了一信。在信中简要地表示了过去在我身处绝境时,先生是我亲属之外的唯一人性地对待我的人;随后表示了我对过去的反思,在上面提及的文章中,我也曾涉及杨先生翻译的《名利场》一书的序言。锺书先生很快给了我回信,说见我信后,"我们俩极为感动",信中引了两句杜诗:"丈夫声名动万年,记忆细故非高贤"("声"应为"垂")。先生说,"上一句是我们对你的期望,下一句是我们对自己的鞭策。请不要有记忆包袱",杨先生则做了附笔。两位先生的话,显示了长者的豁达大度,给了我莫大的鼓励与安慰。

80—90年代,我国兴起了巴赫金的研究,实际上是和锺书先生的推动分不开的。自60年代我国开始所谓"反修"以来,外文方面的文学理论书籍已中断了几十年,图书馆里虽有巴赫金的零星著作,但我并未看过。及至这次锺书先生要我就巴赫金写成文章,并要在两个月内写出来,这给了我很大压力,于是我立即进入了"状态"。我知道我国《世界文学》曾于1982年刊出过巴赫金的《陀思妥耶夫斯基诗学问题》第一章的译文(夏仲翼先生译),以及同时还刊有夏仲翼先生写的《陀思妥耶夫斯基的〈地下室手记〉和小说复调结构问题》一文。这是当时介绍巴赫金的全部中文资料。至于巴赫金的原文著作,80年代初,我国图书馆里仅有两种,一为《陀思妥耶夫斯基诗学问题》,一为《文学美学问题》(论文集),英文材料当时不易找到。

我阅读了一个多月的原著，觉得巴赫金的文艺思想十分独特，这是我过去从未接触过的，和其他苏联文学理论是大相径庭的，有关评论巴赫金的俄文资料当时也相当难找。于是围绕复调小说写了一篇文章《复调小说及其理论问题》，指出这一理论的独创性及其对后世文学创作的影响，同时也提出了一些不同的看法。此文交给锺书先生后，很快就接到先生一字条，说文章写得有自己见解，很用功夫；缺点是未将此一理论与同类文学现象进行比较研究，考虑到要译成英文，为外国与会者提供讨论的文本，这次只好这样了。锺书先生说得对，我的文章未作比较，这实际上是个难题，因为我刚刚接触巴赫金，理解他的理论、厘清它的线索就很不易，加上80年代初的知识有限，所以要做"比较"，暂时无从做起，而且80年代初，比较文学的研究在我国刚刚开始。当时参加这次会议的美国学者唐纳德·方格尔教授提供了一篇类似的论文，它一面介绍了巴赫金当时鲜为人知的一些传记材料，同时也侧重于对复调小说理论的探讨。在研讨会上，一些学者力图挑起我们两人在理论上的争议，但我们两人的论文只是形成了互补，未能激起针锋相对的诘难。会上，方格尔教授赠我一份研究巴赫金的文献目录，是很有价值的。西方从60年代中期起至1983年6月止，在研究巴赫金方面，大约出版了几本小册子与发表了120篇左右的论文（不包括苏联在内），而我国则刚刚开始。我听到参加这次会议的王佐良教授说，80年代初，在国外与西方学者进行学术交流，总是听到巴赫金、巴赫金的，不清楚巴赫金是什么人，这次中美学者共同讨论这一问题，大体使人了解了巴赫金其人及其学术地位，很有帮助。而此时锺书先生对西方掀起的巴赫金热早就看到，所以当西方学者提交的论文中有巴赫金的论题时，也就让我来作这方面的文章了。

巴赫金是20世纪独树一帜的哲学家、美学家、文学理论家，他的学术思想，比苏联的美学家、文学理论家的著述加在一起，更富独创精神，更有意义和更丰富得多。通过这次会议，外国人知道了在中国也有学者在研究巴赫金的著作。于是1984年春，美国专门研究巴赫金的学者霍奎斯特夫妇，在香港做了学术交流之后，想来京做短期逗留，我们约会于建国饭店，他们谈了不少国外研究巴赫金的情况，他们自己则已写完《米哈伊尔·巴赫金》一书，即将出版，等等。后来我很快接到香港大学比较文学系来函，邀我出席11月举行的国际文学理论研讨会，我因时间实在匆促，难以写出论文，未能前去与会。1987年、1989年，港大继续邀我前去参加国际文学理论学术研讨会，并做好了各种安排，但都未去成。话说回来，到80年代末与90年代初，我国学者培养了好几位研究巴赫金的博士，出了专著，有关巴赫金的论文也日见增多。1996年，我与巴赫金遗产继承人鲍恰罗夫教授取得联系，并无条件地获得巴赫金著作翻译成中文的版权后，与白春仁、卢小合等教授一起，主编并出版了中译六卷本《巴赫金全集》，进一步普及了巴赫金。而在我自己的著作中，则借鉴巴赫金的对话理论，加以阐发，努力使之成为我的文学观念的组成部分。可以这样说，锺书先生是促成我国研究巴赫金的开山之人。

这次国际学术研讨会，学术组织工作极好，讨论问题相当宽泛，显示了中美两国比较文学研究的实力。锺书先生大会的开幕词，充满了交往对话的精神，得体而富睿智与幽默，用中英两种语言交替演说，引起了中外学者的阵阵掌声！

大约是 1986 年的 8 月，邻居许国璋先生托我上班回家时，顺便为他给锺书先生送篇他的文稿，请锺书先生提提意见。我与锺书先生约好后，从所里回家时就去了他家。锺书先生的大客厅进门是会客室，往里就算是工作室。几个书柜，书并不多。他充分依靠图书馆的书，随借随看随记随还，所以他过去图书馆跑得很勤，与一般学者喜欢买书的习惯是大不一样的，不过，他案头新的外文杂志不少。这次我去，正值他身体健康不算太好的时候。我一到，他就用无锡话和我交谈。他说，他主要是血压高，低压到了 110，而且没有感觉，所以医生嘱他要严格休息。他自己也无精神看东西，他说连西德、法国出他的小说、论文集的序文，他都不看，主要是没有精力。因此对许国璋先生的文稿只好表示抱歉了，让我如实转告许先生，许先生是不会见怪的（许是他的学生）。

随后他谈到前不久，一位懂得关系的年轻人（此人确为奇才），通过院领导转给他看稿子，他翻了翻，觉得错误不少，引了些美国末流教授的话，真没价值，他对这种学风表示不满。他说此人还说到，神话的"表层结构""深层结构"是他发明的，先生对此很不以为然，认为这些说法，中国文论中有的是，中国的文字也分表里的。他说现在不少文章的引文，你去核对一下，就会发现走样了，有的完全走样了，不知道它是从哪里引来的。

锺书先生接着说，搞文学理论研究不容易，我一生搞理论，搞得很苦，理论研究要有自己的见解。现在不少人都在说新理论，其实在外国人那里，早已不是什么新的了，结构主义已经过时，我们过去不清楚，现在却在大搞，也真是没有办法呢！托多罗夫已经改弦易辙，有本叫《批评之批评》的，可以看看。这是我第一次听到先生自己说，他一生是在搞理论的。一般认为，他较多地是研究古籍、古代文论与古代文学的，而且年轻时还搞创作。

我还说，现在理论上各种各样的说法都有，很需要把外国的东西有计划地介绍过来，让人多多了解。锺书先生马上接着说，那自然要的，但怎么介绍？你看看，介绍那些外国理论的人，真正弄清楚的人不多，倒往往是他被人家的理论介绍了。我忍不住哈哈一笑，连连说，正是这样，正是这样，这种情况很多，作者其实并不清楚自己的对象，却是摆着架势，这类文章，读者读得自然莫名其妙。

先生说，我看到一些文章，错误太多，一知半解。我看你们研究室（我当时在文艺理论研究室）很活跃，就一篇关于主体性的文章说了不少意见，真是，文章经不起推敲，这可是不行的呢！澳大利亚的一位哲学家说，真正的好文章，在于证明，为什么是错误，而一般文章都是在证明自己的正确。如果反过来看看自己的不足，笑话就可能会少多了。然后谈到当时有人提到"忧患意识"的问题，先生说，这一问题外国人七八十年前就讲了，我在三四十年前的《谈艺录》中也谈过的。先生在《谈艺录》的序文一开始就说:《谈艺录》一卷，虽赏析之作，而实忧患之书也！

锺书先生对法国作家萨特的评价似乎不高，但对卡夫卡十分推崇。他说，卡夫卡说过，找到了出路，并不就是得到了自由。我说，这话是很深刻的，实际情况往往就是这样。这时，先生就从书柜里拿出他的《七缀集》，打开书面第二十九页，给我看他的引文。我说，我很喜欢卡夫卡的小说，我们都是通过他描写的"城堡""审判"，走进了80年代的。锺书先生笑了一笑，接着说，卡夫卡可以好好研究一下的。然后先生带着感叹的语调说，中文啊，我们这些人实际上生活在两种现实里面，一种是小说的现实，一种是生活的现实，看看好的小说，对照对照这两种现实，各有启发，是很有意思的呢！

锺书先生的这次谈话，内容丰富，一些看法切中时弊，十分中肯，对文学理论现状的不少评语，充满睿智，所以给我的印象很深。使我尤为感佩的是，他对中外文学理论发展的现状与趋势，相当熟悉，而且了如指掌。对于外国文学理论中出现的新现象，他都能及时把握；他对于我们刚刚讨论过的有关问题，甚至一些人的发言，也能及时阅读，这对于一位已经接近八旬高龄的学者来说，实在是难能可贵的了。他未写作有关当前文学理论问题的文章，但他了解当前的种种理论现象，因此他的思想总是处在学术前沿的。他的关于生活在两种现实里面的说法，我也是第一次听说。这使我了解到锺书先生的精神生活的一个侧面，即对于一位文学理论家来说，他大体上面对两种现实，在小说阅读与对现实的体验的相互激荡中，来进一步欣赏虚构的东西与体验现实真实的东西，从中获取心灵的愉悦与灵感。

后来锺书先生身体一直不算太好，我也不忍去打搅他，只是逢年过节打个电话问候。每逢他在电话中知道是我，立刻就使用家乡话和我谈话，这有时使我感到突然，一下还反应不过来。在得知我大病手术之后，他便驰书表示慰问；有时来信，表示几句抱歉，说所里把我的信送到他那里去了，拆开一看内容，才知是我的信。我也发生过好几次类似的情况，并且至今一些给我写信的人，大约深受锺书先生名字的影响，老要给我改名，把我名字中的中字加上金字偏旁，这也是无可奈何的事。

现今，锺书先生被一些人写成各种样子。在政者描绘钱锺书如何与当局合作，并且加油升温；不在政者则极力写其相反的一面，阐扬其特有的不受别人拘束的一面。但是我心中自有一个真实的锺书先生的形象！

有的人则把先生描绘成一个粗俗的人，无缘无故抡棍子打人的疯子，逼死女婿的人，等等。这样的散文与写法，一看就知道存心不善，企图给锺书先生抹黑，把"文化大革命"运动逼死人的罪责，转嫁到锺书先生身上去了（何况这些所谓"看在眼里"等细节描写全是一种杜撰，被描写的锺书先生根本"不在场"），而且现在还用嘲弄的口吻，描写惨遭"五一六"悲剧的家庭与死者，冷嘲过去那种强加给人的政治灾难与家庭悲剧，这做得实在太过分了吧！至于人，都有俗的一面，看在什么场合表现了。在抓"五一六"的一片肃杀之中，说些俗话，说不定还可以缓解一下生活之无聊与伤痛，使人松弛一下神经，解构一下那些圣者之虚伪面目的呢！

至于借"诗坛泰斗""理论名家"的评语，来说明锺书先生的著作不过是"七宝楼台，炫人眼目，碎拆下来，不成片段"的东西，这自然是一种看法。不过，锺书先生的东西，目前还没有人能把它"碎拆下来"，因为如果要做到"碎拆下来"，实际上就得把《谈艺录》《管锥编》真的拆碎以后来读，谁会这样愚蠢地来读书的呢？你要读先生的整本的书，你就拆碎不了他的思想。对锺书先生的吹捧、炒作是存在的（锺书先生估计到一种现象，一旦成了"显学"，是会被人庸俗化的），但是这些成分会被历史不断清除与净化，而不断净化着的历史已经证明：

钟书先生的《谈艺录》《宋诗选注》《管锥编》和小说《围城》,是会长久地流传下去的!

20世纪的中国文学理论,将会记上锺书先生杰出的理论贡献的!

2000年8月20—25日

钱锺书先生

黄宝生

初见钱锺书先生

我1965年大学毕业后进入外文所,所领导临时安排我在图书室工作,帮助清点外文所从文学所接收的外文图书。一次,我见到一位学者来图书室借还图书。这位学者气宇轩昂,目光炯炯有神,面含微笑。随即有青年人上前请教问题。只见他谈笑风生,说话声音底气很足,还亲切地捶了捶青年人的肩膀。事后,图书室的工作人员告诉我,刚才那位是钱锺书先生。我心中涌起惊喜:"啊,这就是《宋诗选注》的作者钱锺书。"这是我最初见到钱锺书先生。

一张便条,一部"活字典"

1971年在河南五七干校期间,我也偷空读过一些中国古代诗文集,遇到或想到什么问题,就向杨绛先生请教。有一次,我遇到古文中的一个典故，手头又没有工具书可查，便请教杨先生。她想了想，说："让我去问问钱锺书，他会解释得更清楚。"隔了一天，她从钱先生那里带回一张便条交给我。那是钱先生亲笔书写的，对这个典故的来龙去脉做了详细的解释。我真觉得钱先生是一部"活字典"。我十分珍惜这张便条，将它夹在一本书里，但后来却找不到了。我至今仍盼望着哪天这张便条会突然出现在眼前。

他竟也读过许多佛经

1976年夏天，唐山大地震，波及北京。为安全起见，钱先生和杨先生与我们一起都集中住进学部的大食堂。一次，钱先生出来散步，我恰好在路旁坐在马扎上看书。他看见我在读一本古典诗词，便高兴地与我攀谈，给予我种种指点。记得还有一次，我与钱先生一起盘坐在大食堂的通铺上聊天。他知道我学的是梵文，便与我聊起佛经。我惊讶地发现钱先生读过许多佛经，还能说出一些佛经用词的梵文原词。比如说，"劫"的原词是kalpa。我当时顺口应了一句："是的，kalpa。"而钱先生的听觉敏锐，辨音能力极强，对我说他是按照英文的发音念kalpa的。

当时钱先生与我谈论过哪些佛经，我已经记不清了，但不知怎么，我记住了其中的两部书：一部是《法苑珠林》，另一部是《文镜秘府论》。前一部是佛教类书，相当于一部佛教"百科全书"。后一部不算是佛经，而是日本来华僧人遍照金刚编纂的一部中国诗学著作，后来我在研究工作中也派上了用场。我有时会想，是不是因为我学的是梵文，钱先生一直对我怀有一种特殊的好感。

即从佛经着眼,"管窥"《管锥编》

在写作《印度古典诗学》期间,我撰写和发表过几篇论文。其中一篇是《〈管锥编〉与佛经》。钱先生的《管锥编》(全四册)于1979年8月至10月出全。这部学术巨著在中国学术界产生了强大的震撼力,第一版印刷了一万多套,很快就销售一空。而对于我们这一代人文古典学养大多先天不足的青年人来说,要读通这部著作也不是容易的。我曾经向钱先生表示:"要读通你的这部著作,先要读过许多书垫底。"虽然阅读的难度不小,但我不愿放过这个天赐的学习机会。我认真地将《管锥编》通读了一遍。在阅读过程中,着重领会钱先生的研究方法。此后,我也经常翻阅这部著作,尤其引起我兴趣的是钱先生引用了不少佛经材料。1987年,我想到可以仔细梳理一下钱先生在这部著作中是怎样运用佛经材料的,于是,就以《〈管锥编〉与佛经》为题写了这篇读书札记。

我在文中指出"《管锥编》立足于中国十部古籍,以文艺学为中心,打破时空界限,贯通各门学科,将中国文化研究引入一个充满无限生机的崭新境界"。《管锥编》研究的范围极广,几乎涉及人文科学的所有门类,内容博大,识见精深。鉴于这种情况,读者完全可以根据自己的学力或学术兴趣去读《管锥编》。我这次便是选取比较文学的角度。比较文学在《管锥编》中无疑占据重要地位,但远不是它的全部。而在比较文学中,我又偏重考察钱先生对佛经材料的运用。

颇采"二西"的治学之道

早在中国比较诗学开山作《谈艺录》(1948)的序中,钱先生就已揭示他的文学研究宗旨和方法:"东海西海,心理攸同;南学北学,道术未裂。""凡所考论,颇采'二西'之书,以供三隅之反。"钱先生所说的"二西"之书指的是耶稣之"西"和释迦之"西",也就是西方著作和佛经。而从《谈艺录》和《管锥编》可以看出,钱先生对"二西"之书浏览之广博,读法之精细,令人惊叹不已。

比较文学这门学科行世百余年来,其研究格式大致可以分为三类:影响研究、平行研究和科际研究,这三类研究在《管锥编》中都有充实的反映。我便以实例分别说明钱先生在这三类研究中如何运用佛经材料,最后,说明我从这三方面分述《管锥编》中与佛经有关的比较文学,也是出于释氏所谓的"权巧方便"。其实,《管锥编》中的比较文学,这三方面经常是互相交叉融合的。钱先生学识渊博,繁征广引,左右逢源,触类旁通。他不仅打通东西方文学,打通人文学科,也打通比较文学自身。其根本目的是通过广泛、深入而不拘一格的具体比较,探索人类共同的"文心",建立科学的文学批评。

这篇文章发表在《外国文学评论》1988年第1期。钱先生读到后,在托人捎给我的一封信中,对我的这篇文章做了肯定。信中写道:"弟之苦心,为兄明眼人拈出,如弹琴者遇知音人矣!"当然,我知道这是钱先生的行文风格,是对晚辈的勉励,我不敢沾沾自喜,忘乎所以。

另一次通信

我对钱锺书先生始终怀抱敬仰的心情。先是读了《宋诗选注》，后来又读了《旧文四篇》《七缀集》《围城》和《管锥编》——我一心想读遍钱先生的著作。这里可以顺便提及我此前与钱先生另一次通信。那是在1984年夏天，医生诊断我得了甲状腺瘤，要我住院开刀摘除，然后进行切片检验是否良性。这样，我听从医生安排动了手术，最后检验的结果是良性。我和关心我的同事们都松了口气。出院后，董衡巽告诉我说，钱先生和杨先生也很挂念我，打听我的情况。于是，我给他们写了封信报平安，信中也提及我想读《谈艺录》，到中国科学院图书馆去借阅，却已被别人借走。还有，新印的《写在人生边上》，书店也已售完。随后，我收到钱先生托人捎来的亲笔回信，是用毛笔书写的。信中写道："顷得来函，欣悉奏刀后霍然病除，吉人天相，才子天佑，可喜可贺。"信中还附有一册《写在人生边上》新印本，说这是他"欲以自存"的一册，送给我。他还幽默地说："《围城》将第四次重印，想系最近智力测验中考题之故。"他告诉我《谈艺录》增订本即将出版，到时候也会送我一册。这可以说是我出院后收到的一份宝贵的礼物。

高山仰止

钱锺书先生是中国20世纪的一位学术大师。他既从事文学创作（包括小说、散文和诗歌），也从事文艺学和人文学术研究，凭其天赋和勤奋，既精通中学，又掌握多种外语，精通西学。他对东西方文化典籍熟悉的程度，令人叹为观止。可以说钱先生是东西方文化传统共同孕育和造就的一位文化学术通才，他在文化学术研究中，"打通"古今中外，"打通"东西方文化，这种研究方法尤其值得我们重视和发扬。

从钱先生的文学创作和学术研究中可以看出，他始终关注世界和人类，关注社会和人生，绝非一个躲进象牙塔的学究。即使你认为他看待社会和人生的目光冷峻，那也说明他是一位真正的智者。他能深刻揭示社会和人性中根深蒂固的病症，提供的是苦口的良药。

钱先生的《谈艺录》和《管锥编》都采用札记文体形式，这会引起一些人产生钱先生擅长考证而缺少理论的错觉。其实，只要认真读过这两部著作，就会认识到钱先生的学术研究充分体现宏观和微观的结合，理论和实际的结合。因为脱离微观的研究，宏观的视野就会流于空疏。而缺乏宏观的视野，微观的研究就会流于琐屑。理论和实际也是这样一种辩证关系。钱先生的学术研究始终保持两者的紧密结合，他所展现的微观研究的精细和宏观视野的广阔以及融会贯通而达到的理论深度是令人钦佩的。

钱锺书先生为我们留下了博大精深的学术和思想遗产，他是20世纪中国学术的光荣和骄傲。近二三十年来，对钱先生的学术和思想的研究还是初步的。就我自己的阅读经验而言，随着知识学养的积累和人生阅历的丰富，每读一次钱先生的著作就会有新的发现和体会。正如文艺批评中"说不尽的莎士比亚"，在中国的现代学术研究中，同样会形成"说不尽的钱锺书"。钱先生的学术和思想遗产必定会滋养一代又一代学人，显示它的强大生命力。

"文化昆仑"钱锺书：
山高人为峰　海阔心无界

陆文虎

钱锺书先生，已离开我们十多年了，作为他的学生，我反复读着他的遗著，对他的学养、气节和大彻大悟，逐渐有了真正的理解。

独特的治学方法

钱先生学术方面的不朽贡献，不仅在于写成了许多传世的重要著作，而且在于创立了一种连接传统与现代的独特治学方法。

钱先生的治学方法很独特，主要是打通和比较。钱先生在学术研究当中，数十年不懈地从事着打通学术壁障的工作。他说，我一辈子干的，就是要使小说、诗歌、戏剧，与哲学、历史、社会学成为一家。钱先生的一个显著特点就是以小说家观点解读古今中外的文史著作。所谓比较，就是对大量的文学现象甚至包括非文学现象进行比较、分析和综合，揭示其间的相同或相异处，用以研究文学发展的历史和加深读者的理解。

钱锺书先生既是一位实践着的理论家，又是一位学者化的作家。他的创作印证着他的理论，他的理论包含着创作的亲身体验。

钱锺书先生在文学研究和文学创作方面的卓越成就，对于我们建设中国新文化，特别是在科学地、有选择地借鉴外来文化方面，具有重要的启示意义。钱先生给予中国文化的主要影响是：

第一，以一种文化批判精神看待中国与世界。在精熟中国文化和通览世界文化的基础上，钱先生在观察中西文化事物时，总是表现出一种清醒的头脑和一种深刻的洞察力。他不拒绝任何一种理论学说，也不盲从任何一个权威。他毕生致力于确定中国文学艺术在世界文学艺术宫殿中的适当位置，从而促使中国文学艺术走向世界，加入到世界文学艺术总的格局中去。为此，他既深刻地阐发了中国文化精神的深厚意蕴和独特价值，也恰切地指出了其历史局限性和地域局限性。他既批评某些中国人对本土文化的妄自尊大，又横扫了西方以欧美文化为中心的偏见。这对于推进中外文化的交流，对于使中国人了解西方的学术，使西方人了解中国的文化，起到

年轻时的钱锺书

了推动的作用。

第二,以一种新的学术规范发展和深化中国学(以前叫"汉学")研究。中国是诗书礼仪之邦,中国的学问源远流长,世界上有很多学者在研究中国学。在这个领域,一方面是硕果累累,另一方面却是难以出新。思想方法上的僵化和学术方法上的保守,极大地影响了发展的速度。钱先生数十年间所实践的"打通""比较"的方法,努力使中国学自觉地成为一个科学的、开放的体系,从而得到更深、更广、更新的发展。

第三,以一种现代意识统领文学创作。钱锺书先生生长在一个农业国,但是,他却没有小生产者所固有的狭隘保守;他的专业是中国古代文学,但是,他却没有学究老夫子的迂腐做派。钱先生在诗歌、散文、小说创作中,都贯注着一种强烈的现代意识。譬如,他在散文名篇《魔鬼夜访钱锺书先生》一文中记叙了现代人对现代文明的批判和抗议;在短篇小说《上帝的梦》中描写了人的孤独和人际关系的疏离;在长篇小说《围城》中则表现了人类理想的破灭……这些,都是中国现代文学中并不多见的、有别于同时代一般作品的、与世界文学潮流颇为合拍的创作。特别值得重视的是,钱锺书先生的文学创作都不是那种赶时髦、模仿西方的东西,而是具有真正中国风格、中国气派、为中国人也为外国人所喜爱的作品。

第四,以一种高尚的形象为中国知识分子树立了人格上的榜样。在上世纪三四十年代,钱锺书先生用文学作品辛辣地嘲弄了那个黑暗社会。此后,作为知识分子,他被迫接受思想改造,受过不少罪。但是,智者是不可征服的。钱先生在任何时候都没有忘记他作为一个学者,要为祖国和世界文化做出贡献的历史使命。他反对树立宗派,反对宣传自己,只是一心一意地搞研究、出成果。在当今之世,这种品格是非常难能可贵的。

大彻大悟的人生态度

钱先生二十八岁就当了清华大学的教授,后来在国立师范学院担任外文系主任,有趣的是,当时他父亲钱基博教授是这个学校的国文系主任。钱先生自称"是一个闭门不管天下事的人",他总是力图站在"人生边上",对"名利"二字取避之唯恐不及的态度。就是在出任中国社会科学院副院长,并且担任全国政协常委后,他仍不觉得自己是个"官",还是一如既往地专心著作,丝毫不为名利所动。有一次,香港中文大学鉴于钱先生在文学创作和学术研究上取得的卓越成就,决定授予他荣誉博士学位,钱先生却坚决不肯接受;香港中文大学以为他是因为年事已高、行动不便而推托,就说可以委托他人代领证书。其实,钱先生的女儿钱瑗教授当时就在香港,钱先生却没有透露这个情况,坚持婉言谢绝了他们。钱先生博览群书,学贯东西,有很多家学会、刊物邀请他担任顾问,钱先生都不肯答应。他多次说过,那些所谓"顾问",常常是只顾虚名而不问实务;顾此而失彼,问东而答西;一顾倾人城,一问三不知,因此,大可不必设"顾问"之类的职务。前些年,开各种纪念会成为风气,钱先生也很不以为然,认为凡是这种会议,都是招来一些不三不四的闲人,说些不痛不痒的废话,花费不明不白的冤钱。所以他一次也不参加。

钱先生从小上教会学校,在清华大学学的是英语,后来又到英国伦敦和法国巴黎留学，他的外语功力极为深厚。但是，我在钱先生待过的一个单位，看到钱先生填写的一份表格，在"懂何种外语"一栏中，写着的是："粗通英、法、德、意语。"我们平常见过的一些人，并不认识几个外文单词，就敢自称"精通几国外语"，他们的胆子真够大的。

钱锺书先生是纯粹的做学问的人，以他极为丰富的经历和广博的知识，钱先生什么不知道、什么不明白？他对浪费时间的应酬非常讨厌，对说套话、假话的人非常反感。他认为："大抵学问是荒江野老屋中二三素心人商量培养之事。"他之所以不愿意见记者，不喜欢热闹和张扬，就是为了专心致志做学问，为中华文化做建设性贡献。但是，他的这种境界为许多人所不理解，有人硬是要把他拖到是非圈中来。例如，前些年，钱先生曾遭遇盗版问题的困扰。上世纪80年代初，《围城》由人民文学出版社出版，很快就有了盗版，开始钱先生并不打算理睬，但是，越闹越凶，盗版书竟然出了十几种。甚至还出版了《围城大结局》《围城续集》等书。钱先生被侵害得太过分，他实在无法再保持沉默，这才迫不得已站出来，在拿起法律武器的同时，发表谈话进行谴责。他说，对于一个出版社也好，一个新闻记者也好，一个责任编辑也好，不能只顾眼前，也应该讲一点职业道德。法律应该是公正而周到的，但不应忘记高于法律的还有道德准则，它的价值，它的力量，会更高更大，它需要通过作品来体现，更要以文化人的自我铸造来换取。因为崇高的理想，凝重的节操和博大精深的科学、超凡脱俗的艺术，均具有非商化的特质。强求人类的文化精粹，去符合某种市场价值价格的规则，那只会使科学和文艺都"市侩化"，丧失去真正进步的可能和希望。历史上和现代的这种事例还少吗？我们必须提高觉悟，纠正"市侩化"的短视和浅见。大家都要做有高尚品格的人，做有文化的人，做实在而聪敏的君子。这段话在学术界引起很大的震动。

钱锺书先生作为文学大师，几乎是在上世纪 80 年代才被中国学术界和一般读者所认识。许多人过去不知道或不了解钱锺书其人，然而，一旦读了他的书，都能够立刻感受到他独特的魅力。我们从他的小说、散文中发现，他书中的人物，无论是上帝还是魔鬼，也无论是伟大人物还是小小老百姓，从动作到说话，从外表到内心，几乎都无法逃脱地被钱先生用极为辛辣的文字，讽刺一通。例如，《围城》中描写高松年老于世故、骗人有术，有这样的句子："高松年直跳起来，假惊异的表情做得惟妙惟肖，比方鸿渐的真惊惶自然得多；他没演话剧，是话剧的不幸而是演员们的大幸……"于是，想象中便可能以为钱先生是一个很尖刻的人。当我们读他的学术著作，见他对古今中外的重要文化经典几乎没有遗漏地读过，并且常有非同凡响的心得，特别是读到他痛斥德国大哲学家黑格尔看不起汉字是因为不懂中文，读到他批评王国维引用西方哲学著作解释《红楼梦》理解有错误，等等，于是，想象中便又可能以为他是一个非常严厉的人。其实，钱先生是一个非常温和宽厚的人，他的面容睿智而慈祥，他有着一对能够看透历史迷雾的慧眼和一双善于舞凤飞龙的巧手，不管什么时候去看他，他都是伏身在他那巨大的书桌上读书写作。

钱先生的妙语非常多。《围城》里随手就能摘出来。比如写方鸿渐和鲍小姐进了一家看着还不错的西餐馆，"谁知道从冷盘到咖啡，没有一样东西可口：上来的汤是凉的，冰淇淋倒是热的；鱼像海军陆战队,已登陆了好几天;肉像潜水艇士兵,会长时期伏在水里;除醋以外,面包、牛油、红酒无一不酸"。再如:"事实上,一个人的缺点正像猴子的尾巴,猴子蹲在地面的时候,尾巴是看不见的,直到他向树上爬,就把后部供大众瞻仰,可是这红臀长尾巴本来就有,并非地位爬高了的新标识。"大家看看书,类似的话,一段连着一段,非常精彩有趣。

钱先生对"大名气和大影响"保持着高度的警惕,因为他认为:"大名气和大影响都是90%的误会和曲解掺和成的东西。"他在《围城》中对伪学者假文人的欺世盗名有深刻的揭露。对学术界某些人不认真做学问、写文章,而一味热衷于投机取巧、争名逐利,钱先生也很不以为然。钱先生常常给人以热情鼓励,意在激励后辈学者。他没有想到有人却借此进行自我标榜。我知道有一个人为了证明自己同钱先生关系密切,见人就拿出钱先生的来信给人家看,钱先生听说这件事后对我说,我给他的信里对他有批评,实际上他没有看懂。这个人闹出了笑话,自己还不知道。还有一个人更出格,竟然自我吹嘘说:"我的学问非常高超,连钱先生都说他不如我。"后来问钱先生有没有这回事,钱先生的回答很妙,他说:"我不如他,是事实;我没说过这话,也是事实。"就这个回答,就不是一般人能说出来的。真不知道那个吹牛的人怎么收场。

钱先生的幽默无处不在,每次去他家里看望他,他都会说很多高级笑话,也就是幽默。在他生命的最后一段时间,他住在医院里,也还是非常幽默。比如,他形容一位护士说话声音太大,就说:"她把我的病都吓跑了。"

与爱相伴的一生

杨绛先生今年九十九岁,我前些时去看她,身体不错,头脑仍然很敏捷。七年前,也就是她九十二岁那年,她写了一本书《我们仨》。这本书出版后引起轰动,连续很长时间一直排在最畅销的位置上。书写得非常感人,从文学的角度看,也是一本非常优秀的精品书。他们的女儿钱瑗也是一位非常优秀的教授。我读着《我们仨》,就想起他们仨来。钱先生生命的最后几年是在医院里度过的,杨先生几乎每个白天都到医院陪同照料。由于医院饭菜不行,杨先生还要在家里为钱先生准备吃的。她将鱼或鸡去刺剔骨,捣成肉糜,放上切碎的蔬菜,制成流食后亲自带到医院。每天午睡醒来后,钱先生就睁着眼睛等杨先生来。1996年年底的一天,我去看望钱先生。我和杨先生分别坐在病床两边同他说话。突然,钱先生开始咳嗽,杨先生早有准备,轻轻地拍抚他的胸前。发现他是有痰了,杨先生熟练地把吸痰器的玻璃吸管插入钱先生嘴里,开动吸痰机器,并不断调整玻璃管的位置,把痰吸出来;接着又在吸管上插上一段橡胶管,从鼻孔里插进去,直达气

钱锺书与夫人杨绛在一起　　陆文虎摄

管,将那里的痰也吸出来。杨先生的动作就像是一个有经验的护士。看着杨先生做的这一切,令人非常感动。由于杨先生和医护人员的精心照料,虽然是在病中,钱先生的精神还是愉快的,有一次他说:"其实我不难受。"

后来,女儿钱瑗也生重病住院了,杨先生肩上的担子更重了。除了照看钱先生,隔一段时间她就到另一家医院去看望女儿。医院在郊区,路远,又不好走,钱瑗怕妈妈太累,总不让她去。杨先生放心不下,就在钱瑗床头安了一部电话,母女俩每天用电话谈心。那以后,杨先生每天都要向钱先生报告女儿的情况。1997年3月,因医治无效,钱瑗去世了。杨先生心里很难过,但是,她却对我说:"我能亲自送走钱瑗,心就安了;要是我先走,丢下钱瑗,她就太可怜了。"杨先生没有克服不了的困难,她真是太坚强、太伟大了。她每天都要忍着巨大的心灵悲痛,费脑筋想好该对钱先生说些什么。钱先生聪明过人,没多久,他就猜出发生了什么事,也许是为了不让杨先生太难过,他谈话时再不提女儿。杨先生见瞒不住,也就把实情告诉了。两位老人心里都很难过,这时候也只能互相安慰了。

钱锺书先生是我们这个时代有世界影响的伟大的思想家和作家。我举一个例子。钱先生逝世后,收到国内外大量唁电,其中法国总统雅克·希拉克说:"在钱锺书先生的身上体现了中华民族最美好的品质:聪明、优美、善良、开放和谦虚。"他还说:"我向这位伟人鞠躬致意,他将以他的自由创作、审慎思想和全球意识铭记在文化历史中,并成为对未来世代的灵感源泉。"

钱锺书曾答复要求见他的人说,你要见我,不如去读我的书。

钱先生离开我们已经十年，让我们认真读书，包括认真读钱先生的书，我想，这就是对他最好的纪念。

钱锺书先生很幸福，因为他有一个杨绛那样的好妻子。钱先生曾多次提到杨绛对他事业的巨大支持。散文集《写在人生边上》于1941年出版，当时，"作者远客内地，由杨绛女士在上海收集、挑选，编定这几篇散文，成为一集"。钱先生因此在本书卷首对杨先生表示感谢，并将这本书赠予她。小说集《人·兽·鬼》于1946年出版，钱先生在序中说："此书稿本曾由杨绛女士在兵火仓皇中录副。"《围城》于1947年出版，钱先生在序中说："这本书整整写了两年。两年里忧乱伤生，屡想中止。由于杨绛女士不断的督促，替我挡了许多事省出时间来，得以锱铢积累地写完。照例这本书该献给她。"杨先生事后回忆说："有一次，我们同看我编写的话剧上演，回家后他说：'我想写一部长篇小说！'我大高兴，催他快写。"为了省俭，"也不另觅女佣，只把她的工作自己兼任了。劈柴生火烧饭洗衣等等我是外行，经常给煤烟染成花脸，或熏得满眼是泪，或给滚油烫出泡来，或切破手指。可是我急切要看锺书写《围城》，做灶下婢也心甘情愿"。后来，钱先生著《宋诗选注》时，杨先生曾自告奋勇，愿充当白居易的"老妪"——也就是最低标准：凡是杨先生读不懂的，钱先生就得另外补充注释。"文革"中，家被"沙子"挤占，不得已借住办公室。钱先生要写《管锥编》，杨先生冒险回到家中，"两天没好生吃饭，却饱餐尘土"，从尘封的杂物堆中，清理出五大麻袋的笔记、资料。钱先生就是凭着这些，花三年时间，写定了《管锥编》前四册。钱先生一向不喜欢别人来祝寿，称寿日只是"受罪之日"；然而，拜寿者却逐年增加，数倍于前。钱先生实在应接不暇，只得躲避他室,访客全由杨先生挡驾劝退。几天下来,杨先生嘴上竟磨出了水泡。在近年新出版的《石语》卷首,钱先生又记下杨先生的功绩:"绛检得余旧稿,纸已破碎,病中为之粘衬。"可以说,在钱先生已出版的著作中,都有杨先生付出的心血。

读《人·兽·鬼》，忆钱锺书先生二三事
——纪念钱锺书先生诞辰110周年

杜书瀛

我喜欢钱锺书先生的文章，也喜欢杨绛先生的文章。钱文以智取胜，杨文以情见长，都让人爱不释手。

今天单说前者。

钱先生的智，是大智，是参透世事人情的大智；而它最主要的表现形式是幽默。年轻时读钱先生的《围城》，时时为其幽默绝倒，书中把鲍小姐喻为"真理"（西方有一句话说"真理是赤裸裸的"，鲍小姐衣着暴露，所以人称"真理"），当时我们一帮年轻人曾为之笑破肚皮——现在满街尽是"真理"或"半个真理"了。近日，趁国庆中秋同体，放假八天，孩子们外出旅游，清闲寂静，拿起钱先生的《人·兽·鬼》——啊，一着眼，放不下了，除吃饭暂停，几乎是一口气读完。又一次感受到幽默的力量和乐趣。

《人·兽·鬼》写于七十五六年前（比《围城》要早），那时还是抗战时期或抗战刚刚胜利，其中四篇小说《上帝的梦》《猫》《灵感》

《纪念》，篇篇都是天下第一等的幽默奇文、绝妙的纯熟汉语（把汉语的表现能力几乎运用到极致），读罢拍案叫绝。钱先生不愧为幽默大师，他是以大幽默表现大智慧。

虽然四篇都充满幽默，让人忍俊不禁，但前三篇是用幽默的方式对人性的卑劣极尽嘲讽，而最后一篇则是温和的调笑，还带着几分悲情。

《上帝的梦》中，钱先生用嬉笑的文字，刻画了人（某种人）的卑俗猥琐：上帝创造的那"一男一女"，脑子里满是蝇营狗苟的卑琐勾当——为满足私欲，男的，请求上帝再为他造一个女人；女的，也请求上帝再为她一个男人。而那"至真至善""全知全能"的上帝就那么纯洁善良吗？不，切不要被表面现象所迷惑，上帝怀着自私的欲望，也有他不能为世人道的卑劣企图。钱先生说，"原来上帝只是发善心时的魔鬼"，"而魔鬼也就是没好气时的上帝"——上帝即魔鬼，魔鬼即上帝。整个世界、全部人世的本质即是如此。一针见血，透彻！

《猫》中所写的人物群体，可称"新儒林"。钱先生把小说里"李先生""李太太"和围绕在他们身边的十几个知识分子身上的丑态、虚伪、自负、好色、贪欲、吹牛、炫才……描绘得琳琅满目，淋漓尽致，尽情嘲弄、戏谑。这是一本新《儒林外史》，夏志清认为"超越了《儒林外史》的讽刺"。

《灵感》以荒诞的情节和辛辣的语言，讽刺一位"天才"作家："他的名声太响了，震得我们听不清他的名字。……这位作家是天才，所以他多产；他又有艺术良心，所以他难产。难产毕竟和生孩子不同，难产未必断送他的性命，而多产只增加读者的负担。""他能在激烈里保持稳健,用清晰来掩饰浅薄,使糊涂冒充深奥。因为他著作这样多,他成为一个避免不了的作家,你到处都碰得见他的作品。烧饼摊、熟食店、花生米小贩等的顾客常常碰到他戏剧或小说的零星残页,意外地获得了精神食粮。"(此情此景,你可能会联想到前些年赵本山、宋丹丹小品中讽刺剧中女主人公白云写书成为厕所的手纸)这位作家的所谓"天才",就是写了大量枯燥呆板的垃圾文章,其中的人物死相毕露,一个个都是缺乏生气的死人。而且,这位作家写谁,谁死;最后写自传,把自己也写死了。这样的"天才",真格儿令人啼笑皆非。

顺便说一句:此文是否可视为中国荒诞派文学艺术的代表之作呢?我看,也许可以吧。但,它于"荒诞"中见真实——"荒诞"中有比真实还真实的真实。而且,它比人们挂在嘴边的西方所谓"荒诞派"艺术还要早些年,如贝克特的《等待戈多》(1952)、《美好的日子》(1961),阿达莫夫的《一切人反对一切人》(1953)、《塔拉纳教授》(1953),尤内斯库的《秃头歌女》(1950)、《椅子》(1952),热内的《女仆》(1947)、《阳台》(1956)、《黑人》(1958),爱德华·阿尔比的《谁害怕弗吉尼亚·沃尔夫》(1966)等。再多句玩笑话:其实,中国早就有"荒诞"作品了,《山海经》不就是吗?

《纪念》写的是抗战时一个婚外情的故事,虽有嬉笑,但无鞭挞。小说的最后,男主人公——在军队服役的飞行员为抗日而牺牲,此结局,令人心有戚戚。也许可以说,《纪念》不是讽刺文,而是一篇美文,其中许多文字充满诗情画意,读来温馨:"说来可怜,这干枯的山地,不宜繁花密柳;春天到了,也没个寄寓处。只凭一个阴湿蒸闷的上元节,紧跟着这几天的好太阳,在山城里酿成一片春光。老晴天的空气里，织满山地的忙碌的砂尘，烘在傍晚落照之中，给春光染上熟黄的晕，醇得像酒。正是醒着做梦、未饮先醉的好时光。""在山城里正是一年最好的时季。连续不断的晴光明丽，使看惯天时反复的异乡人几乎不能相信天气会这样浑成饱满地好。日子每天在嫩红的晨光里出世，在熟黄的暮色里隐退。并且不像北方的冬晴，有风沙和寒冷来扫兴。"这不像抒情的散文诗那么美吗？

往日读《围城》，其中的幽默虽令人捧腹，但当时觉得那幽默，于黑暗时势尚不致命；而近日读《人·兽·鬼》，其中的许多幽默文字，对那腐朽的社会和恶劣人情世故的揭露和打击，却觉得有致命之力。钱先生的观察锐利无比，入木三分，于幽默中，神不知鬼不觉地抓住腐朽社会和卑劣人性的本质，一剑刺中，并置于死地。单以《灵感》为例。其中许多话，直接揭露时弊（以往人们的印象是钱先生"不问政治"，不对了）。摘录几段文字，立此为证：

"这一点，先生不用过虑，地狱早已搬到人间去了。先生忙于著述，似乎对最近的世界大势不很了解。唉！这也难怪。"

"人类几千年来虽然各方面大有进步，但是对于同类的残酷，并未变得精致文雅。譬如特务机关逼取口供，集中营惩戒俘房，都保持野蛮人粗朴有效的古风。就把中国为例，在非刑拷打里，你就看得到古为今用的国粹，鼻孔里灌水呀，火烙夹肢窝呀，捋指头呀，以及其他'本位文化'的遗产。所以地狱原有的刑具，并非过时的古董，也搬到人间世去运用了。这里是'中国地产公司'，鄙人承乏司长。"

"照你那么说,'中国地产公司'是要把中国出卖给人了。主顾当然不少,可是谁出得起这无价之宝的代价呢?假使我是地道的商人,我咬定要实实在在的利益,一不做亏本生意,二不收空头支票。所以,中国这笔买卖决不会跟任何人成交,也决不会像愚蠢的政治家把中国零售和批发。你完全误解了我们的名称的意义。我们是专管中国地界里生产小孩子的机关。地狱虽然迁往人间,人总要去世的,灵魂投胎转世,六道轮回该有人来管呀。一切中国地面上生育的人和动物都归我们这儿分派。"

"万不得已,只能叫你转世做个大官,他心肠里和脸皮上也许可以刮下些钢铁。"

……

钱先生真是悟透了世界,悟透了社会,悟透了人性。写到这里,我想起了《红楼梦》第五回中的一副对联:"世事洞明皆学问,人情练达即文章。"它挂在宁府上房的墙上。钱先生是世上少有的"世事洞明""人情练达"。

有人把《人·兽·鬼》中的人物与现实中的人物一一对号入座,例如某某是李先生,某某是李太太,某某是齐颐谷,某某是马用中,某某是袁友春,某某是陆伯麟,某某是郑须溪,某某是赵玉山,某某是曹世昌,某某是傅聚卿,等等(均《猫》中人物)。而且他们说的这些现实中的人物都是我们所熟悉的诗人、学者、教授、报人、科学家……许多是我们所肯定的甚至热爱的,例如梁思成、林徽因、徐志摩、金岳霖、沈从文、萧乾、罗隆基、周培源、周作人等等。我认为，这种对号入座的比附，太八卦、离谱了。《人·兽·鬼》是艺术，是虚构和典型化的结果。即使书中人物有现实中某人的影子、或类似的本事，也不就是某人、某事。

退一步说，即使现实中你所崇敬和热爱的人，也总是有某种弱点或缺陷。作家把其中的弱点或缺陷加以典型化、虚构、加工，就变成艺术，而不是现实中某人某事了。

话说回来，从根本上讲，现实、世界，乃善恶共体。人的本性，实际上也如此。只是，须看其主导的一面。若好的一面是主导，他是好人；倘恶的一面主导，他就是恶人，例如周作人——当他归附日寇，他就是汉奸。钱先生在《上帝的梦》中说："他们（上帝和人）不是两个对峙的势力，是一个势力的两个方面，两种名称，好比疯子亦名天才，强盗就是好汉，情人又叫冤家。"这是悟透世界本质和人的本性之后的深刻论断，乃"世事洞明"后的真知灼见。

当我读《人·兽·鬼》的时候，我时常对照自己的思想行为、情感爱憎，反思自己身上有没有书中人物的某些弱点或缺陷，用以自省。鲁迅先生常常无情地解剖自己，拎出自己"皮袍下面的小"来，检讨和批判。还有一个例子是弘一法师。1938年11月14日，弘一大师在对佛教养正院全体师生所做的最后的讲话中，说自己出家以后的情形"不堪回首"："我是一个禽兽吗？好像不是，因为我还是一个人身。我的天良丧尽了吗？好像还没有，因为我尚有一线天良，常常想念自己的过失。我从小孩子起一直到现在都埋头造恶吗？好像也不是，因为我小孩子的时候，常行袁了凡的功过格；三十岁以后，很注意于修养；初出家时，也不是没有道心。虽然如此，但出家以后一直到现在，便大不同了：因为出家以后二十年之中，一天比一天堕落，身体虽然不是禽兽，而心则与禽兽差不多。天良虽然没有完全丧尽，但是昏愦糊涂，一天比一天厉害，抑或与天良丧尽也差不多了。讲到埋头造恶的一句话，我自从出家以后，恶念一天比一天增加，善念一天比一天退失，一直到现在，可以说是纯乎其纯的一个埋头造恶的人，这个也无须客气，也无须谦让了。"

像鲁迅和弘一法师这样在人格、道德上被人们视为典范的人尚且如此严苛解剖自己；那么，同胞们，扪心自问，我们自个儿怎么样呢？

如此看来，《人·兽·鬼》的价值，绝非仅以幽默文字让你开心，而是有深意在焉。

亲爱的同胞，您从中读出什么来了？

上面说的是书中的钱锺书先生。在他的文字中，常常出口即是幽默。然而在现实生活中，据我有限的接触，并不总是幽默；尤其在特定环境下，幽默不起来。"文化大革命"前，每当文学研究所在二楼会议室召开全体会议，钱先生同十来位受尊敬的老专家被何其芳所长请到前排就座。我坐在后排，有时能够听到他时带幽默的发言，不自觉发出会心的微笑。但"文化大革命"开始不久，钱先生即被打成反动学术权威，揪出来，戴高帽子游街，站在台上挨批斗；那时，我看着钱先生深度近视眼镜下的面色，黯然无光，几乎觉察不出有什么表情——这时幽默不了了。

1969年年末至1972年两三年时间，钱先生同我们一起，受命到河南五七干校接受再教育（有人称为"改造"，正式文件中可没有这么说）——按命令，几乎"全锅端"，连户口都迁下去了，许多人（有家室者)在北京的住房也没有了。钱先生下干校时,已经被"解放"。他在息县干校驻地负责信件收发,人称"信使"。那时我被打成"反革命",接受审查,有一段时间还得到格外"照顾"——专人监管。但,因条件所限,我还是与大家同在一个食堂吃饭,故有相对自由空间。平时我最盼望的是什么?妻子的信。看到钱先生把一封封信送到人们手中,我心里就痛苦地发痒。有时碰到"信使"钱先生,在人多时他不便与我打招呼,但无人时,他总给我温和的微笑——要知道,那时我听到最多的是监管小组组长对我宣读《敦促杜聿明投降书》和横眉冷对,而这微笑太可贵了,太温暖了!又一次,趁没人,钱先生悄声告诉我:有你的信,领导不准直接给你,信在你的监管组长那里。过了一天,监管组长才把已经拆开审查过的信给我。没有任何道歉。当时,对待"反革命",这是"理所当然"。我敢怒不敢言。为什么钱先生对我这个被清查小组认定"反革命"的人偷偷给以微笑?当然一方面是长辈对晚辈的怜爱之心;但,不只此,还有另一方面。后来我才知道,他的女婿王德一,也同样被打成"反革命",而且被逼跳楼,含冤而死。那是1970年6月的事情,正好与我受难同时。我比王德一好些,自杀未遂,所以活到今天能够写这篇文章。据说,钱先生与女婿王德一,翁婿关系很好。王德一是北京师范大学历史系的青年教师,翁婿二人很谈得来。女婿自杀,这件事在钱先生心中留下怎样的创伤,可想而知。钱先生对如我等所谓"反革命",自有自己的看法和感情。后来我在钱先生为妻子杨绛《干校六记》写的《序言》里,看到一个正直学者的是非分明的严正观点:"清查五一六运动"才是两年干校生活的主要内容,"六记"不过是这个"大背景的小点缀,大故事的小穿插"。真正应该

"记"的是三种人:"受害者""充当旗手、鼓手、打手,去大判'葫芦案'"的人、"因'怯懦'而说违心话的人"。"受害者"应该"记屈""记冤""记愤";"充当旗手、鼓手、打手,去大判'葫芦案',按道理说,这类人最应当'记愧'",因"怯懦"而说违心话的人也应"记愧"——反省"懦怯"。钱先生毫不含糊地指出:这场"清查"运动是一场"葫芦案",对受清查者来说是"冤"案,他们应该"记屈""记冤""记愤"。可是,他们能够"记屈""记冤""记愤"吗?

有一次,好像是过什么节日,文学研究所的全连(那时各所自成一个连队)人员开大会,领导忽然叫钱先生讲几句话。钱先生可能没有想到。他站起来,开始似乎不知讲什么,稍一停顿,钱先生说话了。他说,自己老了,就讲讲老年人的特点。我记得他讲了年老者的十大特点或是八大特点,具体内容记不清了,好像有一条是说,老年人晚上睡不着,白天打瞌睡;还有一条,就是年纪大了,身上一些"机关"不听使唤,不自觉流口水以至流鼻涕。在那个"革命"时代,钱先生所讲,里面既没有"革命",也没有"政治",更没有"口号"。这算不算幽默?我看不算,苦中作乐而已。不知领导满意与否。

1971年,学部(中国社会科学院前身)在河南五七干校的所有人员都集中到明港一个部队坦克团的军营搞清查运动,来势凶猛,以致考古研究所被清查的张旗,夜间在水房上吊自杀。但时间一长,清查活动却有些懈怠,尤其随大流参与清查的人员,越来越漫不经心。又过了一阵子,清查活动突然停了下来——原来林彪在蒙古温都尔汗摔死了。之后,清查运动不死不活。我这个"反革命",本来连书信也要被拆被查,现在居然允许我妻子来探亲了。我们文学研究所全连住的是一个三四十人的大营房。晚上是最热闹的时间,人们自由来往,凑在一起谈天说地,传播小道消息,猜谜语——我记得陈毓罴给曹道衡出了一个谜语,谜面是:"操你祖宗。"打一句唐诗。众人说不雅,曹老道(曹道衡外号)说是骂他。但最后老罴(陈毓罴外号)亮出谜底"将军魏武之子孙"(将军你是曹操的子孙),原来是杜甫《丹青引赠曹将军霸》首句,很雅,对曹老道来说也很贴切。众人叫好。说说这时的钱先生。我的床在大房间的南头,而钱先生在北头,他的"驻地"最具吸引力,大家喜欢聚在他身边听笑话。这时钱先生渐渐故态复萌,脸上有笑容了,嘴上幽默之语也时时蹦出。有一次讲"鸟"字的含义,钱先生说,古代常用它指生殖器。在《水浒传》里,"鸟",即是男性生殖器——"屌"。李逵常说的一句话就是"打到东京,夺了鸟位";鲁智深在寺门外大叫"直娘的秃驴们!不放洒家入寺时,山门外讨把火来烧了这个鸟寺"。因"屌"字不雅,以"鸟"代之。恰在这时,杨绛先生从外国文学研究所驻地(都在同一军营)来看钱先生。"你们说什么呢,这么热闹?"钱先生笑答:"我们正在讨论鸟和屌。"大家哈哈大笑。

1972年,我们从河南五七干校撤回北京。清查活动仍是不死不活。我有时也溜回青岛探亲。1974年,我老婆要生孩子,我请假,清查运动的领导不放,我只好叫妻子大着肚子乘车来京。生孩子,不给住房。怎么办?只好把文学研究所楼外西头的木工废弃的电锯房当作产房——里面满是乱七八糟的废木料,积了一层厚厚的灰尘,木板钉起来的墙壁,还不如厕所干净,地上还时有老鼠出没。没有办法,谁叫我还戴着"反革命"的帽子呢。我打了二斤面的糨糊,用旧报纸把墙壁糊了好几层,成了一间报纸房。我又向木工李师傅借了木板，好心的李嫂帮我支了一张床……就这样，我的儿子诞生了。一些要好的朋友，不避嫌，来看望，啧啧叹息，爱莫能助。我们一家在电锯房带着五岁的女儿和刚刚出生的儿子住了五个月。电锯房那里本不是外出的通道，但是住在后面七号楼的钱先生杨先生夫妇，外出不愿意走"正道"，偏要从我这里经过。每当他们外出，特意对我们一家报以长辈的问候。尤其是看见我五岁的女儿，十分喜爱，总要逗她半天，有说有笑，亲切温馨。那是我女儿最快乐的时候。每忆及此，不胜感慨。如今我女儿读了博士，拿了中国科学院和瑞典一所大学的双博士学位，随即又在美国读了博士后，现在供职于美国一所高校，已经年过半百。

1975年夏，邓小平开始上台执政，进行整顿。我正在大兴一个生产队劳动，忽然接到通知，要我随学部的一个小队十余人到鞍山钢铁公司去帮助贯彻邓小平一号文件，并且组成临时党支部，老革命查汝强（1940年参加新四军，抗战时曾当过县委书记）任支部书记，我任支部委员，当时还不是党员、后来当了政治研究所所长的严家其是我们的队员。我纳闷儿：我还没有"解放"呢，怎么当支部委员？为何一会儿地狱一会儿天堂？糊涂。1976年10月粉碎"四人帮"，我感觉算是真正"解放"了，于是与同事一起写了一篇《围绕电影创业展开的一场严重斗争》，批判"四人帮"，受到最高领导的表扬，全国各大报刊转载。胡乔木看了文章，把我调去中央宣传口筹备全国宣传工作会议，与王若水等一起成立起草组，负责起草会议文件。有一次回到所里碰见钱先生，他肯定了我们的文章。又一年，我思考艺术典型问题，不知"艺术典型"这个术语何时、什么人翻译成中文。钱先生应是权威，但不便去他家打扰。于是写信求教。钱先生很快回信。除了对我做学问予以鼓励以外，说他自从懂西文以来，并不关心何时和谁翻译"艺术典型"这个术语。信是毛笔行草，竖写，一张纸。

至今我仍然能够感觉到钱先生对后辈的爱护和提携。

现在，钱先生杨先生，已经作古。愿他们的在天之灵，安详。

钱锺书先生生于1910年11月21日，到今年11月21日，正好是他110周年诞辰纪念日。谨写此文，表达我对钱先生的怀念。

2020年10月3—5日于北京安华桥蜗居

钱锺书的人生三境界

欧阳友权

走近钱锺书,在我们面前耸立的是一座文化昆仑、学林泰山。如果以文人学子的眼光来看待这位学界巨擘,我们能从他八十八年的人生历程中,寻访到他在读书、治学和做人方面的独特境界。

读书时的忘我境界

书香门第出身的钱锺书在满岁抓周时,抓住书本不放,于是取名锺书。不承想,这一古老的仪式竟成了他生命的暗示与承诺,使得他终生都钟情于书,以忘我读书为乐。钱锺书小时候调皮难驯,唯读书能使他气定神安。十四岁进家乡桃坞中学后,即发愤读完《古文辞类纂》《骈体文钞》《十八家诗抄》以及《圣经》《天演论》等许多中西文著作。十七岁转入辅仁中学,已熟经、史、子、集。学校举行课程竞赛,他一举夺得国文、英文两个第一。1929年,考入清华大学外文系后,钱锺书立志"横扫清华图书馆"。他的同班同学许振德在《水木清华四十年》中回忆道:"锺书兄,苏之无锡人,大一上课无久,即驰誉全校,中英文俱佳,且博览群书。余在校四年期间,图书馆借书之多,恐无能与钱兄相比者,课外用功之勤,恐亦乏其匹。"钱锺书读书时喜欢用又黑又粗的铅笔画下佳句,又在书旁加上他的评语,清华藏书中的画线和评语大都是出自他之手笔。这种嗜读而忘我的习性伴随着钱老的一生。"文革"中,他被打成"反动学术权威"下放到"五七干校",当时他负责看管农具等活计。别人都不敢或没有劲头再读书学习,钱先生则不然,他订了一份西德共产党出版的《红旗报》,每天繁重的劳动后,经常坐在一只小马扎上,仔细阅读这份德文报纸。对书的终生痴迷,读书时的物我两忘,丰富了钱先生的学识,也成就了他智慧的人生。

治学中的自由境界

钱先生以博涉古今、融通中外而在学术界壁立千仞,卓尔不群,"博"而"通"的结果便是思想的自由和思维的创新。他一生著述不以量多取胜,而以质高称奇,其学识之丰赡,研究之精深,影响之巨大,已构成学术界的"钱学现象",这成了治学的自由境界。如《写在人生边上》显示的是智慧的超拔与自由;《人·兽·鬼》和《围城》透露的是性情的率真和自由;《谈艺录》《管锥编》《宋诗选注》表现的是学识的博大与自由。而1995年出版的《槐聚诗存》则凝聚了作者才气的卓绝与自由。这些著述有诗歌、小说、散文,还有学通中西、融贯古今的文艺理论,它们体现的是作者自由驾驭各种文体、信笔涉猎不同学科、灵活运用不同语言的卓越能力和超众才华。在钱锺书笔下，古今中外的学问全是相通的。他不仅是学养深厚的国学大师，而且对外国如英、德、法、古希腊罗马，乃至整个欧美文化，都有稔熟的了解，因此做起学问来无不驾轻就熟，游刃有余，着意成理，涉笔成趣。有人统计，《管锥编》《读艺录》所涉典籍就达几千种，其学问之深，读书之多，一般学者难以望其项背。难怪得知钱先生去世，年届九十的老作家柯灵声音喑哑地说："像钱锺书这样的大学者、大作家，从全世界来说，都是很难得的。"

做人的淡泊境界

钱锺书是一位风华绝代的博学鸿儒，也是一位踏踏实实的作家、学者。中国传统文人推崇的那种为文与为人、文品与人品的统一，在钱锺书身上得到充分的体现。生命的睿智化作了他文章中的幽默，个性的超脱则变成了他笔底的渊博，而这一切又得力于他对功名利禄的淡泊。他热爱人生又超然物外，洞达世情却不染一尘，无论是什么疾风暴雨、桂冠荣名，一概泰然处之，真可谓宠辱不惊花开花落，去留无意云卷云舒，唯如此，才成就了一代宗师。

面对学术界对《管锥编》的盛赞，他轻描淡写地说：那不过是为了"销愁纾愤，述往思来，托无能之词，遣有涯之日"。面对中央电视台邀作"东方之子"，他唯恐躲之不及。对接拍《当代中华文化名人录》酬金的诱惑，他则轻松作笑道："我都姓了一辈子钱了，难道对钱还会那么感兴趣吗？"如此学识、人品，如此气量、胸襟，如

此个性、才情,我们只能以他自己的一首小诗论之:

> 晨书暝写细评论,
> 诗律伤严敢市恩;
> 碧海掣鲸闲此手,
> 只教疏凿别清浑。

不蹈故常，绝傍前人
——想念钱锺书

潘耀明

一、钱锺书唯一的访问记

今年是钱锺书先生（1910—1998）逝世十五周年，写到这里，我不禁想起钱先生在《围城》内有一段话："……文人最喜欢有人死，可以有题目作哀悼的文章。棺材店和殡仪馆只做新死人的生意，文人会向一年、几年、几十年、甚至几百年的陈死人身上生发。'周年逝世纪念'和'三百年祭'，一样是好题目。死掉太太——或者死掉丈夫，因为有女作家——这题目尤其好；旁人尽管有文才，太太或丈夫只是你的，这是注册专利的题目。"（《围城》第234页，人民文学出版社）

当然，以上这段话，只是小说里的文字，却带有讽喻味，今笔者自动送上门，真是罪过！

钱先生的学问如浩瀚大海，他学识渊博，精通五国文字。我看中国从古到今没有一个人能与他相比，单是《谈艺录》与《管锥编》

的学术成就，已足以震古烁今了。前者批评了自唐至清的诗文，古今互参，中西比较，契合印证，开创中国比较文学的先河；后者更是广征博引，穷探力索，"博览群书而匠心独运，融化百花以自成一味，皆有来历而别具面目"，可以"博大精深"四个字冠之。

钱先生少年时，自称读书的"食肠很大"，无论是诗歌、小说、戏曲、"极俗的书"——他曾告诉我，《肉蒲团》的文字也甚清通；还是"精微深奥"的"大部著作"，甚至"重得拿不动的大字典、辞书、百科全书"，他都"甜咸杂进"。这个习惯后来还在他的学术研究当中，加以贯彻，可以说，他兼具集各家大成，并衍生新义的"神功"。据钱先生夫人杨绛表示，他名叫锺书，"锺书只是'锺书'而已，新书到手忍不住翻阅一下"。钱先生岂仅"锺书"而已，难得的是，钱先生有过目不忘的本领。"锺书"者，读破万卷之书也。

钱先生的作品，还包括小说、散文。他的小说《围城》，对中国知识分子的心理刻画，妙到毫颠。这本小说于1947年由晨光出版公司出版，不到两年印了三版，读书界评价极高，当时上海的《大公报》给予高度评价，认为文字的铺展技巧，"每一对话，每一况喻，都如珠玑似的射着晶莹的光芒，使读者不敢不逼视又不得不眸上去，不相干的引典，砌在棱刺毕备的岩石缝里则又不觉勉强。作者的想象力是丰富的，丰富得不暇采撷，于是在庸凡的尘寰剪影里挤满了拊掇不尽的花果，随意地熟堕在每一行每一章"。

钱先生自1949年后便不再进行文学创作，加上他为人很低调，也没有公开的文化活动露面，海外知道他的行迹极少。海外有一段时间，曾流传钱先生去世的消息。夏志清先生于1976年还特地写了一篇悼念文章《追念钱锺书先生》。

钱先生的《围城》自1947年出版，新中国成立后一直没有重印，直到1980年这一年，人民文学出版社才重印出版。但在海外，夏志清在其著作《中国现代小说史》中已给予钱锺书先生极高的评价。所以海外读者知道钱锺书先生的很多。

夏志清指出："《围城》是中国近代文学中最有趣和最用心经营的小说，可能亦是最伟大的一部。作为讽刺文学，它令人想起像《儒林外史》那一类的著名中国古典小说，但它比它们优胜，因为它有统一的结构和更丰富的喜剧性。"

《围城》的第一本外文版是由美国印第安纳出版社出版，此后陆续出了俄、法、德、日、捷克等外文版，这些都是因夏先生的推荐，他功不可没。

我是直到1981年在翻译家冯亦代的介绍下，才认识钱先生的。那一年仲春，我们联袂前往钱先生三里河的寓所拜候他。

钱先生从来不接受访问。我那天打破了惯例，携带录音机，开宗明义地把钱先生的谈话录了下来，后来整理成访问记。这里也仗着钱先生与冯亦代多年的交情。

这是钱先生复出后唯一的一篇正式接受访问的访问记。那一次访问，钱先生虽然患了慢性支气管炎，但谈笑风生，妙语如珠，他谈了他还想继续写《管锥编》的计划和对《谈艺录》的修订，等等。此后，每次赴京，我都去探望钱先生和住在他毗邻的俞平伯先生。

在以后的日子，也与钱先生写了好几通信，钱先生几乎逢信必复。钱先生虽然学问渊博如汪洋大海，但对后学从来不居高临下，也不假于辞色，而是循循善诱，嘉勉有加，还不惮其烦地为后学排难解纷，令后学如沐春风，如沾雨露，终生受用。

钱先生写文章或做人处世，一丝不苟，而且亲力亲为，他在《访问记》(见拙著《当代大陆作家风貌》，台湾远景版)，表示准备续写《管锥编》。我建议他找助手帮他做一些杂务，以减轻负担，他认真地说："……有过建议说找一个助手帮我写信，但是光写中文信还不成，因为还有不少外国朋友的信，我总不能找几个助手单单帮我写信，并且，老年人更容易自我中心，对助手往往不仅当他是手，甚至当他是'腿'——跑腿，或'脚'footman。这对年轻人是一种'奴役'，我并不认为我是够格的'大师'，可以享受这种特权。也没有什么东西值得年轻人付了这样的代价来跟我学习。"

这番话，俱见钱先生的谦逊和恢宏的气度。

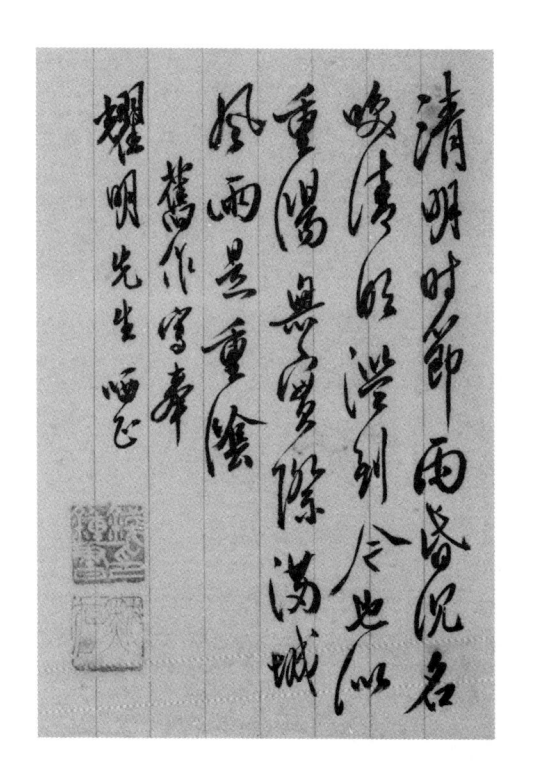

钱锺书1982年题赠彦火（潘耀明）的诗。写于1945年，题目："清明口号"。原诗今天读来，也有讽喻味。诗文如下：

清明时节雨昏沉，
名唤清明滥到今。
也似重阳无实际，
满城风雨是重阴。

二、钱锺书的一封长信

笔者于1981年4月访问钱锺书，录音访问整理后，曾给钱先生过目。钱先生在给我的复信中，有"那篇录音，在你是弦上之箭、喉头之痰，势在必发，志在必吐。只能认识必然性以享受自由了"之句！

也许这篇访问记整理后，还可以入钱先生的法眼，他后来在他的《宋诗选注》（香港天地图书公司出版）的序言中，特别加以摘引。

最近在整理钱先生给我的信札中，发现一帧1982年1月13日他亲笔写的新春祝贺的题字，倍添温馨。

与钱先生通信，钱先生大都以一手漂亮的毛笔字复信。在所有钱先生的信札中，只有一帧是用圆珠笔写的，很是罕见。也许这封信要回复笔者所探询的问题太多，用毛笔字作答，不免费力，所以他改用圆珠笔。这封信也许可以为研究钱锺书先生提供一个素材，特全信照录如下：

彦火先生文几：

得信甚感。弟一病经年，精力衰退。来函所询各节，只能略道梗概。《谈艺录》重印事，请阅《增订本》序文，便知经过；此书重印后，不及一年，即复再版，颇易得也。《人民日报》之舒展兄、花城出版社之黄伟经兄皆于拙著嗜痂有癖，舒兄并着手分类编选；二君怂恿，弟"烈女怕缠夫"，不得已允其请。至拙集云云，则台湾苏正隆先生与中华及香港天地接洽后，又亲自惠临，言定将出版拙著七种为一集。弟去夏得大函后，奉覆一信，后港友剪寄报纸，见兄一文已将敝函撮要发表。《宋诗选注》将由此间人民文学出版社第六次重印，同时由香港天地出版，弟应天地陈松龄先生之请，作一短序，序中即引大著《风貌》中一节，并标明兄大名；该序由陈松龄先生交《文汇报》发表，兄一检即得。窃意大著如由台湾新版，可不妨将去年弟函（论毕业论文事）及今年该序中有关处补附，以见兄我交情。其余不必增改，以存当时面目。弟久不照相，无堪奉寄。题签遵命写就呈上，病后腕力目力都不济，恐徒玷大著，如不合用，即抛弃之，万不客气。最新出版之《随笔》（1988年第4期）上有一旧友记弟旧事者，末尾引弟今春与彼之信，弟之近况尽此信中数语。草草奉覆，即问

暑安

钱锺书　上　七月廿七日
杨绛问候

钱锺书先生这封信，所包含内容甚多，信是1988年7月27日发出的。钱先生长期患有哮喘病，不时复发，信中提到"精力衰退"，并无虚言。

信中对《谈艺录》的出版及台湾、香港版《钱锺书作品集》着墨较多。

钱先生的《谈艺录》完成于上世纪40年代。夏志清对此评价甚高："钱著《谈艺录》是中国诗话里集大成的一部巨著，也是第一部广采西洋批评来译注中国诗学的创新之作。"

钱先生在1981年接受我的访问时表示，他对《谈艺录》不满意，要"全心痛改"。他还取出旧版本，上面不少篇章有他修改的蝇头小字，密密麻麻。他当时曾表示不大可能出版，最后终于在三年后出版。一时洛阳纸贵，这就是钱先生在信中所说，重印后"不及一年，即复再版"。

这本书于1988年11月出台湾版。

信中也提到《人民日报》的编辑舒展和广东花城出版社的编辑黄伟经，因钟爱钱先生的著作，如信中所说"皆于拙著嗜痂有癖"，

提到舒展把他的著作"分类编选"。

信中提到的台湾"苏正隆先生",乃是台湾书林出版社老板,在他的奔走下,在台湾出版了七卷本《钱锺书作品集》,正是钱先生信中所提的"拙著七种为一集"。

至于《宋诗选注》,也是钱先生的另一部扛鼎之作,却命途多舛。据钱先生对我说,这本书于1958年出版后,"正碰上国内批判'白专道路',被选中为样品,作为'资产阶级文学研究'的代表作,引起了一些批判文章"。

钱先生自己对这部选本颇有自得之意。他告诉我,日本京都大学小川环树先生在《中国文学报》写了一篇很长的书评,作了肯定,说"有了这本书以后,中国文学史的宋代部分得改写了"。

《宋诗选注》出版后,当时在台湾的胡适辗转读到原书,曾做了评论:"黄山谷的诗只选四首,王荆公、苏东坡的略多一些。我不太爱读黄山谷的诗。钱锺书没有用经济史观来解释,听说共产党要清算他了","他是故意选些有关社会问题的诗,不过他的注确实写得不错。还是可以看的"(《胡适之先生晚年谈话录》,1959年)。

信中说,钱先生在香港天地图书版本的《宋诗选注》短序中,曾引用拙著《当代中国作家风貌·正、续编》中一节(香港昭明版)。《当代中国作家风貌》后来易名为《当代大陆作家风貌》,由台湾远景出版社出版。钱先生希望我把在原书中,论述他毕生文学创作的文章,即信中所指"论毕业论文等"及他关于《宋诗选注》序言新增材料——"该序中有关处补附"加上去。

我曾请钱先生为拙著台湾版《当代大陆作家风貌》题签,钱先生题来后,可惜书出版后发现台湾版却没有用上,令人遗憾!

三、钱锺书的妙喻与幽默

在现代社会,特别是当今的商业社会,生活之弦绷得紧紧的,幽默是生活中不可或缺的润滑剂。德国作家胡戈在《傻瓜年谱》中指出:"人生越严肃,就越是需要诙谐。"

什么是真正的幽默?美国作家休斯下了注脚:"所谓幽默,是到口的肥鸭竟然飞了而还能一笑置之。"

休斯所谓的"一笑置之",不一定指的是开心的笑,也许是心有不甘的苦笑哩!在这个骨节眼上,当然苦笑比勃然大怒或恼羞成怒得宜,或相对恰然得多了。

马克·吐温更是说到骨子里去:"幽默的内在根源不是欢乐,而是悲哀;天堂里是没有幽默的。"

走笔至此,读者肯定感到索然无味,因为这太像抛书袋,抛得太不像样了,一点幽默也没有。

谈到幽默,在中国作家之中,我首先想起林语堂,他老人家早年还办过《幽默》杂志。

如果要月旦或贫嘴,林语堂式的幽默也许还是属于休斯式的,源自美式的幽默——美国人临死之时,往往还不忘幽自己一默——开自己的玩笑。说穿了,也不过是强颜欢笑而已。

说到幽默的深刻,钱锺书先生倒是少有的例子。

过去在与钱先生交谈中,曾摘下他在讲话中的妙喻与幽默。兹录如下:

他在谈到老年人说道:"老年人是不能做什么估计的,可以说是无估计可言。我觉得一个人到了五十岁以后,许多事情都拿不定。""比如日常的生活问题,也不易应付,小如一张凳子、一扇门、一层楼,都是天天碰到的东西,也可以任意使用它们,一届年老了,好像这些东西都会使乖,跟你为难,和你较量一下,为你制造障碍。至于身体上的功能,包括头脑的运用,年轻时候可以置之不理的,现在你都得向它们打招呼,进行团结工作,它们可随时怠工甚至罢工(笑)。所以我的写作计划不是没有,但是只能做到多少就算多少。"

谈到他的代表作《围城》,他说道:"代表?你看我这个是代表什么?又不是'人大代表'的代表(笑),所以也没所谓代表不代表,你说是吗?只是我过去写的东西,要说代表,只能说代表过去那个时候的水平,那个时候的看法。现在我自己并不满意。那个时候写得很快,不过两年的工夫。这次重版之前,我重新看了一看,觉得许多地方应当改写,重写,因为错字错得很多,但要改写,甚至重写是很花工夫的。我当时只在词句上做了很少很少的修改,但出版社一定要出,只好让他出。假如——天下最快活的是'假如',最伤心的也是'假如'(笑),假如当时我的另一部长篇小说《百合心》写得成,应该比《围城》好些。但我不知是不是命运,当时大约写了二万字,一九四九年夏天,全家从上海迁到北京,当时乱哄哄,把稿子丢了,查来查去查不到。这我在《围城》的《重印前记》提到过,倒是省事。如果稿子没有丢,心里痒得很,解放后肯定还会继续写。如果那几年(笔者按:指"文革")给查到,肯定会遭殃!"

在谈到他的《宋诗选注》,他说道:"选诗很像有些学会之类选举会长、理事等,有'终身制''分身制'(笑)。一首诗是历来选本都

203

选进的,你若不选,就惹起是非;一首诗是近年来其他选本都选的,要是你不选,人家也找岔子。正像上届的会长和理事,这届得保留名位,兄弟组织的会长和理事,本会也得拉上几个作为装点或'统战'(笑)。所以老是那几首诗在历代和同时各种选本里出现。评选者的懒惰和懦怯或势利,巩固和扩大了作者的文名和诗名。这是构成文学史的一个小因素,也是文艺社会学里一个有趣的问题。"

在说到写文章时,他说:"有一位叫莱翁·法格(Leon Fargue)的法国作家,他曾讲过一句话,写文章好比追女孩子。他说,假如你追一个女孩子,究竟喜欢容易上手的,还是难上手的?这是一个诙谐的比喻。就算你只能追到容易上手的女孩子,还是瞧不起她的。这是常人的心理,也是写作人的心理,他们一般不满足于容易上手的东西,而是喜欢从难处着手。"

谈到写《回忆录》,他说:"一个作家不是一只狗,一只狗拉了屎,撒了尿后,走回头路时常常要找自己留下痕迹的地点闻一闻、嗅一嗅(笑)。至少我不想那样做。有些作家对自己过去写的文章,甚至一个字、一段话,都很重视和珍惜,当然,那因为他们所写的稿子字字珠玑,值得珍惜。我还有一些自知之明。去年有人叫我写自传,亦代是居间者,我敬谢不敏。回忆,是最靠不住的,一个人在创作时的想象往往贫薄可怜,到回忆时,他的想象力常常丰富离奇得惊人(笑)。这是心理功能和我们恶作剧,只有尽量不给它捉弄人的机会。你以为怎样?反正文学史考据家不愁没有题目和资料,咱们也没有义务巴巴地向他们送货上门。"

……

从以上钱先生谈话的摘录可知,钱先生是深谙幽默之道的。他的幽默，偶尔也含有谐谑成分的——今人俗语所指的"恶搞"，如他说写回忆录像狗撒了屎尿，还要回头嗅一嗅、闻一番；写文章像追女孩子一样，追得到，不一定瞧得起她。其中也有笑中带泪的，如"写作计划"与政治运动的冲击，"假如"的伤心与快活；老人的日常生活遇到棘手的问题……

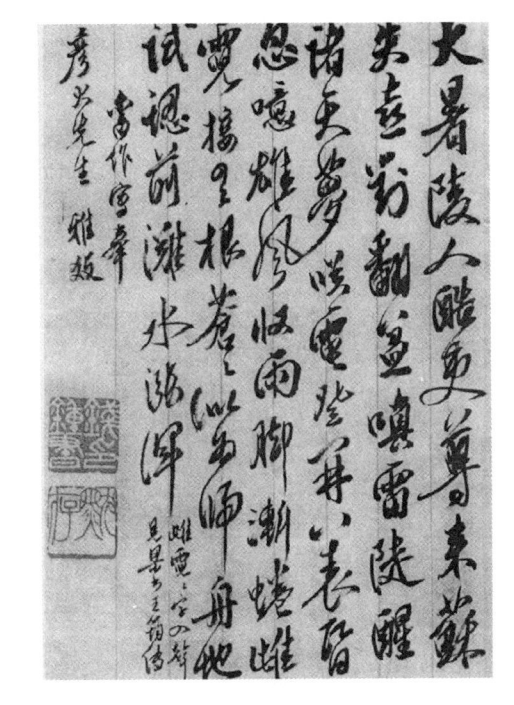

以上钱先生所作的比喻，若合了马克·吐温所说的"幽默的内在根源不是欢乐，而是悲哀"，特别是对当代的中国人而言。

四、钱锺书妙谈官话和流水

钱锺书先生本人便是一部博大精深的巨构，能通读其作品，戛戛乎其难也。单是他的《管锥编》及《谈艺录》，要入其堂奥谈何容易，能读通的人相信也只有凤毛麟角。

他的挚友柯灵便是其中的佼佼者。柯灵在《促膝闲话锺书君》一文，对钱先生的学问刻画得入木三分：

钱氏的两大精神支柱是渊博和睿智，二者互相渗透，互为羽翼，浑然一体，如影随形。他博极群书，古今中外文史哲，无所不窥，无所不精，睿智使他进得去，出得来，提得起，放得下，升堂入室，揽天下珍奇入我襟抱，神而化之，不蹈故常，绝傍前人，熔铸为卓然一家的"钱学"。渊博使他站得高，望得远，看得透，撒得开，灵心慧眼，明辨深思，热爱人生而超然物外，洞达世情而不染一尘，水晶般的透明与坚实，形成他立身处世的独特风格。这种质量，反映在文字里，就是层出不穷的警句，因为他本身就是一个天才的警句。渊博与睿智，二者缺一，就不是钱锺书了。

柯灵说钱先生"他本身就是一个天才的警句"，因为能"揽天下珍奇入我襟抱，神而化之"，加上"灵心慧眼"，所以下笔文思泉涌，妙句妙喻油然而生。

许多研究者大都从他的作品如《围城》及学术著作去见证他的妙思妙喻妙见及警句，其实他的散文也处处生花，句句机锋。

我们且以世人较少闻问的两篇短文为例。其一是《报纸的开放是大趋势》；其二是《表示风向的一片树叶》。前者只有两百字，后者也只有六百字。

《报纸的开放是大趋势》文章极短，却击中要害。开首的一段原话是这样的：

> 我们现在是个开放中的社会，报纸的改革就是开放的一个表现。今年报纸的开放程度已经出于有些人的意外了，这是大趋势。官话已经不中听了，但多少还得说；只要有官存在，就不可能没有官话。

文章第二段提到"《光明日报》影响很大"的字眼，理应是为《光明日报》而写的，文末却注明："原载《人民日报》一九八八年九月二十二日。"（《钱锺书散文》，浙江文艺出版社）从这一注解揣摩，原文大抵是为《光明日报》而写的，却为《人民日报》所转载。

我翻查了钱锺书著作目录，果然估计不错，原文最初登载于1988年6月3日的《光明日报》，题目是《报纸的开放是大趋势——我看〈光明日报〉》。从时间看，文章率先于1988年6月3日《光明日报》披露，却为三个多月后的9月22日《人民日报》所转载。《钱锺书散文》的编者说是原载《人民日报》，不是笔误，就是别有用意。

那一个年代，内地呈现出开放局面，传媒从过去的一言堂局面走向多元意见，是叫许多文化人鼓舞的事，所以钱锺书的文章有"今年报纸的开放程度已经出于有些人的意外了"，并喜滋滋地以为"这是大趋势"，一矢中的地指出"官话已经不中听了"，其歇后语，大抵是"官样文章可以休矣"！

不管怎样，"官话已经不中听了"，从古到今已是客观事实，不过于今为烈罢了。至于装腔作势的打官腔、写官样文章，更是令人闻风而遁，甚至适得其反。邓小平自己也不喜欢不着边际的官话，喜欢讲"不管白猫黑猫，会捉老鼠就是好猫"的平实而简洁的话，用平民语言来传达改革开放信息，结果全国老百姓都听进去了，从

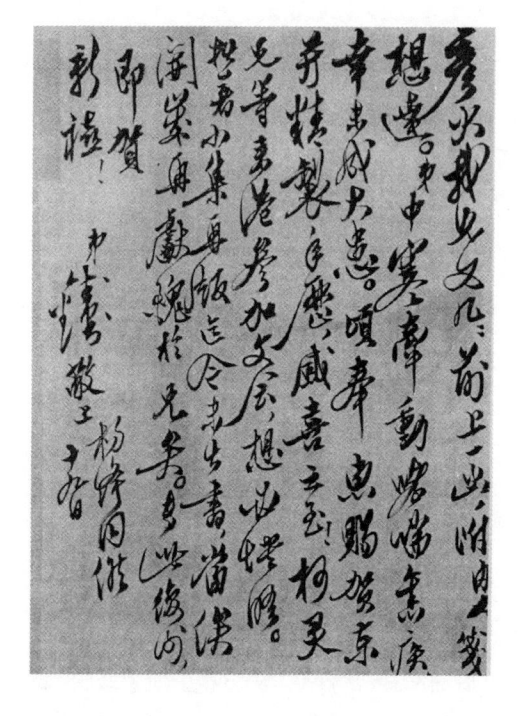

而使改革开放一举成功。

至于《表示风向的一片树叶》,我在《钱锺书著述·目录》中查到一条注目:"载一九八八年九月廿六日《人民日报》"。后来根据这一线索,在《钱锺书散文》和网上都查不到,最后打了一通长途电话给上海同济大学的喻大翔教授,请他代查一下,结果还要劳动他跑了一次上海图书馆才查到原文。

原来钱先生这篇文章是为他在台湾出版的《谈艺录》而写的。钱先生写道,"君家门前水,我家门前疏"往往变为"盈盈一水间,脉脉不得语",就像海峡两岸的大陆和台湾这种正反转化是事物的平常现象,譬如生活里,使彼此了解、和解的是语言,而正是语言也常使人彼此误解以至冤仇不解。

水原是流通的,但也会有阻隔的时候,"由通而忽隔,当然也会正反转化,由隔而忽通"。海峡两岸的大陆与台湾的水域,过去正是"盈盈一水间,脉脉不得语",因政治的原因,由流通而阻隔,只有咫尺天涯之慨!后来由文化带动,忽而由阻而通了。

钱先生登陆台湾的第一本书《谈艺录》已是1980年代后期的事，之前在台湾地下书店流通的，都用"哲良"或"默存"为笔名。钱先生小名仰光（又作仰宣），学名锺书，字哲良，后改默存。当年台湾警备司令部并不知道"哲良"或"默存"是钱锺书，正如不知道"周豫才"是鲁迅一样，从而使新文学的这一朵薪火，可以在台湾这个海岛断断续续、明明灭灭地延续下来。

水是流通的，人为力量是阻隔不住的，海峡两岸后来的"三通"，证明钱先生的预见是英明而正确的。

怀念钱锺书先生

张世林

1986年，中华书局新创办了一本杂志——《书品》，就是专门品评介绍中华版图书的书评刊物，用主编赵守俨先生的话说，就是自己评自己，优点和缺点都可以说；也可以是夫子自道，由作者自己讲述研究和著述中的甘苦。我是杂志的责任编辑，为了办好这本小刊物，当务之急就是要建立起一支高水平的作者队伍。为此，在创办的过程中，我曾先后拜访过许多位大名鼎鼎的专家学者，钱先生就是其中的一位。

那时的钱先生虽不像后来由于小说《围城》被搬上了电视荧幕而家喻户晓，但是在学术界和出版界，一提到他的大名，确是如雷贯耳。我呢，只是区区一名小编辑，按说怎么好去打搅他呢？更何况听说他一向淡泊名利、惜时如金，从不愿接受外人的采访。可是为了办好《书品》，为了能得到钱先生的支持，我还是鼓足余勇，拿着刚刚出版的创刊号，轻轻地叩响了钱先生的宅门。我当时想，若开门的人告诉我钱先生不会客，我放下书就走。没想到来开门的是杨绛先生。我忙红着脸一边自报家门,一边说是周振甫先生介绍我来给他们送书的。杨先生听后,便客气地把我让进客厅,说先坐一下,她去叫锺书过来。直到这时,我那颗悬着的心才稍稍放了下来。不一会儿,杨先生端着一杯茶,后面跟着身穿灰布中式对襟棉袄的钱先生一同走来。我见了忙站起来,很有些局促不安。钱先生则一边走过来一边说:"快坐下。"说着他自己坐在了我旁边的沙发上。这时杨先生把茶放到小几上,轻声地说:"喝点茶吧。"我刚点了下头,他接着问:"你在中华书局工作?具体做什么?"钱先生的问话声音也是轻轻的,一脸的儒雅和慈爱。我这才赶紧从包里拿出《书品》创刊号来,恭恭敬敬地递给先生,"这是中华新创刊的一本杂志,我是责任编辑。"先生接过去认真翻看了几页后,递给坐在旁边的杨先生,说:"你也看一看,印制得还不错。"我见二老兴致挺高,忙不遗时机地说道:"这本小刊物是季刊,一年出四本,以后想送给你们,听听意见。""好呀,可就是麻烦你了。""能来看你们,我该多高兴啊!"我不敢多浪费二老的时间,说完话就起身告辞。杨先生一直把我送到门外。

关注爱护一本刊物

从这以后,每出版一期新的杂志,我都要赶紧给二老送去,希望能听听他们的意见,更希望他们也能为《书品》写点什么。钱先生对这本小杂志看得还是很认真的。

他在创刊不久,即 1986 年的 6 月 28 日写信给编辑部称:"刊物中文章甚引人入胜。"并就创刊号上《读〈水窗春呓〉后》一文中提

《书品》季刊杂志创刊号封面

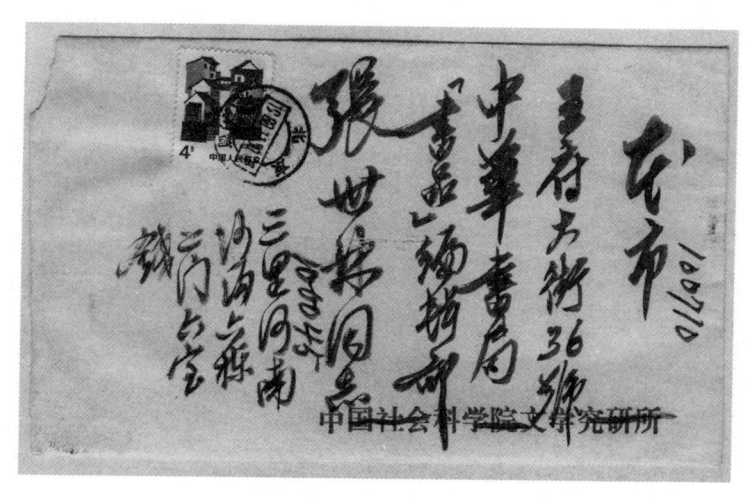

到的在清代传记中不见作者生平记载事指出："其人数见于晚清人文集、笔记，拙著《七缀集》一二一页即提到'那位足智多能的活动家金安清'，并引俞樾作金寿序。"可见先生对这本杂志的关注和爱护。有一次他还当面对我讲："你们办的这本杂志口碑很好，来我这里的几位先生都提到了它。"能得到钱先生的称赞，我心里甜甜的。但最想得到的还是

钱锺书先生致张世林先生信信封

先生的文章。那时先生的大著《谈艺录》(补订本)刚由中华书局出版不久,在读者中间引起了极大的反响,一时间"洛阳纸贵"。也有不少人反映读不大懂。于是我把这些情况当面汇报给先生,并借机提出可否请他写一篇《我和〈谈艺录〉》的文章,向读者介绍一下撰写该书的想法和用意,交由《书品》发表。听了我的提议,先生没有反对,只说可以考虑。这真让我有点儿"喜出望外"。大约过了一段时间,先生打电话叫我给他带一本《谈艺录》去,说是发现书中有一些错误,需要改正过来。我赶忙给他送去一本。他说手头的书都已送光了,想再买一些,书局说还没有印出来,就托我带一本来,把发现的问题直接改在书上,以便重印时对照改正。我听后回到单位赶紧又给先生找了一本寄去。

那一段时间,先生的身体有些不适,几次去看望,杨先生都说医生不让他见客谈话。过了一段时间,忽接到先生寄来的一本书,就是他亲手修订的那本《谈艺录》,里面还夹着一封给我的信(见图一)。我把那本书交给了有关的

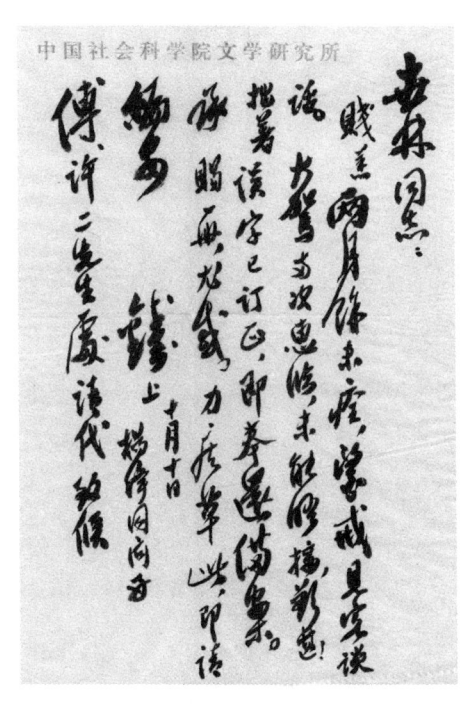

图一:钱锺书先生信手迹。信写于一九八八年十月十日

213

编辑室。信录如下:

世林同志:

　　贱恙两月余未瘥,医戒见客谈话。大驾多次惠临,未能晤接,歉甚! 拙著误字已订正,即奉还备案。承赐一册,尤感。力疾草此,即请
编安!

钱锺书上　杨绛同问好
十月十日

傅、许二先生处请代致候

世事洞明

　　先生是一个挺随和的人,特别是对年轻人,不像人们想象的那样不好接触。每次我去看望他们,有时是先生来开门,见是我便高兴地让进客厅,还亲自给我倒茶。我知道他的时间很宝贵,把要办的事或要说的话赶紧办完、说完,就准备告辞。但他有时并没有要我走的意思,而是坐在旁边的一张躺椅上和我谈天。先生是一个很健谈的人,有时他一谈就是半个小时或四十分钟,当然了,我只能在一边静静地听,一句话也插不上。他讲完了,便站起来说:"今天就谈这些。你还有事吗?"我这才慌忙起身告辞。先生同我讲的那些话,只可惜我当时没能记录下来,因为有些我也听不大懂。但有一次谈到钱穆先生,却给我留下了深刻的印象。他说:"他岁数比我大,但若按家谱算,我辈分比他高。今年(可能是1989年)正值苏

州建城二千五百年,中央出于统战工作的需要,想请他回大陆看看。由谁去信邀请呢?于是便想到了我。一位领导出面,要我写这封信。依我对他的了解,我相信他接到我的信也是绝不会回来的。有可能还会来个反统战。我说出了我的考虑,但来人坚持要写。没办法,我只好写了信。可是,果不其然,没过多久,我给他的信连同他的声明就在香港的一家报纸上发表了。"我想,依先生之世事洞明,他是不愿意写这封信的。可惜的是,两位先生均已作古,看不到今天两岸的关系发生了多么大的变化了。

严谨不通融的侧面

先生又是一个很严谨的人,不管对谁,他认为不可以的事情,都很难通融。1988 年,为了庆祝《书品》创刊三周年,我们请了一些著名学者题词勉励,这其中当然就想到了先生。于是,我便把这一想法写信报告给他,没想到很快接到了回信(见图二)。信写得很客气,不但不同意为《书品》题词,还举出了 1987 年中华书局为庆祝成立七十五周年时曾派专

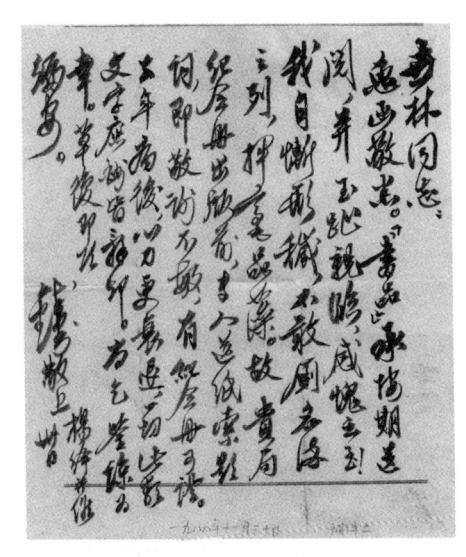

图二:钱锺书先生信手迹。信写于 1988 年 11 月 30 日

人送纸索题未果一事为例。真是拒绝有方。信录如下:

世林同志:

　　惠函敬悉。《书品》承按期送阅,并玉趾亲临,感愧之至!我自惭形秽,不敢厕名流之列,挥毫品藻。故贵局纪念册出版前,专人送纸索题词,即敬谢不敏,有纪念册可证。去年病后,心力更衰退,一切此类文字应酬皆辞却。尚乞鉴谅为幸。草覆即颂

编安。

钱锺书敬上　杨绛并候
卅日

通读东西方大经典

　　先生还是一个博览群书、学贯中西的人。这方面的事见诸报道的已经很多了,我只想举一件亲身经历过的事。有一天先生给我打电话说:"从《书品》上得知,中华书局出版了《中华大藏经》的前五十册,你下次来时方便的话,可否将前五册带我一阅?"没过几天,我便将这厚重的五本书带给了先生。不到两个礼拜,又接到了先生的电话,要我再给他借六至十册。我把书交给先生后,他告诉我:"前五册已经看完了,你带回去吧。以后我每次就借五册。"要知道,该书是影印本,大十六开,精装。这么快,先生就看完了?先生见状,又补了一句:"我这已经是第四次看《大藏经》了。"听完后我心想,《中华大藏经》全部出齐要有二百二十册,甭说看四遍了,

连一本都看不明白。走出门来,我还在想先生是不是夸张了呢?真是以小人之心度君子之腹。不过,我还是每隔十几天便去先生家送去新的五册,取回看过的五册。就这样,我帮先生借了一段时间的书。

先生去世以后,他的挚友李慎之写过一篇悼念他的文章——《石在,火是不会灭的》,其中记下了这样一个情节——躺在病床上的先生对前来看望他的好友说:"这一辈子没有什么可遗憾的了,东方的大经大典我看过了,西方的大经大典我也看过了。"听了这话以后,李先生感慨道:"环顾宇内,今天的学人有谁能说出这样的话呢!"读到这里,我好惭愧!我只能为先生借书,却根本读不懂先生这部大书!

如今,先生离开我们已经整整十年了。这期间我总想写点什么表达对先生的纪念,又总担心自己这支拙笔写不出先生的精神风貌于万一。可是,上面这些事情都是我亲身经历过的,我还是如实地记录下来,一可以了却自己的一桩心愿,二希望能和广大爱戴先生的读者共勉。

从一则旧日记说起

丁建新

做了几十年的图书编辑,经手的书稿难以计数,其中印象最深者,是钱锺书先生的《宋诗纪事补正》。

日前整理旧文,翻检日记,发现一则与《补正》有关。就先抄在这里,再略为展开说说。

2002 年 12 月 19 日

今天是钱先生去世四周年的忌日。社里赶着装订出几套《宋诗纪事补正》,由我今早送到北京,杨先生一套,栾先生一套。

四年前的 12 月 21 日,是钱先生出殡的日子。那天格外的冷,据说是冬至日。老李和我也在北京,当天上午,一面记挂着八宝山的情况,一面办完了《补正》最要紧的一件手续。杨先生、栾先生和我社签订了出版合同后,我们开始着手这部书稿的编辑工作。很快两三个月内便先印出了两册样书，同时出版了纪念文集《一寸千思》。如今四年过去，终于可以说大功告成了。

到南沙沟才刚过8点。磨蹭了一会儿，进院上楼摁门铃。杨先生似乎有些感到意外，看来老李没提前打电话告知。略略解释了一下，忙着打开包装。簇新的十二册书，厚厚的两摞。杨先生将挂在胸前的花镜戴到眼前，细细地翻阅起来。我于是拣出头一册和最后一册递过去。

杨先生说：天地头是不是小了些？我解释这是供多数读者看的，是普及本，另有大开本的正在印。杨先生笑了，说，这种书，是怎么普及都普及不到哪里去的。

杨先生翻到书前的插页，默默地端详彩印的钱先生手迹。商务印书馆30年代版的《宋诗纪事》，书页上的天头地脚以至行间，密密麻麻，到处是钱先生几十年间陆续做的笔记。其中有随手写下的议论，有红笔画的圆圈，更多的是摘抄的宋人有关诗作。笔迹有毛笔的、铅笔的、钢笔的，还有圆珠笔的，斑斑驳驳，仿佛大树的年轮。我没作声，看着老人的侧脸，灰白的头发梳理得一丝不苟，眼镜后是专注的眼神。她想到了什么？朝夕相处大半个世纪的丈夫，还是他靠在躺椅上一边读书一边批注的往事？

杨先生浏览过目录，又把序言看了一遍。翻到开篇的宋太祖诗，她对我说，记得《咏初日》"太阳初出光赫赫"中的"赫赫"，另有写作"辣挞"的。我不解其意，她于是起身到里间，找出另一部宋诗选本来给我看。后来，我翻到卷首印有钱先生像的一页，说大家都很喜欢这张照片，除了衣服嫌旧了些。杨先生笑着说,他一辈子就是这个样子,并不讲究的。又让小吴取来以前两次洗印的同一张照片做比较,称赞我们把颜色调得恰到好处。看来,对这套书能够在钱先生仙逝四年之际问世,老人还是很欣慰的。

拿起最后一册,我说到社里组织核对索引时的艰辛,不禁感叹栾先生为这部大书付出的心血。杨先生当然也有同感,说序言里已经写到了。还说假如没有栾先生的劳动,这本著作是不可能完成的,问怎样感谢栾先生才好。我想了想,也没主意。"没办法,是他们爷俩处到这个份儿上了。"我说。

商量好想到的一些事项,不知不觉一个小时过去了。杨先生问:就这些了吧?我顺势告辞,一边想,尽管没人提起今天这个特别的日子,大家心里可是都明白着的。我虽然每次来都想多坐一会儿,可今天真的该让老人家独自静静地度过。

出得门来,一早就下起来的小雪,依然不紧不慢地洒落着。走在小区里,想到纪红拍的神来之笔般的那张照片,当年钱先生和杨先生并肩走在树下小径上的背影,那该是就在我脚下这条路上抓拍的吧。斯人已逝,风物依然。我们这些后来人,对此又能说出些什么?

地面一片素白,天空是沉重的铅灰色。扫雪的工人、值勤的武警,仿佛都在视界中消失了。天地之间,除了缓缓飘下的雪花,只有我在踽踽独行,努力地走向隐隐传来车声的大街,回到仍然勾连着的现世人生中去。

220

《宋诗纪事》是清人厉鹗所编的一部宋人诗集,上百万字。在前人对宋诗的整理成果中,这部诗集成就非凡。钱先生评价它"规模很大,用处不小",称赞它"不用说是部渊博伟大的著作",也指出了它的缺点:有些书籍没有采用到,比如《永乐大典》等;有些采用得不彻底,比如《瀛奎律髓》等;还有些所谓采用实为不可靠的转引,比如某方志等,显著的错误包括开错书名、删改原诗。然而,它毕竟供给了难得的材料,大大开拓了后人研究的路径,"至少开出了一张宋代诗人的详细名单,指示了无数探讨的线索"。显然,这样一部重中之重的古籍,虽有《四库全书》障目,犹须加以科学化的整理和补充,以扩展宋诗研究的大视野,推进其高格局。

早在20世纪40年代,钱先生便开始在手边的一部《宋诗纪事》上做批注。数十年积累,形成了《宋诗纪事补正》的素材。它的正式撰成始于1982年,在《管锥编》出版之后,已倦于再著的情状下,钱先生投入大量时间精力,使这部书稿渐臻完善。《补正》再度显示了钱先生深厚的治学功力。它征引丰富,议论精到,深广相宜,妙趣横生,是钱先生创建的新型读书笔记,更是钱先生宋诗研究中着力于文献整理的方向性科学著作。

《宋诗纪事补正》成书,前后经历三稿。先是由钱先生的小友栾贵明,将钱先生写在《宋诗纪事》上的文字一一誊录下来,并由钱先生全文深入索引原书校正补充。初稿校补期间及以后,钱先生又陆续大量增补批示,再由栾先生抄成第二稿,同样由钱先生再全部审读。一向严谨精细的钱先生,随后又加补充和订正,形成更翔实的第三稿,依然亲自审定;钱先生对第三稿审读了绝大部分之后,方才表示无须再看，但提示应该避免重见复出。这后两稿，无论按照钱先生指示遍查典籍，还是将钱先生的补正逐一录入，种种精细的工作仍由栾先生主持。全书最后达到三百三十八万字，十二大册。历时二十年，其间只有田奕等一两位学生助力。种种繁难辛劳，以及使电脑能够有效引入《补正》，担任责任编辑的李英健和我，在接手稿件之后方才有所领会，不能不肃然起敬。

需要指出的事实是：该书的编撰，包括近四千位宋诗作者集外散在作品的搜集，工作量之大是空前的。而这项巨大工程没有政府的任何资助，做得又有头有尾，令要求严格的钱先生满意欣喜，可谓第二个空前。还有一个空前，就是根据钱先生的倡议，全面采用了他们自己研制的中文电脑系统。该系统具有复杂的排版技能，在以辑佚为重点的"中国古典数字工程"中取得了全面的成功。这三个空前，令人称羡不已。

《补正》问世不久，即传有"出处"的异议。我理解这是施工完毕，"脚手架"需要拆除。成功而须分功？我知道栾先生对功名之事一向看轻，怀疑可以，作判则越。

过不久，再传出"署名"的异议。这次我向社领导请示，领导说，该书合作人不是争署名，而是推让。全部原稿八开纸，不少于三千三百张，加上排印稿，整整一书柜，保存完好。稿费栾先生本人一分没拿。二十年的工程量随风而去。他俩老少爷们是起的化学反应，用违背钱先生本意的物理方法区分不开。

前些日子，我见到沉默的栾先生。

我问："《补正》的事往下怎么办？"

栾说："咱们一起办，听钱先生的话。"

我说:"未必吧。"

栾说:"只有一件不听。"

我说:"好,我记得钱先生在原稿上写给你的话,不止一处,应该公布给大家看一看。"

栾说:"可以。但结果不可更改,仅此一件。"

本条批语原文:"好!即此一补本书必署大名,无可争议,客气费话,何必多事哉!"

钱锺书此条批语与全稿一致,以铅笔写在页端,编号六千一百八十,位置应在成书第 8 册第 57 卷第 4036 页,在庞谦孺的名下。根据先生规定,全书千余条批语,不在《补正》中直接引用,而另行处置。

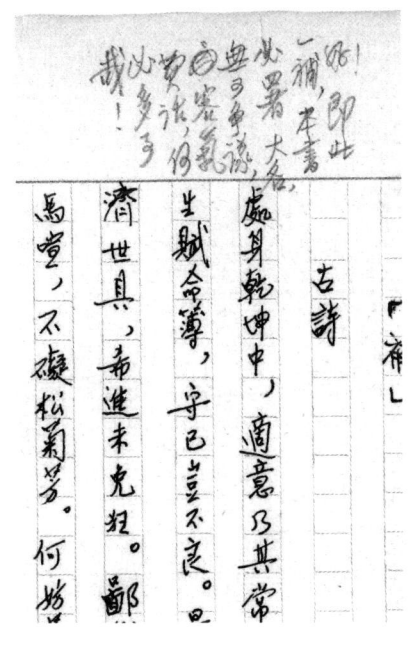

2020 年 5 月 14 日

追忆钱锺书伯伯的点滴往事

吴 同

冬去春来，花落花开，转眼钱锺书伯伯已经走了十多年了。依照其遗愿，不建墓碑，骨灰无存。一代国学大师、"文化昆仑"就这样离开了，潇洒如浮云，宛若其人。

幼时在中关园，钱伯伯是我家座上客之一。他们一家经常于傍晚在小树林一带散步，途经我家门前，钱伯伯常会驻足，让妻女先行离去。每次钱伯伯来访，都会在父亲的书房中坐上一两个小时，天南地北、中外古今地聊上一阵。两人同为江浙人，年龄相差近十二岁，实为忘年之交。

他们的友情始于1940年代，其时正逢钱伯伯的《谈艺录》问世，在文学界掀起巨澜，可谓"一石激起千层浪"。然而此书属"阳春白雪"之作，因之曲高和寡，知音甚少。我父亲当时为燕京大学西语系一年轻教授，读了《谈艺录》后，父亲写信给钱伯伯提了一些意见。

父亲的意见全部为钱伯伯采纳，随之对《谈艺录》做了部分修改。两人长达二十载的友谊自此开始,父亲也被冠以"小钱锺书"之称。这一友情在其后的漫长岁月里如不尽而来的滚滚长江,川流不息,奔腾向前,经历了"反右"及"文革"的严酷考验而历久不衰。

树大易招风,才高易招妒,古来如此。钱伯伯1998年去世后,关于他的文章如雪片漫天飞舞,褒贬不一。虽以赞扬者居多,但也有一些人批评钱伯伯恃才傲物,更有少数人对其学术成就提出质疑。

我绝对不敢评价钱伯伯的学术造诣,因为深知自己才疏学浅,渺小如沧海一粟,而钱伯伯就是那一望无际的浩瀚大海。不过对于钱伯伯之秉性为人,我是亲眼目睹、亲身经历过的。

在我印象中,钱伯伯属于那种锋芒毕露之人,喜怒形于色,爱憎极分明。他眼中容不得半点沙粒,对于看不惯的人与事,钱伯伯绝不掩饰自己的感觉,说起话来不留情面,言辞尖锐,也因此得罪了一些人,其中不乏享有盛誉的知名学者。不过对于自己的亲朋故旧,钱伯伯总是充满深情,古道热肠。

我永远不会忘记"文革"初期我父亲含冤辞世后,钱伯伯、钱伯母对我们母女解囊相助,恩深似海,永世难忘。

我母亲是钱伯伯在社科院文学所多年的同事。虽然父亲与钱伯伯过从甚密,但母亲与其交往并不多。"文革"开始后,"横扫一切牛鬼蛇神",连我母亲这一"名不见经传"的无名小卒也未幸免。她的工资被扣发,每月只能领三十二元生活费,我们一家生活顿时陷入困境,拮据万分。

那时,她每天与钱伯伯等多名"反动学术权威"一起在社科院大院里劳动。钱伯伯几次趁看管人员不注意时悄悄对母亲说:"蔚英,生活上有困难尽管告诉我,千万别客气。"寥寥数语使母亲难以自制,泪如泉涌。其时钱伯伯自己也是"泥菩萨过河——自身难保",却还惦记着我们一家。

虽然母亲一再说生活没问题,钱伯伯一家仍多次"雪中送炭",帮助我家渡过了"文革"时期生活上的难关。也使我们在那个世态炎凉的年代尝到了人间温暖,看到了黑暗中的一丝曙光。

中科院学部人员从河南信阳的五七干校返京后,我家有幸与钱伯伯、钱伯母成为紧邻。他们是我所见过的最志同道合的伉俪之一,几十年相濡以沫,珠联璧合,真正是"心有灵犀一点通"。

当时他们已经闭门谢客,断绝了与外界来往,终日埋首学术,潜心钻研。邻居们曾多次目睹小轿车来接钱伯伯赴会或赴宴,但均被他婉拒。他家也不乏"名流贵客"光临,这些人虽位高权重,也常常免不了吃闭门羹。

钱伯伯禀性高洁,不改书生本色,拒绝逢迎权贵,厌恶官场应酬,处处显示了其"出污泥而不染"的铮铮傲骨。有人说他处世圆滑,因之在历次残酷的政治运动中得以过关,这是不真实且不公平的。

我那时仍在天寒地冻的北国风雪荒原接受"再教育"。每逢回京探亲登门拜望,他们都如见到久别重逢的女儿般高兴,立即放下手头书卷,与我聊天,问寒问暖,深情厚谊,溢于言表。

钱伯伯经常与我谈及父亲,为其生不逢时、英年早逝而惋惜不已。记得钱伯伯曾说父亲是他的"钟子期",慨叹:"钟期既逝,奏流水为何人?"言谈话语中饱含着这位一代鸿儒对昔日友人的款款深情。

钱伯伯一生惜时如金,古稀之年笔耕不辍,于1979年出版了巨著《管锥编》。此书被誉为其漫长文学生涯中的顶峰之作。他送了一套给我,并题了字。虽然此书于我有如天书,不解其中一二,却珍贵无比。睹物思人,每当看到此书,对钱伯伯一家的感激之情就会油然而生。

故人在何方,
魂魄入梦乡。
夜深忽惊起,
泪洒千万行。

昨晚梦见钱伯伯,半夜醒来,心潮起伏,思绪万千,泪湿衣襟,久久不能成眠。从来不会写诗的我,第一次写下一首小诗来表达多年思念故人的心路历程。每年12月19日,我都会默默地祭奠钱伯伯。对于我来说,他不仅是一位才华盖世、誉满全球的伟大学人,更是一位品格高洁、情深义重的忠厚长者。他那浓重的江浙口音,"不思量,自难忘",每每清晰悦耳,时时余音环绕……

以文学批评的名义向钱锺书致敬

贺绍俊

钱锺书学贯中西、博古通今，其学术思想博大精深，宛如一片深邃的大海，堪称中国当代绝无仅有的巨儒宿学。坦率地说，我还缺乏研究钱锺书学术思想的知识准备，不敢在这方面发言。但我自1980年代以来一直从事文学批评，深切感受到钱锺书的学术思想对中国当代文学批评所带来的影响之大和之深，而这种影响又是以一种静悄悄的方式进行的。钱锺书在人们心目中首先是一位进行文学研究的学者和学问家，往往忽略了钱锺书同时也具备文学批评家的身份，也就忽略了钱锺书在文学批评上的贡献和影响。在钱锺书诞辰110周年之际，我很愿意就此话题谈谈我的一点粗浅体会。

1980年代之初，当代文学刚刚从一个被摧毁得七零八落的状态中走出来，大家热情地参与"拨乱反正"，努力恢复文学的正常秩序。我就是在这样的背景下开始自己的文学批评实践的。当时的文学批评冲锋在前，确实发挥了重要作用，但这种作用基本上是政治上的，对于文学批评自身的理论建设一方面是无暇顾及，另一方面则是找不到理论建设的资源。我发现，当代文学批评的理论建设是靠外力来推动的，这个外力就是1980年代初兴起的美学热。美学热涉及人道主义、人的异化、审美主体性等问题，非常贴切地为文学批评的突破和发展做了理论铺垫。当我回忆起那段时间我们如何对美学热充满兴趣，如何从美学热中获得思想启发而心情激动时，自然就会凸显出钱锺书的身影。

严格说来，钱锺书并没有直接参与当代文学批评，他是一位学养深厚的学者，其治学方向主要是中国古代文学和比较文学。他也没有直接参与当时的美学热，但因为其疏离现实政治的治学姿态而在"美学热"中同样成为被人们热捧的一位学者。或者可以说是由于"美学热"所带动的崇拜纯理论的社会时尚而使人们把目光投向了钱锺书的思想宝库之中。钱锺书的学术思想和治学方法是以一种潜移默化的方式逐渐充实了当代文学批评的理论内涵。钱锺书以他的学问之博大精深而又深藏不露的生存形式，以他传承通达古今中外的知识视野却又独辟蹊径的学术方法，给20世纪八九十年代的中国人文学术，当然也包括中国文学批评，提供了一个高洁的学术典范，对于刚从政治批判运动的阴霾中走出来的中国几代学人，其示范意义无疑是巨大的。1980年代初，钱锺书的两本体现其学术思想的代表作相继出版，一是《管锥编》，一是《谈艺录》（增订本）。《管锥编》是钱锺书在"文革"中开始写作的古文笔记体著作，全书有一百余万字，钱锺书对《周易正义》等十种古籍进行了详细缜密的考订、诠释和论述，打通时间、空间、语言、文化和学科的壁障，引述四千位著作家的上万种著作中的数万条书证，所论除了文学之外，还兼及多个领域的社会科学和人文学科，不乏创新之见。《谈艺录》是钱锺书在民国时期写作的诗文评论的结集,钱锺书在《谈艺录》中既继承了传统诗话的长处,又广泛吸收西方文艺思想的精粹,充分体现了作者的渊博和睿智。钱锺书的这两部著作出版后不仅引起学界的重视,而且也在文学界风靡一时。钱锺书对于新时期的文学批评来说,具有一种"典范"的作用,这两本书充分显示出钱锺书丰厚的知识和学养,也显示出钱锺书学术上的开阔眼光及胸襟,更重要的是,这两本书无论是思维方式还是语言叙述,与"文革"十年极端的思想压迫下所形成的以"政治正确"为原则的公共化的思维方式以及语言叙述模式,毫无一点相似之处。我甚至觉得,钱锺书对文学批评的影响还要早于美学热,他是一只带来文学批评春天的"报春鸟"。这一影响来自钱锺书的《旧文四篇》,这本书在美学热兴起之前由出版社出版,所收入的四篇文章涉及文艺理论的一些基本问题,其思维方式完全迥异于当时占主流的政治意识形态化的思维方式,给人耳目一新的感觉,因此该书一出版,就受到罕见的欢迎。人们既惊叹于钱锺书在知识上的渊博和学术上的真知灼见,同时也从中受到启发,原来文学理论和文学批评还可以这样去作。当时就有人撰文称这本很单薄的书"分量是很重很重的"。钱锺书的这四篇文章无形中为人们开启了一条沟通的渠道,使那些停留在具体论争的文学批评家特别是年轻的文学批评家们滋生出对抽象理论的兴趣,也恰是这种兴趣使他们很快就接受了相伴而来的美学热。总之,钱锺书的《旧文四篇》以及后来的学术著作《管锥编》和《谈艺录》陆续出版,人们对于钱锺书的重理论、重语言和艺术分析的学风逐渐有了比较全面的认识。

钱锺书在1980年代始终与现实和政治意识形态保持着距离,也基本上未直接参与到1980年代的文学批评和文学论争之中,但钱锺书的这种姿态,恰好契合了文学批评界追求独立品格的情绪,如同一种无声的言说,为人们提供了不受政治意识形态约束的范例。钱锺书虽然不对现实发言,但他的叙述语言完全不同于文学批评界流行的话语方式,对于长期受政治化批评八股困扰的文学批评现实来说,其实是最有效的干预。从根本上说,钱锺书并不是一位逃避现实的学者,他对现实有着清醒的认识,并对现实保持着批判的精神。1980年代是反思历史最热火的时期,特别是中年一代的知识分子,成为批判历史的主力。钱锺书对此却有着不一样的看法。他在为夫人杨绛的《干校六记》所写的序文中表达了对反思热的看法,他说:"至于一般群众呢,回忆时大约都得写《记愧》:或者惭愧自己是糊涂虫,没看清'假案''错案',一味随着大伙儿去糟蹋一些好人,或者(就像我本人)惭愧自己是懦怯鬼,觉得这里面有冤屈,却没有胆气出头抗议,至多只敢对运动不很积极参加。也有一种人,他们明知道这是一团乱蓬蓬的葛藤账,但依然充当旗手、鼓手、打手,去大谈'葫芦案'。按道理说,这类人最应当记愧。"钱锺书显然是有感而发的。那些积极批判"文革"历史的人们都是从那段历史过来的,也是那段历史的参与者,现在却在批判中把自己撇开,丝毫没有半点自我批判的意思。钱锺书对此很不以为然。1980年代初,钱锺书先生发表《诗可以怨》,这篇短文一时间让无数学子叹服不已,如此朴素,随意道来,古今中外尽收眼底。当时也值中国文学理论和批评关注情感问题和形象思维问题,钱锺书固然没有与当时的话题对话的意思,但却对当时的讨论颇有增益。

钱锺书的影响并不是立竿见影式地见效于当时的文学批评。事实上，作为一种"典范"，钱锺书对于很多人来说是高不可及的，很难效仿。如钱锺书的知识积累就令人赞叹不已。钱锺书的论著纵贯古今，沟通中外，包括了数种语言，对数以万计的作家和作品了如指掌。但尽管人们难以达到钱锺书如此渊博的程度，钱锺书的学术成就还是让文学批评界逐渐树立起重知识、重理论的风气。当时有不少年轻人热衷于做钱锺书的"粉丝"，更有一些严肃的学者积极倡导钱锺书的学术成果。有学者在1980年代初就提出了"钱学"，并在大学课堂上开设了钱锺书研究的课程。还有不少作家和学者撰文呼吁"普及钱锺书""刻不容缓地研究钱锺书"，从而将钱锺书的纯学术纳入到了1980年代的具有广泛群众性的文化复兴的运动之中。

中国当代文学批评自1980年代恢复生机以来，发展至今已有四十余年，初步形成了一支成熟的批评队伍，以及一套比较完整的批评话语系统。但是，文学批评仍然存在着很多问题，比如，批评如何能够更加令人信服地介入文学创作，批评话语如何摆脱对西方理论的依赖而建立起真正本土化的批评话语系统，这是两个比较核心的问题。我发现，钱锺书的学术实践其实也是在为中国的文学批评建设进行开创性的工作，当代文学批评目前存在的问题就可以从钱锺书的学术实践中寻找到解决的答案。钱锺书研究在学术界逐渐成为一门显学，也取得丰硕成果，但文学批评界如何从中吸取思想智慧，却做得非常不够。因此我们应该认真研究钱锺书在文学批评上的建树，应该以文学批评的名义向钱锺书表达崇高的敬意。

不曾远去的背影

纪 红

世间多少事意想不到，无法事先设计，事后也不可再得。1989年我拍摄的钱锺书、杨绛先生这张背影，就属此例。

这还得从更早一件事说起。1987年2月的一天，《人民日报》海外版记者戴露给我打电话，告诉我她前几天采访了杨绛先生，明天要去送审稿，问我能不能和她一起去，给杨先生拍照片，配发专访文章。

她是我的大学同学，了解我对钱、杨先生的景仰，也知道我少有机会面见杨先生。其实我并不是摄影记者，只有一台极普通的家用相机，但心情一激动，能不能胜任的问题想也不去想，就满口答应下来。

那天杨先生把我们迎进客厅，亲自倒上茶水，然后她就坐在写字台前，认真地看稿。阳光从窗外斜照进屋，逆光中杨先生头发形成一道耀眼的银边。大约曾事先沟通，杨先生在审稿过程中，并不理会我拍照。几页稿纸她看得很快，没有提出什么意见，只是笑笑说："过于美化我了。"然后，就和我们随意聊天。记得我们问起杨先生的《将饮茶》前言和后记（发表在当月《读书》杂志上）典故的含义，杨先生解释道，前言用的是"孟婆店"，传说喝了孟婆店的孟婆茶，就会把生前的事都忘了，书名叫《将饮茶》，就是说我快要死了。后记用的"隐身衣"，无非是说，人在世上，身处卑微，最有机缘看到世态人情的真相，因为许多华贵堂皇的外衣，只不过是皇帝的新衣罢了。她说这些话，缓缓地，一直带着慈祥的笑容。我心想，杨先生把世事人生看得这么透彻，还抽出时间接受我们的访问、摄影，其实是对我们年轻人工作的理解和支持（当时我们才二十岁出头），而她自己一点也不需要这些。

杨先生谈兴渐浓，拿出一本不久前出版的《中国翻译》杂志双月刊（1986年第5期）送给我们，上面有她的《失败的经验（试谈翻译）》一文。于是话题转到外国文学。她得知我们毕业于中文系，不通外语，就用浅显的语言谈到外国文学研究的两个问题。一、是重评价不重作品本身，如果有好的译本还强点，有的根本连译本也没有，大概觉得读者所需不过是一评一介；二、好多不懂原文的人在讲外国文学，研究的对象就是故事情节，不能从原作原文来了解作品。所以，杨先生笑道："'文革'时，就有人根据故事情节就说《吉尔·布拉斯》是'海淫诲盗'。"

杨先生谈到自己研究文学的体会，"最好的方法就是从具体的作品入手"，她说："有人读了一本书甚或一篇文章就可以写一本书，可我不行。我要读了好多书才能写一篇文章。我写《有什么好——读奥斯汀〈傲慢与偏见〉》，就看了奥斯汀的全部作品，还有她的日记和书信等等。玄而又玄地造些个新名词并不能解决实际问题。"

杨先生接着分析如何理解艺术人物，"过去要求我们用阶级观点来分析作品，首先给作品中的人物定成分，地主、富农、贫农等等，然后考察作者对人物的爱憎，再评论作者是好的还是坏的，进步的或是反动的。其实，作者对笔下人物的爱憎有两个方面的含义，即在道德上的爱憎和在艺术上的爱憎。《红楼梦》里的凤姐，曹雪芹在道德上不会喜欢她，可是作为一个艺术形象却会爱她。《名利场》的作者萨克雷对利蓓加不赞成，但是对一个成功的艺术人物却不能不喜欢。我们以前写评论，总是难过'政治关'，说我们'爱憎不分明'。政治是有的，但要看怎么表达，政治在作者的人格里，而不是外界的什么东西"。

她还语重心长地说："你们是顶幸运的一代。比你们稍长的三十多岁的人最不幸了。他们的中学时代没有机会学习，这是一生最重要的打基础的时期。我最同情他们了。从解放后到粉碎'四人帮'这三十年里，我们几乎没有一年连续工作的时候，从来没有过，总是在运动（这让我想起钱先生诗句："十日从来九风雨，一生数去几沧桑。"见《大千柱存话旧即送返美》）。只要一读书就有人说这是埋头读书、脱离人民、脱离实际。可是我们不懂这些呀，'三个大跃进'

就被我听成了'三个大妖精'。"

老人家时间宝贵,我们起身告辞,但杨先生看我并没有挪步,似有点疑惑。这时我鼓起任何一个追星族都能理解的勇气,说:"我们还想见见钱先生。"杨先生哈哈一笑:"你这是引蛇出洞吧?"

钱先生从里屋走出来,看见我手里的相机,连连摆手,说:"不照相,不照相!"钱先生在另外一张书桌前坐下,打开老式机械打字机。我才知道,这客厅也是钱先生的工作间。我们的到来可能已经影响他工作了。我赶紧说:"我们拍一张就走。"碰到像我这样无理的后生,钱先生无奈地对着镜头笑一笑:"照吧,照吧。"拍完,我收起相机,连声道歉,钱先生态度却大大和缓下来。我还不忘表达内心的激动:"我们都特崇拜您!"钱先生回答说:"每个人都被他崇拜的人毁掉了。"又说:"吹捧就像通货膨胀,多了就不值钱。"寥寥数语,振聋发聩,令我更加心悦诚服。我们步向门口,钱先生也起身送客,我又追问了一句:"您觉得中国的希望在哪里?"钱先生说:"群众有了觉悟,中国就有希望。国门开放,就不能再关上。就像罐头打开就没法还原,又好比夫妻可以离婚,但想恢复女人的贞操,那是不可能的。"他又拉着我的手说:"在这个社会里,只有孤独才能保持自由。"这句话,他说了两遍。

杨先生的专访和照片很快就见报了。她还专门写信来致谢。但给钱先生的照片却一直留在我手里,直到1989年11月21日,钱先生八十寿辰这一天。

初冬的清晨,太阳还没有出来,往外望去,白雾蒙蒙。我们报社与钱先生居住的南沙沟小区只隔着一条不宽不窄的月坛北街。我一大早骑上自行车,带着那张他在书桌前的放大照片,准备送到他

家楼下的信箱,算是给钱先生贺寿吧。刚进南沙沟大门,就看见钱先生和杨先生迎面而来,他们晨起在小区里散步呢。

杨先生接过大信封,说:"钱先生从来不记得自己的生日,他的生日是我婆婆告诉我的。我们按阴历算。"钱先生说:"老去增年是减年。有人给我拍来电报,邮递员在楼下大叫:'钱先生,贺电!贺电!'"我们都笑。后来,在报上看到钱先生致舒展先生的信,说得更有趣:"往年生日,如同平日过。而今虚岁八十,生日不幸被外人知,外地都有函电来。电报来尤为惊天动地,楼下高叫,楼上边答应、边赶跑,已成苦事情。"

钱先生关心地问我:"你们那儿清查得怎么样了?有的单位好像没完没了啊。"我说:"像'洗澡',洗不干净吧。现在是出国成风、麻将成风。"杨先生加了一句:"还有就是学生遭殃了。"我说:"可不是吗!报上说新生集训,女孩子有长辫子的,都要统一剪成了'西瓜皮'。"杨先生:"在'文革'时,我们也被剃了头。"钱先生说:"即使是美国也容纳不了那么多的移民。现在东德人往西德跑，西德也容纳不了。在外有另外一种精神空虚。一位在哈佛做研究的英国教授就写过，特别是由于高科技发展，许多东西很快就会过时，却浪费了大量的社会资源。比如军事设施、武器等等。资本主义的根本矛盾，它自身解决不了。"本是来送一张照片，有幸又听到这么精辟透彻的宏论。

不敢耽搁太久，我说："二老接着散步，我送你们到家门口。"钱先生手一抬："送君千里，终须一别。我们就在这里说再见。"

钱、杨先生转身往回走，路上没有他人，连鸟儿也不叫一声，空旷、宁静。他们渐行渐远，仿佛就这样走进了历史、走进了人们长久的记忆中。

2020 年 10 月

在"门缝里看人"的钱锺书

陈艳群

上世纪70年代初,夏威夷大学的罗锦堂教授收到一封从澳大利亚寄来的信,寄信人为堪培拉大学的中文系主任柳存仁教授,信中谓其学生从夏志清撰写的《中国现代小说史》中,看到对《围城》的高度评价,欲选这篇小说作为博士论文题材,却苦于无处寻觅《围城》。

该小说于1947年由上海晨光出版公司出版后,大为轰动,一直畅销不衰。经1948年再版、1949年三版后,便陷入了长达三十余年的沉寂。其间仅在香港出现过盗印本。台湾无人盗印,也是无人敢印,它属于禁书。为成全学生之意愿,柳教授特致函向同行打听。所幸夏威夷大学图书馆藏有此书,罗先生不怕麻烦,将整本书一页页复印下来寄去,为澳大利亚学子的研究提供方便。很少读现代小说的罗先生,趁机将借来的书细细读过,文中的比喻可谓天马行空,妙不可言,他为作者生动、机智而又幽默的文笔所折服。

众所周知,《围城》是钱锺书唯一的一部长篇小说。它没有代沟，上至耄耋之龄，下至翩翩少年，皆为它所吸引。我有一位朋友的女儿，就是个"钱粉"。她十一二岁时便捧着《围城》夜读，号称不下百遍，里面的文字反复看，久不生厌。父亲每每在宁静的夜晚，忽闻女儿房间里传来"咯咯"的笑声，便知她又在偷看《围城》。她不仅爱读，而且在负笈海外后，还写了一篇评论文章《拙议"围城"》，投稿至国内《四海》杂志。文章开头便是，本人年方十三，现居丹麦。《四海》杂志的主编白舒荣对此稿颇为欣赏，编辑时，主观地将首句"年方十三"改为"年方三十"，认为是作者笔误；十三岁的孩子如何能写出文白兼具的老到文字？当被告知那确实是作者的真实年龄时，她仍坚持己见，这肯定是假的。试想，中国文化刚经历了那样的劫难，如何能孕育出如此茁壮的文学幼苗来？不仅主编难以置信，就连钱锺书本人也感讶异。当年该文发表后，被一位常与钱老打交道的编辑连同原文一同转给了他，钱老的反应可从他的回信中窥见一二，"奉到惠函并任女士大作，不胜惊愧。拙著何足道，承任女士破格赏识，愈觉惭愧。任女士如此幼年，已工文笔如此，令我惊讶，将来未可限量"。他不仅回函，还将原稿"宝藏"。信中犹见钱老谦卑的修养与欣喜，以为中国文学后继有人而悦。

当罗先生读《围城》时，并没有想到，有朝一日，他能邂逅作者，那位在《围城》里，将着装暴露性感的鲍小姐，喻为"局部真理"的智趣者。

1979年春，中国社会科学院受美国之邀，派代表团访问。这是与美国隔绝三十多年后，中国学者的首次访美，钱锺书便是其中的一员。之前，海外曾讹传钱锺书去世的消息。误以为真的哥伦比亚大学的夏志清教授，当即写了一篇《追悼钱锺书先生》的悼文。当

"起死回生"的钱锺书出现在他面前之时,夏志清拱手谢罪,双方发出会心的微笑。

那次访美,钱先生得以登上哥伦比亚、耶鲁、哈佛、加大、斯坦福,以及夏威夷等各大学演讲台,在他那口若悬河的英式英语中,偶尔插入法、德、意以及拉丁等语,让在场的人大开眼界,大饱耳福,人们被他那纯正的英语、清晰的记忆力和丰富的学识所倾倒,犹如香槟酒打开瓶盖时的一声砰响,产生语惊四座的盛况,瞬间在学术界掀起一阵"钱潮"。哈佛一名叫艾朗诺的学生,正是目睹了钱锺书的演讲风采,对他大为折服,后来将钱的巨著《管锥编》译成英文。在五年的翻译当中,凡是书中的引经据典,他都要一一查找原文,发现钱先生引用的往往是人们不易察觉、容易忽略的东西。一个人的学问做到如此精深,让他更加佩服之至。自谓这五年里,他既是学习,又是欣赏,更是喜欢,待全书译成后,仍余味无穷,竟有些不舍。

罗先生有幸在夏威夷大学的东西方中心,见证了钱锺书访美演说的这一盛况。当时,能容纳几百人的场所挤得满满的,连每个窗户上都印着不同肤色的面孔。钱锺书个头不高,穿一件深灰色中山装,一副黑框眼镜架在鼻梁上,显得温文尔雅,与一般的中国人无甚分别。只要他一启口,满嘴的英语片子、典故术语层出不穷,哪怕很长的一段典籍,他都能用原文朗朗诵出,如数家珍,就如同他运用自己的母语一般。与一同出访的代表团成员相比,顷刻就显得"鹤立鸡群""出类拔萃"了。人们对此感到不可思议,大陆历经各种浩劫之后,居然还保存下来像钱锺书这样超群绝伦的大学者,简直是奇迹。罗先生对此印象极为深刻。

钱锺书在夏威夷停留仅两三天，日程密不透风，华侨将他给包围了，许多读过他小说的，都想一睹他的风采，求见的、宴请的络绎不绝。不记得在什么场合，罗先生得一机会与钱先生相识，因人多嘈杂，只求谋面，难以开怀畅谈。幸好钱先生热情相邀，他日返国省亲时，在京城重叙。

没想到，重会之期转眼来临。

翌年，国门一开，罗先生便急于申请回大陆的签证，欲返阔别三十余年的老家陇西探亲。回乡前，他在北京停留一周，到友谊商店购置见面礼——家人所需的电器等几大件，顺便拜访几位在京学术界人士。友谊商店的服务很到位，罗先生所购置的电视、缝纫机、自行车等，不用他动一根指头，旅行社通用火车发往目的地。欲拜访当地学者？没问题。宾馆的司机神通广大，几乎无所不知，只要报出人名，偌大的北京城他都能替你找得到，好像这些人都是他平日串门的哥们儿。国内当时没有私营出租车，北京大街上见得最多的是毛主席语录，以及满街的单车和公交车。旅馆的出租车，也是属于国营性质。

有一天上午，旅馆的司机按罗先生要求，将他带到俞平伯先生家；下午，罗先生要去拜访钱先生，另一位司机又将他送去同一地点，却不同楼。罗先生这才意识到，俞、钱两家，在同一个小区。

车子在三里河南沙沟六栋门前停下。罗先生请司机等一会儿，自个儿上三楼去拜谒。司机并不理会他的话，径直跟着在后面走。罗见状，有些不悦，说我探访朋友，你怎么也跟着？司机倒是实在，说道，不瞒您说，您今儿见什么人儿、谈的什么话儿，晚上我都要向领导汇报的。

由于事先已电话预约，罗先生并没有遇到传说中的"门缝里看人"的尴尬场面。据说，钱氏夫妇埋头做学问，深恐被打搅，每次有人登门，他只开一条门缝，说："谢谢！谢谢！我很忙！对不起，我很忙！谢谢！谢谢！"无论陌生人还是熟人，哪怕是有头有面的权威人物，如非正事或要紧事，不惜开罪于人，闭门不见。

这回是钱先生亲自开的门，笑容可掬地将两位客人迎进客厅，并关照"司机同志请坐"，让罗先生甚感意外。钱先生是个明白人，对司机的"陪同"，习以为常，并不介意，确切地说，是无可奈何。此时钱老的夫人杨绛女士，从里屋出来，笑吟吟地打个照面，给两位客人端上热茶。罗先生将从友谊商店买的一盒精美点心捧出，人到礼到，杨绛双手接过并致谢，随即折回里屋。

七十岁的钱老身体健朗，一无老态。罗先生突然想起一个朋友曾告诉他，钱先生以前讲课，一根文明棍不离手，且在手中舞来舞去。文明棍即手杖。旧时的英伦绅士，手上总有一根精致的手杖，与头上的大礼帽和笔挺的深色西装相应，既斯文内敛，又有品位。这套行头成了英国绅士的典型标识。民国年间，受西方影响的一些知识分子，也都喜欢拿一根手杖。如溥仪、蒋介石、胡适等。傅斯年于1945年随国民参政会的人一同去延安访问时，他一袭西装、礼帽、手杖和皮鞋的绅士派头，出现在着布衣布裤和布鞋的毛泽东面前，对比鲜明。手杖到了中国被赋予"文明棍"的美称。如今七旬老人，此物反而不备了。钱老说那是留学时学来的英国绅士派头，手杖早已不用了。

自1948年负笈台湾，后旅居美国，三十多年的海外漂泊，今返故土，罗先生迫切想知道国内的景象，似乎有许多话要讲，许多事想问，然而司机的身影就像一颗果核，塞在喉咙眼儿，几度欲言又止。他不想给钱老惹麻烦，因内心把握不住，哪些话当讲，哪些事不能问，自然有些踌躇。倒是钱先生随和，也很健谈，问及他哪年出国的。当得知罗先生是1948年8月底赴台湾大学读书时，钱先生笑着说，真巧，他那年也去过台湾，比罗先生还早几个月。他当时是随蒋复璁、庄尚严、屈万里等二十位学者（这些都是罗熟悉的老师和长辈），赴台湾参加教育部在台湾博物馆举办的文物展览。教育部安排了七场演讲，轮到他演讲的时间恰好是在4月1日，愚人节。题目为《中国诗与中国绘画》。当时台湾刚脱离日本殖民统治不久，当地人都讲闽南语和日语，国语不大盛行，为了让演讲场地看起来不太空荡，教育部在附近学校找来中学生充数。讲演时，学生可能因语言障碍，听不懂，有些茫然，有的在打瞌睡。但演讲一结束，掌声热烈响起。"这不就是一个愚人节的笑话吗？"说完，钱先生自己大笑起来，流露出自嘲的神情。

谈到无锡的钱氏家族，钱老说，他与钱穆都是越王钱镠的后代，但同宗不同支。他谓钱穆为宗叔。这位宗叔小先严八岁，长自己十五岁。商务出版社出版钱穆的一本书，里面有钱锺书之父钱基博的序文（钱父乃著名的国学大师）。后来钱锺书告诉杨绛，那是二十岁的他代写的，一字没有改动。他坦承，自己的国学底子是在先严饱以老拳之严教中打下的。

后来罗锦堂还是忍不住问道，为何钱先生拒绝哈佛、普林斯顿大学等名校请他做客座教授的邀请。钱先生摘下老花眼镜，笑着说，人老了，恋家。金窝银窝，不如自己的狗窝。这是俗语。事实上，作为一个研究者，以他当时的身体状况，至少还有很多年的学术生涯。但他不能离开书,在外面讲课,找书不易,还是家里找书方便。但他又笑着说,如果夏威夷大学请我,我会去。自去岁的短暂到访,夏威夷给他留下很好的印象。

被钱先生喻为"狗窝"的新居,在当时可算是一处高级住宅区,甚至被称为"部长楼"。罗先生环视了一下客厅,新居没有任何装修,地是水泥地,没铺地板。客厅不大,依墙摆着两个单人沙发,中间夹着一个小茶几,茶几上方悬挂着一幅清朝时期的画,另一边墙立着一个书柜,窗口摆着几盆植物。完全谈不上高级。未等客人开口,钱先生解释地说,这是一个三房一厅的单元,其宽敞舒适度,足令生活在人口密度大、住房窄小的北京的人欣慰。最令他开心的是,新居有了自己的洗手间(那时的北京,胡同里常常只有一个公厕,洗澡得上澡堂),他有些得意地向罗先生展现浴室的抽水马桶,还特意按了一下,作为示范。视钱先生当时自满的神情,一如幼童喜得心仪之玩具,迫不及待地向人炫耀一般。那一幕刻印在罗先生的脑海里,难以忘怀。罗先生意识到,所谓高级住宅区,无非就是配备了洗手间和电话,两件象征现代文明之物。他当时感慨不已,甚至有些心酸。像这么一位学术界重要的人物,到现在才有个像样的洗手间。

作为一名学者,物质上他无甚奢望,但求能有一处安居定所,来安放他的书籍、笔记和心灵。之前,他们夫妇是住在学部的一间办公室。直到迁入三里河才真正有了家的感觉。书房里的书并不如想象中的那么多,大多是线装典籍和字典,整齐地摆放在书架上。钱老说不远处有个图书馆,借书很方便。其实,很多书他已过目成诵,存入大脑,他那大脑比电脑还灵。

与钱先生打过交道的人,都领教过他的博闻强记,广览群书。画家黄永玉先生在他写的《比我还老的老头》书中,谈到钱老的博学和记忆时说,有一天在全聚德打牙祭,吃烤鸭,在座的还有沈从文。钱先生知道他几乎每个星期天都去打猎,自己虽从未狩猎,却兴致盎然地问这问那。虽不能跟黄去尝试这样的经历,倒是给他开了一张有关打猎的书单:长长的菜单上正反两面随手写了四五十本书名。

在钱府的那次会面是愉悦的,共同的朋友、兴趣和爱好赋予了交谈的意义和兴致,以至于时隔三十多年后的今天,罗先生提起来,仍津津乐道,意犹未尽。他说,钱先生并非如外人讲的那么不近人情,他心高但气不傲,是个和蔼、健谈,也很谦虚的人。正如他的名字所诠释的那样,他钟情于书,是个纯粹的读书人。他惜时如金,不愿将自己的宝贵时间浪费在无意义的事情上。这种姿态是孤傲还是高明,每个人对此有不同的解读,毕竟,人与人是不一样的,有的人需要陪伴和簇拥,有的愿意与书独处。外界对他的了解甚少,但可以从他的作品中看出他的人格趋向:厌恶趋奉权贵、拍马屁之学人。对那些投机取巧、招摇撞骗的学者、文人一向疾恶如仇。

经历了战争,以及国内的各种运动后,他选择"沉默的自由"。他自谓小时候他的父亲怕他胡说乱道,口无遮拦,特给他改字为"默存",以告诫他要少说话,这番教导让他一生受用不尽,平稳地走过各种艰险。在那个是非颠倒的年代,他从不参与任何文人相轻的揭发与批斗,敢于拒赴江青点名邀请的国宴,更是将国内外各种眼花缭乱的名誉拒之门外,坚拒媒体采访及拍摄,而是深闭在他的书斋内,与古今中外的鸿儒文豪神交,作鲲鹏似的逍遥游。即便在劳改生活当中，也不放弃他的求知欲，在当时的政治情况下，既然动员大家学马列，他就找来德文的马克思、恩格斯著作阅读，且读得津津有味。他从未加入任何党派，始终秉持着一介书生之学术独立精神。他一生简朴，却将八百万元稿酬和版权费统统捐给清华大学做奖学金。这样的学者，真令人高山仰止。

一个小时飞逝，罗先生既担心司机的工作，又怕占用钱老太多宝贵的时间，便起身告辞。钱先生将他们送出门，并指着对面的寓所说，顾颉刚先生就住在对面，刚从医院出来，要不要去拜访？罗先生在陇西家里曾收藏了不少顾颉刚的墨宝，也有意愿拜见这位大学者，因考虑顾老身体欠安，不便打搅，即打消了意愿。没想到，两个月后，顾老就与世长辞了。

钱先生一直将客人送下楼，看着客人上车，车开动，才转身离去。从窗外的车镜里看着渐渐变小的身影，罗先生不由得慨叹，这位学识渊博的长者，如此地淡泊名利，一如幽谷清泉，静静流淌，以抵御这尘世烦扰。

钱锺书轶事

孔庆茂

从小就比别人健谈

少年钱锺书有一个特点,就是相当狂傲、自负,目空一切,胡说乱道,信口开河,有任意臧否人物的狂态。不管对什么人对什么事,钱锺书全不在乎。许多朋友、兄弟、老师甚至长辈,都会遭到他的挑剔甚至尖酸刻薄的挖苦、讽刺。他口才好,骂人也别致,家中又有祖父、伯父护着,养成了这种自高自大的脾气。因为他口没遮拦地任意乱说,常常得罪人,为此,他父亲特地为他改字"默存",意思是告诫他缄默无言、存念于心。但改字"默存"对少年钱锺书来说并没有起到什么明显的告诫作用。倒是年过半百之后,在"文革"之中,他才真正做到名副其实的"默存"。他自称在小时候自己嘴笨,与别人口角总是吃败仗,讲不出理,自己气愤不过才发愤练习,终于练就了口才。但他的健谈,恐怕不光得力于他的口才。他过人的记忆力、敏锐的观察力,以及幽默、尖刻的性格,确实也给予他驾驭语言的能力以很大的帮助。

不听课英语水平却是全校第一

桃坞中学因为是美国圣公会办的教会学校，由教会派外国传教士当校长，外语课也由外籍教师任教，其他的课（如中国地理）也是全用英语讲课。与堂弟钱锺韩一起入学时，钱锺书逐渐就喜欢上了英语，而且成绩在班中渐渐名列前茅。但是他从不上英语课，也从不看英语教科书，上课时要么不到，即使到也不记笔记，而是低头看自己的东西。他迷上了外文原版小说，一本接一本地阅读，而且看得很快很有趣味，这样相当快活便度过上课时间。每次考试时，他的英语成绩都很好，在班上总是第一。别人看来也觉得纳闷，但他认为：上课用的教科书是教师编写的，编得再好也是中国式的英语，只有英语原著才是地地道道的纯正的英语，所以学英语应当从读原著入手。他在读中学时便阅读了《圣经》《天演论》等不少的西方文学、哲学原著作品，英文成绩突飞猛进。到了初中三年级，他的中英文成绩高居全校学生之首，明显地高出一般同学许多。他的英文完全自学，既不能归于家教，也不能说得益于听课，而是他语言天才的体现和大量阅读外文原版书的收获。连外籍教师也夸奖他的英语地道纯正不夹杂一点中式英语的腔调。

钱锺书因为英文成绩很好，在校内颇受器重，老师让他当了班长。但是，钱锺书在某些生活方面确实有点"痴气"盎然。比如，他不分东西南北，一出门就迷失方向；穿鞋子不分左右反正，以前穿布鞋时左右混穿还无所谓，后来到苏州上中学，穿了皮鞋，仍然左右分不清楚地乱穿；穿衣服不是前后颠倒，便是内外不分，清早起来穿内衣时颠来倒去几次，还会穿反。最出洋相的是上体育课，作为班长他的英语口令喊得相当洪亮、准确，"立正——向左看齐——向右转——"，但他自己却左右不分，乱站乱看，口令喊对了，自己却糊里糊涂不会站，常常闹得全班哄堂大笑，自己还莫名其妙。

老师看出来他根本不是做"官"的料子，因此，只当了两个星期班长，这个芝麻大的小官儿，就给老师"罢免"了，他也落得轻松自在，如释重负，免得再出丑。

数学 15 分却考入清华大学

1929 年夏天，钱锺书与锺韩高中毕业，他们一起去报考全国最高学府——清华大学。入学考试时，钱锺书拿到数学试卷，看着一道道题竟像读天书似的，几乎全不会做，草草做了几题，不知对错，就交了试卷，结果数学只考了 15 分。后来，校园里传闻还说他考了零分，邹文海《忆钱锺书》也说考零分，杨绛《记钱锺书与〈围城〉》和钱锺书本人都证实他确实还是得了 15 分。按照清华大学的录取规定，数学考得这么差，应该说是一点希望也没有的。但是他的国文成绩和英文成绩都是特优，英文还得了满分，若按总分他已排到第五十几名。主管录取的老师不敢做主，便把他的成绩报告了当时清华大学校长罗家伦，罗家伦看到他优异的国文、英文成绩，特别兴奋，赞叹备至，不管清华大学的规定，打破常规，力争录取了钱锺书。这和 1922 年卢冀野入东南大学相仿佛。卢冀野当年考东南大学时，数学考了零分，而国文则获满分，也是由东南大学校长破格录取为特别生，在学年考试后才改为正式的本科生。后来，臧克家考山东国立青岛大学时也出现类似的情况。堂弟钱锺韩这次考了总分第二，同时考上清华大学与上海交通大学，为了显示道路的不同，锺韩放弃进入清华而选择了上海交通大学。这样兄弟两人分别走上了文、理两条道路，分道扬镳了。但他们以后都在各自的专业领域做出非凡的成就。

爱上低年级的女生杨绛

杨绛刚考入清华大学研究院，就听说了已是三年级本科生的钱锺书的赫赫大名了。钱的名气真大，新生一入校便都会知道他，但他的架子也太大，一般低年级的学生根本不敢冒昧地拜访他。所以，许多新生都觉得他神秘，因此，更想一睹他的风采。1932年春天，在一个风光旖旎的日子，杨绛结识了这个大名鼎鼎的同乡才子。

初见钱锺书时，钱穿着一件青布大褂，一双毛布底鞋，戴一副老式大眼镜。钱锺书的个子不高，脸相清癯，愈显得瘦小，虽然不算风度"翩翩"，但他的目光却炯炯有神，在目光中闪烁着机智和桀骜不驯的气质。而站在钱锺书面前的杨绛则显得娇小玲珑、温婉聪慧而又活泼可爱。钱锺书很有魅力，他炯炯有神的眼睛、侃侃而谈的口才、旁征博引的记忆力、诙谐幽默的谈吐使得他光彩照人。两人一见如故，谈起家乡，谈起文学，兴致大增，谈起来才发觉两人确实挺有缘分的。1919年，八岁的杨绛曾随母亲到钱锺书家中去过，虽然没有见到钱锺书，但现在却又这么巧合地续上"前缘"，这不能不令人相信缘分！而且钱锺书的父亲钱基博与杨绛的父亲杨荫杭又都是无锡本地的名士,都与前辈大教育家张謇关系甚为密切。更巧的是钱基博、杨荫杭两人都曾被张謇誉为"江南才子",都是无锡有名的书香世家,套一句过去的才子佳人小说的套话,真可谓"门当户对,珠联璧合"。当然最大的缘分还在于他们两人文学上的共同爱好与追求,性格上的互相吸引,心灵的默契交融。

钱信助钱学

蔡田明

智慧大家钱锺书先生晚年以其博学著作和尘封小说《围城》出版再版，赢得读者尊敬爱戴。尤其电视剧《围城》播出，满城争看，扩大原有读钱书钱粉群体。见钱书必看，见钱文必读。笔者不讳言"读钱书成了我青年时期的迷恋嗜好"（见《传记奇葩》后记第193页），干过送画圈圈权当生日蛋糕事（"蛋糕图"见《管锥编述说》第236页）。

钱锺书与文学批评家约翰生一样写过不少书信，仅晚年二十年，少说也在千封以上，如宋淇与钱锺书1979至1989通信有138封（宋以朗《宋家客厅》第95和103页）；薛鸿时回忆文章说，钱先生给他写过两百多封亲笔信（《钱锺书先生百年诞辰纪念文集》，第181页）等。

近日看到台湾大学历史学教授汪荣祖《槐聚心史：钱锺书的自我及其微世界》（2014），书里引用不少书信，探讨钱心微观。其中一封钱锺书私信，涉及笔者，而恰好笔者有一封信可以拿出来，在这里先把信公布出来，做些附注说明，顺便谈谈对钱锺书书信看法。

田明兄：

　　奉到来信，颇为怅惘。虽会面无多，但知心不浅，远行深造，极可庆幸，而我老病之身，不无永别之感！拙著不值得劳神费日，佛家所谓"登岸舍筏""过河拔桥"（272页）；苟已得受用，便不要执着。没想到累君大抛心力。只

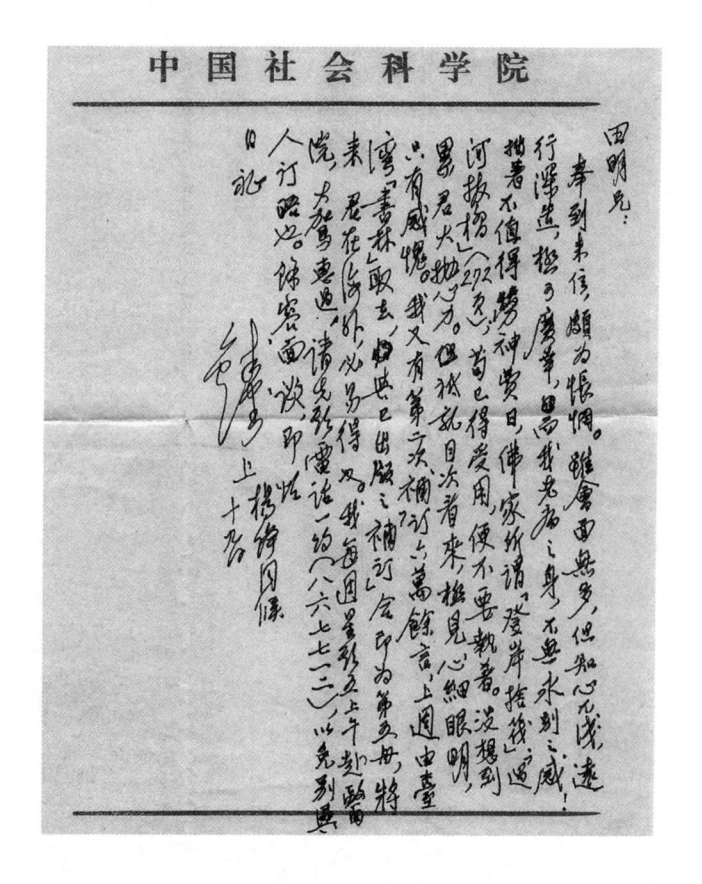

就目次看来，极见心细眼明，只有感愧。我又有第二次补订六万余言，上周由台湾"书林"取去，与已出版之"补订"合即为第五册，将来君在海外，必易得也。我每周星期五上午赴医院，大驾惠过，请先致电话一约（八六七一二），以免别与人订晤也。余容面谈，即颂

日礼

钱锺书上　杨绛问候　十九日

（邮戳日 1989.7.19，圆珠笔字迹，信封面三里河南沙沟六栋二门六室。这是钱先生给我十封信中第八封）。

这里仅对收此信背景做些说明：

一、写信见先生。大约知道要出国，《管锥编述说》一书正在联系出版未果，我向先生表明这是小读者读大书的心意。自信未来靠出国打工也能出版书。附上复写纸拓写一份目次请过目。若先生乐意，

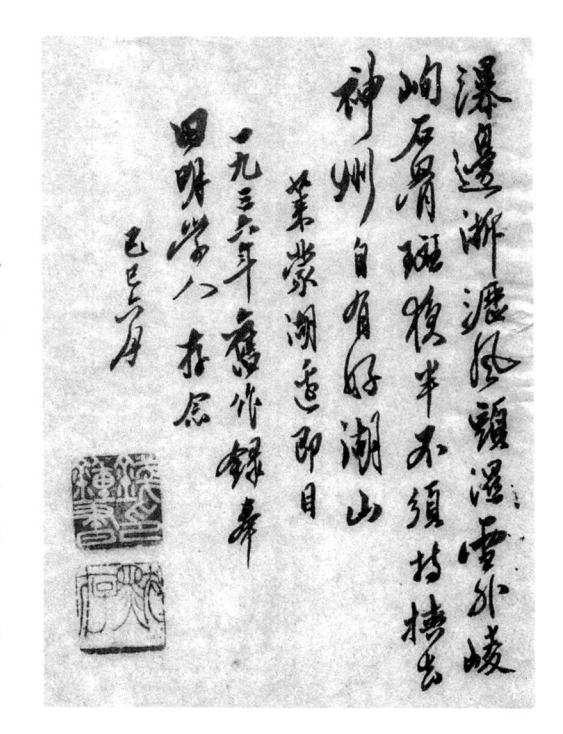

不胜荣幸来拜访他。

我与妻子随后预约到钱先生家，闲谈一会儿。见到他们仨。同时接受钱先生事先预备写好一幅 A4 纸张大小墨迹。这是他特意从其诗集里选出抄写《莱蒙湖边即目》送我远行的。

二、书出版时我人在国外。我于 1989 年年底到澳大利亚自费留学。1990 年，《围城》电视剧开播。《管锥编述说》在 1991 年 4 月出版。比我估计的 1990 年晚出。因为此书有私下给钱先生八十献寿礼打算，此迷钱粉丝之心意，从未公开。后记只说祝贺《管锥编》出版十年。

因为明确不是写传，就书写书，自得其乐。我自知自己不专业，"文革"没好学，没家学，没古文学，功底浅薄，一些信让先生挑错补课，再有就是爱好的自信，业余还无知胆大，想到书能出版，充其量不过是嗜好钱书者的有感而发，对某些研究解读倾向不平则鸣而已。

二十五年后，人生六十，笔者一直尊重钱先生为人个性，未敢轻易出示其书信，坚守钱书爱好者学习者身份。直到近年才写出一篇《钱锺书与约翰生》论文发表。

信写得多，钱先生自嘲为"书信人""写信的动物"。杨绛先生曾为这些私信拍卖叫板官司（2014）。现在人去信在，怎么看包括怎么使用这些信，我们应从前辈博学大家那里，找到某些富有启示的答案。

约翰生论诗人蒲柏，早有其书信"创作"说，其不但"随意"流露真情，而且"特意"应对社交友情，可见，两百多年前他就把文人私信真实与否问题看透了。他不会不质疑人间书信，并贸然把其作为史料"真实"使用。最简易方法，他要求人们"比较"判断其真伪。至于书信者情感，无论"内容"真假，甚至"为写信而写信"，其"内心"或"情绪"，依然会无真伪地流露出来。所谓文如其人、言为心声。钱锺书书信同此一理，貌异心同。

面对书信，宋以朗对其父亲与钱锺书私信还有与张爱玲六百五十封以上的信件，表示要"附注说明"，"慢慢整理"后全文公开。这应是"化私为公"的正确做法，有益于知人论世，助推研究深入。因而，人们期待钱书信收藏者，能说明公开原委，有关单位机构，能统筹计划出版，不让这些宝藏随岁月消逝无踪。私信也是私有财产。当下注重保护知识产权，无疑让收集书信变得昂贵且困难。

钱锺书书信是艺苑奇葩。不同朋友、不同时期、不同情境，写不同书信，难以一以贯之。刻薄语、无情面、得罪人，这些需要时间来化解，需要情境来理解，需要任其个性来首肯。钱信收集出版，无疑有助于钱学发展。

对于钱学研究，钱杨生前执意说不，但并未中断，尽管多少重创热爱者心，打击他们的情绪。他们去世后，其生前自我保护主义的策略，应得到理解同情认知，也自然不复存在。现在钱学研究者面对钱锺书园林宝山，自然应保持永久的热爱和探索的热情。

首先，携手同心，不再分家，共筑钱学大厦，如同西方学者那样持之以恒地学习介绍约翰生。没有现在，就没有未来。保护抢救共存共享钱任何书信手稿，比什么时候都更为迫切。

其次，尊重他人，发展自己，学问如《管锥编》本身已树立样板。文人间没有什么比从文学文字本身力量能得到更大的乐趣。同仁同行，学无止境。无须偏见，只要识见。讨论可以，蔑视无理。爱恨自然，鄙视不该。什么不是探讨越多，理才越明。

钱学有读者是幸运。地下流动冥河之鬼不比人间少，天下谁人要识君。擦肩而过、误会错过、根本无过、从未闻过的人，我们在现实生活中不提文学作品人物，不是比比皆是吗？面对同一兴趣爱好，我们认识读到钱书真是幸运。不识钱书人处处都是，他们不也是活得出彩完美吗？

约翰生在《莎士比亚戏剧集》序言里说过，争来的荣耀很快就会被新来者代替，时间不会永远在你一边。荣耀到头来还是大起大落如流星。作者慎重自尊，读者用脑读书，文学世界带给我们能享有如钱锺书约翰生那样趣味横生的文字书信谈话，不也是我们到这个终要告别的世界走一回没有白活的幸运吗？

听过钱先生谈话的人都感到，"同锺书谈话是一大乐趣"。他有约翰生博学知性、精彩幽默、手舞足蹈的"谈话"，可惜没有鲍斯威尔来记言。若把"书信"当"谈话"读，不也就是一部生动有趣如鲍斯威尔《约翰生传》那样虽说话常矛盾却处处碰及人心人性的"钱锺书传"吗？

为此，真希望所有钱信者不计较利益美言痛斥，把钱书信一一公布出来，完整出版个钱锺书晚年书信集。把其"谈话大家"补上，定与"约翰生传"同为世人所喜爱。我怀疑，若不读钱信，谁能写传，活画出栩栩如生这一个钱锺书？

钱锺书不可缺席中学语文教学

杭起义

自上个世纪 80 年代厦门大学首开钱学研究以来，不少大学已陆续步其后尘，一些科研机构和"钱学"爱好者也热心参与，大家共同推动着钱锺书研究朝向纵深领域发展，"钱学"大众化趋势日益凸显。然而在中学语文界，钱锺书对语文教学之影响，尚是一片新天地。

作为一名中学语文教师，笔者自 2014 年起，用了三年时间，通过具体的课堂教学实践，开展"在中学语文教学中讲点'钱学'"的实验研究。此项实验共有十堂课例，分别尝试八个"钱学"主题及钱锺书散文与小说阅读教学，并探讨了语文教学中若干重要或热点问题。后来，由这些课例撰成的教学论文在《语文教学通讯》学术刊上以"汲取'钱学'成果，创新语文教学"专栏的形式分十二期刊出（2018 年 7 月至 2019 年 6 月），中学语文刊物《学语文》和《教学月刊》也曾以专题等形式刊发过部分教案或评论。最后，此项成果结集为《在中学讲钱学》，于 2019 年 10 月由江苏凤凰教育出版社出版。该书特色是：在中学语文教学中，以钱锺书先生的有关学术成果为教学主题,包括文艺理论与创作规律、语法与修辞、训诂知识与中西文化等内容,兼及其散文与小说作品教学,以扩大学生的阅读视野,养成创新思维,提高文学鉴赏与写作之能力,传承富有底蕴与活力之文化,丰厚语文素养,坚定文化自信,使之成为全面发展的人。

以上便是笔者面向中学生"普及钱锺书"的大致经历和些微收获。客观地说,"在中学讲钱学"若想得到中语界的广泛认同,尚需假以时日。其原因复杂多样,拙著《在中学讲钱学》若干篇章也曾谈及。不过,困难虽重重,希望仍然在。江西大余中学程秀全老师和他的团队多年来开设"随钱锺书一道与古人对话"课程,取得很多成绩,近年来又带动其他兄弟学校一起开展实验研究,即为显著一例。时至今日,笔者再次回顾学习钱学和"讲钱学"之过程,一个深刻的体会是:钱锺书不可缺席中学语文教学!

钱锺书已是一个文化符号,当今人文领域诸多学科之研究若想绕开他,诚非易事,语文教学亦然。乐黛云曾说:"《管锥编》最大的贡献就在于纵观古今,横察世界,从'针锋粟颗'之间总结出重要的文学共同规律。也就是突破各种学术界限(时间、地域、学科、语言),打通整个文学领域,以寻求共同的'诗心'和'文心'。"[①]其中,"打通"是说钱锺书治学的根本精神或方法,他在不同的著作中曾反复申说。大意是,虽然时代不同,地域不同,学派不同,学科不同,文体不同,文化不同,而万事万物的规律相同,天地之间的诗心文心相通,故而在学术研究中,可以打通古今中外,打通南

---

① 乐黛云:《中国比较文学的现状与前景》,中国社会科学,1986(3)。

学北学，打通人文学科，打通各类文体。笔者认为，语文教学也需要"打通"，或者说，语文教师首先是一位"打通"论者。因为语文教学的目的就是需要教师巧施点拨，将学生在听说读写中种种"不通"或障碍逐一"打通"，如陈子谦所谓"大至通于殊方异域，上下古今，小至通于一技一艺，一喻一境"[①]，最终使学生在语言、思维、审美和文化等方面都能获得进一步的发展与提升。例如，在诗歌教学中，我们可以将之与音乐或绘画"打通"，引导学生体会不同艺术的相融相通之处，如节奏、情绪或画面等等，从而获得丰富的审美体验。当然，语言艺术不同于音乐或绘画，我们又不可以将语文课上成音乐课或绘画课。因此，在中学语文教学园地，所谓"跨学科"或"跨文化"教学，往往"未能兼美，或且两伤"，容易背离语文教学的本质，而"打通"说既承认各学科之间通而不同，又晓会其异而可通，故而能避免越俎代庖之弊。

周裕锴说："只要面对语言与世界的关系问题，就有阐释的现象发生；只要有文本需要阅读和理解，就一定有相应的阐释学理论，不论其理论形态如何。"[②]语文课堂教学其实就是师生对文本的阐释活动，因此阐释学理论对于语文教学尤为重要。钱锺书的学术著作如《谈艺录》《管锥编》等，实际上是对中国文学、中国文化重新做了一次宏大的阐释，可视作中国现代阐释学经典个案。就理论建树而言，钱锺书所拈"阐释之循环"说，纠正了中国传统阐释学默守戴震以来"由词以通道"的局限，使之从"分见两边"之误区走向"通观一体"之境界，贡献尤著。其基本精神是，将文本阐释由部分与

---

① 陈子谦:《论钱锺书》，桂林：广西师范大学出版社，2005:89。
② 周裕锴:《中国古代阐释学研究》，上海：上海人民出版社，2003:1。

整体之间的单向运动扩大到多层次的交互往复,一方面从字、句、篇、全书,到作者与其所属时代、文化传统等,纵贯古今,打通中西文化和多个学科之间的藩篱;另一方面又克服乾嘉朴学"由词以通道"的局限,融合现代阐释学精义,注意到文本诸要素之间以及文本语境与阐释主体之间的互动,所谓"自省可以忖人,而观人亦资自知;鉴古足佐明今,而察今亦裨识古"是也[1]。可是,钱锺书的阐释学理论包括经典阐释个案,至今尚未得到中语界的重视,故而语文教学依旧如诗人舒婷所谓"在历史的隧洞里蜗行摸索",若连带乾嘉朴学,中国阐释学可谓是"数百年来纺着疲惫的歌"。如前所述,语文教学活动是教师和学生共同参与文本解读的过程,师生与作者三方面的意见都是促成文本意义生成的重要因素,有时"作者之宗旨非即作品之成效",换句话说,"作者未必然,读者何必不然",而我们在教学中往往以作者本人的意见为准绳,抹杀了阅读鉴赏的主体性。并且,许多时候,我们又将文本解读视作一种单向直线型活动,即戴震所谓的"由词以通道",而没有重视阐释者与阐释对象(文本)以及阐释对象内部诸要素之间的"交互往复",以求对文本的理解达到"义解圆足"。何况这种循环还具有开放性特点,即一次教学活动的结束,并非本课教学内容的终结,其间阐释者自身阅读鉴赏力的提升或"重构",与阐释对象(文本)的意义"增殖",又将成为下一次阐释活动的起点。而这种"重构"与"增殖",正是在循环阐释中实现的。可以说,当前阅读教学中所滋生的各种曲解与误读,均为不明"阐释之循环"要义所致。

---

[1] 钱锺书:《管锥编》,北京:中华书局,1986:171。

在文艺理论方面，钱锺书建树更多，诚如敏泽所言，就钱锺书"在各个学科中独特发明之多一点来说，要想举例都是很困难的，那是一本大书的问题"[1]。如"春秋书法"的拂拭、"易之三名"的辨析、中国诗与中国画的批评标准问题的揭示、"企慕情境"与"农山心境"的发明、"情感价值"与"观感价值"的异同之辨、"通感"与"喻之两柄与多边"的揭示、"同时反衬现象"的心理学阐释、诗文之词"虚而非伪"与"丫叉句法"的论析、"史蕴诗心"与译事之"化境"的阐述等，以及相关的文本解读、赏析之作，对语文教学大有裨益。笔者曾在《启迪诗心文心，播下智慧种子》一文中说："一位不能运用微课'翻转课堂'的语文教师，也许只是在现代科技手段运用方面相对落后了数年时间，而不了解'打通'说、'企慕情境'说、'史蕴诗心'说，则至少已经落伍了半个世纪。"[2]拙著《在中学讲钱学》中的一些课例即以上述有关"钱学"理论为教学主题。（此处从略）

在中学语文教材建设方面，目前仅有《围城》列为初中自主阅读书目，《谈中国诗》曾入选高中语文课本，而部编新教材已经撤去此篇，这与钱锺书的学术贡献与文学成就极不相称。如果语文教学还提倡"传承中华文化"与"理解多样文化"，就应考虑增扩钱锺书作品的入选篇目和范围。即便纯粹从语言学习的角度来说，《围城》《写在人生边上》等文学作品自不待言，《谈艺录》或《管锥编》虽是文言，而中西义谛兼具，妙语连珠，隽永有味，足以示范。如果

---

[1] 敏泽：《论钱学的基本精神和历史贡献》，冯芝祥编《钱锺书研究集刊》（第一辑），上海：上海三联书店，1999:4。
[2] 杭起义：《在中学讲钱学》，南京：江苏凤凰教育出版社，2019:128。

大家感觉读不懂钱锺书，那不是因为语言的陌生化效果，而是我们已经远离了这些语言及其背后的文化和精神。

　　长期以来，中学语文界有个奇特而有趣的现象：各种理论层出不穷，而语文现状不容乐观。有些所谓的新理念、新方法，既非本地风光，又非他山之石，以无稽之谈者居多，故而课堂教学只是在众声喧哗中重复着无效劳动而已。语文教学如果不打通艺事壁垒，不顾及赏析之道，不教会学生涵泳章句、玩味语言，并自觉加以运用，其他诸如思维、审美和文化等素养之培育与发展，又从何谈起？明乎此，则不难理解语言退化、思力孱弱于今尤甚之症结所在。而钱锺书先生学贯中西，并擅长操觚自运，其著作冠绝当世，所铸"钱学"又依据大量的语言事实或现象，故而《管锥编·序》所谓有"资于用"者，不特为人文学科之研究而言，中学语文教学亦概莫能外。笔者认为"钱锺书不可缺席中学语文教学"，就是为补偏救弊，正本清源，希望中学语文界能够自觉地将钱锺书的先进理念、独到方法和真知灼见运用于教学实践中，包括学习他的作品和好学精神，以培养学生的现代意识和时代精神，增长其智慧和才干，丰厚其语文修养，从而使他们将来有一天能够独立地运用祖国语言建立起自己的精神家园。

图书在版编目（CIP）数据

风雨默存 / 田奕编 .—北京：作家出版社，2023.3
ISBN 978-7-5212-1733-9

Ⅰ.①风… Ⅱ.①田… Ⅲ.①散文集－中国－当代
Ⅳ.① I267

中国版本图书馆 CIP 数据核字（2021）第 274596 号

风雨默存

编　　者：田　奕
责任编辑：省登宇　周李立
装帧设计：琥珀视觉
出版发行：作家出版社有限公司
社　　址：北京农展馆南里 10 号　　　邮　　编：100125
电话传真：86-10-65067186（发行中心及邮购部）
　　　　　86-10-65004079（总编室）
E-mail:zuojia@zuojia.net.cn
http://www.zuojiachubanshe.com
印　　刷：三河市北燕印装有限公司
成品尺寸：145×210
字　　数：230 千
印　　张：8.5
印　　数：001—5000
版　　次：2023 年 3 月第 1 版
印　　次：2023 年 3 月第 1 次印刷
ISBN 978-7-5212-1733-9
定　　价：49.80 元

作家版图书，版权所有，侵权必究。
作家版图书，印装错误可随时退换。